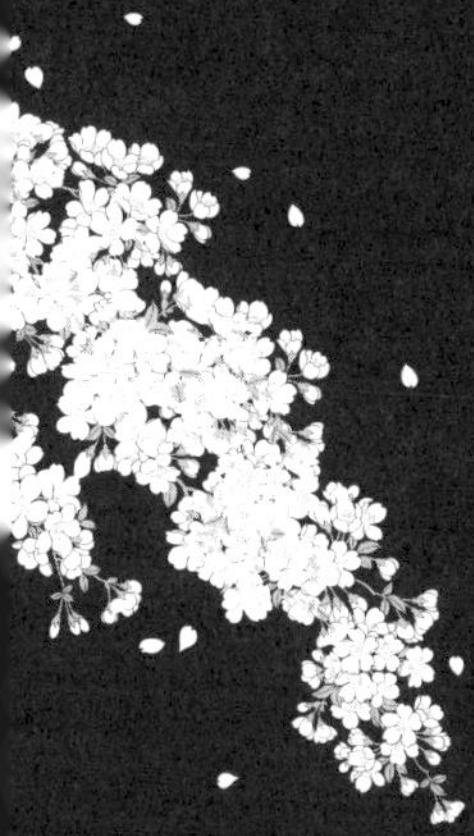

英米文学つれづれ草

—もしくは、「あらかると」

岡本正明著

朝日出版社

英米文学つれづれ草

——もしくは、「あらかると」

目次

第三部　思想のフロンティア　125

第四部　アメリカ文学アラカルト　195

第五部　グローバルなニッポン文学　261

序

本書は、英米の作家（文筆家）、あるいは、英米の視点からとらえたニッポン文学・文化について、折あるごとに書きしるした文章のなかから二十編を選んで、一冊にまとめたものである。学術論文、随想、紹介記事など、さまざまなジャンルの文章をあつめた雑記帳のようなものであり、いわば、自由気ままな「英米文学の散歩道」である。

第一部と第二部は、イギリス文学やアメリカ文学の枠に収まらないコスモポリタン的な作家である、ロレンス・ダレルとヘンリー・ジェイムズにかんする論考から成っている。第一部は、二十世紀文学の最高峰の一つとされる『アレクサンドリア四重奏』の推理小説的「謎とき」であり、ダレルのマニエリスム的迷宮を多角的・多層的に解読しようとするものである。第二部第一章の『ロデリック・ハドソン』論は、おなじく推理小説的「謎とき」を主眼としている。また、第二章でとりあげた『カサマシマ公爵夫人』は、『ロデリック・ハドソン』の続編であり、第一章と第二章は相互補完的な関係にある。第三章は、「女優」という観点からヘンリー・ジェイムズの「演劇的特性」に光を当てた論考である。

第三部は、歴史・思想など、主として小説ジャンル以外の散文にかんする論考をあつめたものである。第二部でとりあげた、ヘンリー・ジェイムズの文学の核（理論的支柱）となった、ウィリアム・ジェイムズの思想の「見取図」をえがいた論文。オールダス・ハクスリーの「歴史」にかんする著作をあつかった論文。歴史家・思想家ヘンリー・アダムズにかんする随想風の小論。また、へンリー・アダムズとトマス・ピンチョンを比較した覚え書き風の小論。スタインベックの旅行記に示された思想を、「複雑系」という観点から再評価した論考。そして、エコロジーの思想をテーマとした、レイチェル・カーソンについての小論を収めてある。

第四部は、現代アメリカ作家についての論考からなり、とりわけトマス・ウルフとヘンリー・ミラー（ミラーは第一部でとりあげたダレルの文学上の師である）を中心とするものである。第三章は、トマス・ウルフの作品における「時間」の問題をあつかい、第六章は、ヘンリー・ミラーの「小説言語」を精緻に分析した論文である。第一章の『老人と海』論は、「コラム」のように軽い読み物であり、おなじく、第五章は、ノーマン・メイラーにかんする気ままな随想文である。

第五部は、主として、英米の視点からとらえたニッポン文学・文化をテーマとしている。第四部でとりあげた作家ヘンリー・ミラーが書いた、異色の「ミシマ」論にかんする小論。英訳をとおして読む「カワバタ」文学論。第二部と第三部においてとりあげたヘンリー・ジェイムズ、ウィリアム・ジェイムズ、ヘンリー・アダムズの「同時代人」である、ジョン・ラファージの紀行文（京都・奈良の旅行記）にかんする小論。そして、ジェイムズ・ジョイス、フォークナーなど、おもに英米のモダニズム文学との比較をふまえて、ニッポン文学をグローバルな視点からとらえた「時間」にかんする論考を収めた。

このように、とりあえず章立てをしるしてみたが、本書は、料理でいえばフルコースではなく「アラカルト」であり、何をどこから読んでも「お気に召すまま」、いっこうにかまわない。そのうち一編（一品）でも、読者諸賢にご賞味いただければ、著者の喜びこれにまさるものはない。

第 1 部

読みのプレジール（Ⅰ）

―ロレンス・ダレル―

四つのムーヴメント
―『アレクサンドリア四重奏』を読む、もしくは、「読み」の四重奏―

私の作品は、可能性に対する多様性を表現するものです。

ヤーコブ・アガム

第一のムーヴメント：参加することに意義あり
（あるいは、同化することに異議あり）

先日、ヤーコブ・アガムの日本における初の個展が開かれた。アガムは、イスラエルを代表する名高い芸術家であり、キネティック・アートの確立者と言われている。そのアガムの芸術の足跡を一望のもとに収めたこの個展では、とりわけ、彼の芸術の中核をなしている「多様形態絵画」(Polymorphic Painting) に力点が置かれていた。われわれは、そこで、比較的単純な構図をもった初期の作品から、一九八〇年代後半の極めて複雑で鮮明度を増した作品にいたるまで、実にさまざまな「多様形態絵画」を目にすることができる。一つ一つの絵画がポリモーフィックであるばかりでなく、「多様形態絵画」の集まりそれ自体がポリモーフィックな軌跡を描いてゆくのである。

このように、時間の歩みと共に無限に多様化し、光度を増していく「多様形態絵画」の原点ともいうべき作品、アガムが最初の個展を開いたとき初めて十全な形で世に問うた「多様形態絵画」、それが、「三つのムーヴメント」という名の作品である。これは、一見すると、洗濯板を思わせる厚手の木の板の上に幾何学的絵模様を描いただけの、何の変哲もない作品とみえる。しかし、われわれ絵を見る者が少しでも見る位置を変えるやいなや、それまで静止していた絵は生命を吹き込まれたかのごとく動き始める。幾何学的形態は次から次へと新しい様相を帯び、色彩は混合し無限のグラデーションを生み出してゆく。この色と形の「散種」に魅せられたわれわれは、何度も何度も左へ右へと移動しながら、様々なイマージュの生成する様を目にすることになるのだが、しばらくすると、散乱するイマージュの断片が幾つかの構図へと収斂してゆくのを見いだす。三つの構図へと。それが、作品の題「三つのムーヴメント」の意味するところである。では、三つのムーヴメントとは具体的にはいかなるものなのか。まずはじめは、われわれが画面に対し斜め左に来たとき焦点を結ぶ像。それは、赤や黄などの明るい色を基調とした不規則な幾何学的絵模様である。次に、われわれが絵画の正面に来た時あらわれる像。これは、第一の像に見られた幾何学的絵模様と明るい色彩をほとんどそのままに残している。しかしながら、縦に濃い縞模様が入っている点で異なっている。斜め右からとらえられる第三の像は、それまでの二つの像とはがらりと変わって、大小さまざまの長方形を組合せた規則的な幾何学的絵模様であり、色彩も、藍色、深緑を主体とした暗いものとなる。第一、第二の像から予想だにできないため、この像が突然あらわれるとき、われわれは驚きを禁じ得ない。だまし絵のからくりに気づいた時のように……。

三つの視点の移動によって三つの像をえがきだす作品「三つのムーヴメント」が、パリのクラヴァン画廊に出品されたのが一九五三年。この年を境に、キネティック・アートは、現代美術史の表舞台に踊り出てくるのであるが、ちょうどその頃、パリで一斉にあがった喊声に呼応するかのごとく、ある一人の作家が、遠くはなれたキプロス島で、文学におけるキネティック・アートを生み出そうと努力していた。作家の名はロレンス・ダレル。彼は、己が敬愛してやまない文学上の師ヘンリー・ミラーに宛てた一九五三年の手紙で、はじめてそれについて言及している。

キプロスへ来てはいかがですか。僕はここにとどまるつもりです。粗野な感じの大きな島ですが、けっこう美しい所もあるんです。……沖に流れ出た小アジアといったところでしょうか。……

僕は夜、アレクサンドリアについての本（a book about Alexandria）を書こうと努めています。

この「アレクサンドリアについての本」こそ、ダレルの手がけたキネティック・アートであり、今日われわれが、『アレクサンドリア四重奏』（『ジュスティーヌ』、『バルタザール』、『マウントオリーヴ』、『クレア』から成る四部作　*The Alexandria Quartet*）の名で知るところの作品である。では、『アレクサンドリア四重奏』はいかなる点でキネティック・アートであるのか。アレクサンドリアというカンヴァスの方に目を転じてみよう。

ギリシャのとある小島に住むこの作品の語り手（『マウントオリーヴ』を除く）「私」（名はダーリー）。その「私」の心の鏡に、蜃気楼のように映しだされるエキゾチックな都市、アレクサンドリア。民族、宗教、言語の坩堝。愛の坩堝。砂漠の突端に咲くけばけばしい悪の華。物語を語っている現在の「私」を取り巻く、ギリシャ的単純素朴、調和にみちた世界とは全く異質な世界。「アッチチスムスの反世界」（Ｇ・Ｒ・ホッケ）たるマニエリスム的世界、アレクサンドリア。このアレクサンドリアというカンヴァスに（舞台で）表象（上演）される人物たちの絵模様（劇）、それらは、ことごとく謎めいており、調和を欠き、迷宮のように錯綜としている。意味との一義的対応をこばみつつ浮遊する記号の集まり。砂漠の砂のごとく、解釈の網目からこぼれ落ちていく記号……。これら記号の集まりは、キネティック・アートのように、みる（解釈する）視点によって次々に変貌をとげてゆき、実に多種多様な図柄を生じてゆく。そして、この作品の三人の視点人物（語り手である場合もある）を通じて、はっきりとした三つの像を結ぶ。ちょうど、アガムの「三つのムーヴメント」において三つの像が鮮明に浮かびあがるように。三つの像とは、「私」（ダーリー）、バルタザール、マウントオリーヴという三人の視点によってとらえられた三様の「アレクサンドリア」（アレクサンドリアにおける人物たちの劇、絵模様）である。これら三つの「アレクサンドリア」像は、それぞれ、読者が作品を読み進むにつれて、前景におどりでてきては、別の新たな「アレクサンドリア」像に取って代られ、後景にしりぞいてゆく。たとえば、「キネティックな人物（kinetic personage)」と「私」によって記されているジュスティーヌ。彼女は、「私」の視点からは、「私」を愛している女として、一方バルタザールの視点からは、他の愛のために「私」との愛を利用する女としてとらえられている。そして、マウントオリーヴの視点からは、政治的陰謀のために「私」との愛を利用する女スパイとしてのジュスティーヌ像がえがきだされる。ジュスティーヌばかりでない。彼女の夫ネッシム、彼女をとりまく人物、人物同士の関係、すべて皆これキネティックでないものはない。それぞれ彼女と同様、三つのムーヴメントを行なっているのである。

このように、明瞭な図柄を描きだしては、すぐにそれを解きほぐし、ふたたび、新たな図柄を描きだしてゆくキネティック・アート『アレクサンドリア四重奏』。こわすためにつくられ、つくるためにこわされるパラドクシカルなシステム。そこで呈示される「アレクサンドリア」像の複数性、可変性は、われわれ読者に、この作品の多元的で自由な読みの可能性、正当性を教えてくれる。われわれが、視点人物同様、「読み」の射影幾何学をおこないつつ、この可塑的な「開かれた作品」に積極的に参加していくことを、そして、この「開かれた作品」を解体しつつ、それを〈再―積分〉することで、われわれ自身の『アレクサンドリア四重奏』を築くことを促しているのだ。

しかしながら、これまで『アレクサンドリア四重奏』を論じてきた多くの研究者は、作品内に提示されているこのような方法論にならって此の「開かれた作品」に積極的に参加している、とは到底いいがたい。彼らの多くは、それに「参加」しているのではなく、それに「同化」しているだけだ。すなわち、「アレクサンドリア」にたいする上述した三人の視点人物の解釈を提示し、説明するだけで、自ら、視点人物の解釈を統合し、修正し、批判しつつ、あるいは、それとは全く別種の解釈を示しながら、「アレクサンドリア」という謎模様に対する独自の「読み」を提示することはほとんどなかった。また、『ジュスティーヌ』から『クレア』へといたる書物のクロノロジーに即して作品を論ずるだけで、そのようなクロノロジーにとらわれずに作品を解体し、〈再―積分〉して自分自身の『アレクサンドリア四重奏』をつくりあげようとしない。作品を所与のものとして受け入れ、そこから複数のテクストを生産しようとしないのだ。これでは、謎模様の裏に隠された豊穣な意味、意味の連関の可能性はけっして明らかにされず、作品からその多様性、生産性を奪い、作品の「読み」をきわめて貧困なものにしてしまいかねない。アガムの「三つのムーヴメント」とのアナロジカルな対比でいうなら、三つの像のあいだに、あるいは周辺に生じる無限のグラデーションを無視することになる。三人の視点人物の解釈は、意味の氷山の一角にすぎない。ただそれを反復することで作品を読み解いたと思い込むのは、不遜かつ軽率なことだといわねばならない。それは、いってみれば、ある問題を解く際、ただ解答例を書き写すようなものである。ダレルの提示する解答例は、あくまでも例であり、作品へのアプローチの一方法を物語るものにすぎない。われわれは、ゲームのルールを学ぶだけでなく、それに参加すべきなのである。

それゆえ、わたしは以下の論考で、『アレクサンドリア四重奏』において示される謎模様（それに対する様々な人物の解釈）を、いくつかの重要なポイントにかんして（ポイントを設けることからして、すでに解釈は始まっているのだが）わたしなりに解釈（再解釈）してみたい。もちろん言うまでもないことだが、その解釈は何ら絶対的な真実性を要求するものではない。それは、他の解釈と同等の資格を要求するものにすぎない。また、この解釈作業にあたり、私は、視点人物によってはっきりと解釈されていない、人物たちの何気ない行動をも疎かにしないつもりである。なぜなら、『ジュスティーヌ』の語り手「私」が言っているように、《われわれのごく普通の行動は、金襴の布―模様の意味―を包み隠す粗布である》（二〇頁）から。

第二のムーヴメント：謎の四角関係
（恋愛小説としての『アレクサンドリア四重奏』）

フランク・カーモードは、『アレクサンドリア四重奏』を評して「愛の解剖学」（'an anatomy of love'）であると言ったが（"Durrell's *Alexandria Quartet*" 〔1987〕）、まさにその通り、そこには、ありとあらゆる愛の形態が存在している。この「愛の解剖学」（文学の一ジャンルとしての「解剖学（アナトミー）」でもある）とはいかなるものか。それが描きだしている恋愛地図をひろげてみよう。

まず周縁から。そこには、医師アマリルのセミラという若い娘にたいする騎士道的恋愛、フランスの外交官ポンバルのフォスカという人妻にたいする宮廷風恋愛、イギリス人の大使マウントオリーヴがコプト人女性レイラにいだくプラトニックな愛、レイラがマウントオリーヴに注ぐ母性愛（これは、作品中で暗に示されるように〔四三一頁〕、『パルムの僧院』におけるサンセヴェリーナ公爵夫人の甥ファブリスにたいする愛を下敷きにしていると思われる。）、ネッシムの弟ナルーズの画家クレアにむけての、マリア崇拝をおもわせる宗教的な愛、そして、ユダヤ人の医師バルタザールのサチュリコン的男色、実業家カポディストリアの漁色などが見いだされる。もう少し地図の中央に近い所を見てみよう。ここには、ギリシャ人の踊り子メリッサの「私」（ダーリー）にたいする献身的で自己犠牲的な愛（これは、この作品における最も悲劇的な愛のひとつである）、「私」とクレアとの自然で友情に近い愛、イギリス人作家パースウォーデンとその妹ライザとの近親相姦、などがみられる。そして中心部。これら多種多様な愛の渦巻き模様にかこまれる恋愛地図の中心には、ジュスティーヌがいる。アレクサンドリアという欲望の大海を自由に泳ぎ回るジプシーのようなユダヤ女、アフロディーテの化身、クレオパトラが転生の宿りを求めたうつし身、サロメの残酷さ、アルベルティーヌの神秘性、モナ＝マーラ（ヘンリー・ミラーの作品群に登場する）の虚言癖、放縦を一身に兼ね備えた「宿命の女」、ジュスティーヌが。このジュスティーヌが生み出している強力な愛欲の磁場には、多くの男たちが、ときには女さえも吸い寄せられていく。そのうちの二人に、コプト人の銀行家ネッシムとダーリー（「私」）がいる。彼らは、アレクサンドリアの大海に身をひるがえすプロテウスのようなジュスティーヌを射止めようと、死物狂いで追跡し、彼女を射止めたと思った瞬間に、彼女と共に情欲の深海に引きずり込まれてゆく。しかしながら一方では、彼女が己の磁場にひきつけようとしても、やすやすと逃げ去ってゆく一人の男がいる。男の名はパースウォーデン。彼一人のみ、情欲のとりこにならずにこの恐ろしい磁場に近づくことができる。

「愛の解剖学」である『アレクサンドリア四重奏』の中心部には、これら四人の人物（ジュスティーヌ、ネッシム、「私」＝ダーリー、パースウォーデン）が織り成す、謎めいた人間模様がみいだされる。ジュスティーヌを頂点とし、他の三人を底面の三点として据えた謎の〝愛の三角錐〟が出来上がっている。では、この〝愛の三角錐〟とは、具体的にはどのようなものなのか。三角錐の各面についてそれぞれ考察することで、以下、その構造に光を当ててみよう（その際、ときとして、ジュスティーヌはJで、ネッシムはNで、「私」（＝ダーリー）はIで、パースウォーデンはPで表すこともある。）。

♥
♧
♦
♠

この三角錐は、まず、主として政治的な目的にそってつくりあげられる。それは『マウントオリーヴ』に明確に記されている。パレスチナへの武器輸出（詳しくは次節でのべる予定）を企てるネッシムにとって、パースウォーデンと「私」は政治的な敵と思われた。なぜなら、イギリス大使館の駐在員であるパースウォーデンは、ネッシム側の陰謀に探りを入れている疑いが濃厚であり、一方、「私」は、以前ネッシムの陰謀に加わっていたコーアンという毛皮商人の情婦であったメリッサの情人であるからである。メリッサが「私」に、陰謀について何か洩らしているのではないかとおもい、「私」をも疑っているのだ。そこでネッシムは、パースウォーデンと「私」のもとに女スパイであるジュスティーヌを送り込むのである。その結果として、N―J―I、N―J―Pという二つの関係が生じる。さて、以下これら二つの関係を詳しく考察してゆこうと思うが、その前に、両者に共通なN―Jの関係について簡単に述べておこう。

そもそもN―Jの関係がはじまったのは、半ば政治的な目的から、半ば愛情からである。パレスチナ陰謀を企てるコプト人ネッシムにとって、コプト人がユダヤ人に手を貸すことに疑いを抱く「ユダヤ委員会」の信用をかちとるため、ユダヤ人の女性と結婚することが是非とも必要であり、またジュスティーヌ自身に魅きつけられたこともあって、彼はジュスティーヌに求婚する。求婚されたジュスティーヌの方は、その時ネッシムとはほとんど面識もなく、彼のことを全くといっていいほど愛していなかったのであるが、彼の企てている陰謀の巨大さ、危険性に心をかきたてられ、また、彼の財力にひかれて結婚に同意する。自分を対等の同志として信頼してくれるネッシムの姿勢にひかれたことも、結婚承諾の一因となった。そして結婚後、ジュスティーヌは、ネッシムの忠実なスパイとしての活動を始めるのである。

こうして、先ほど述べた二つの関係が出来上がるのであるが、これら政治的目的にそってつくられた関係は、いつまでも政治的関係でありつづけただろうか。

『マウントオリーヴ』は、非人称的で客観的な語りによって語られる作品であるため、そこで示されているJ、N、I、Pという四人の人物たちの政治的関係は、一見すると、彼らの謎めいた関係の真相であると思われる。しかし、注意してよく読んでみると、『マウントオリーヴ』には、彼らの関係の発端が政治的色彩の濃いものであったことは明確な事実として記されているけれども、それが、終始一貫して政治的であったかどうかということは全く記されていないことがわかる。すなわち、彼らの関係が政治的でなくなってゆく可能性があるということである。このような可能性において、彼らの関係を改めて見てみると、政治的関係は、ほんのきっかけにすぎず、実質的には、それは愛憎うずまく私的な関係であることがわかる。同時に、『マウントオリーヴ』における「謎解き」によっていったん否定されたかにみえる、『ジュスティーヌ』および『バルタザール』における解釈、すなわち、「私」およびバルタザールが描きだした彼らの私的な関係は、ふたたび重要性と真実性をおびてくる。それでは、その〝愛憎うずまく私的関係〟とは、どのようなものなのか。それを、以下、『ジュスティーヌ』、『バルタザール』において示される解釈を統合し、あるいは批判しつつ、可能なかぎり明らかにしてみたい。

♥
♧
◆
♠

まず、N―J―Iの関係。『ジュスティーヌ』において此の関係は、語り手である「私」によって、ジュスティーヌが「私」を愛し、それに対して夫ネッシムが嫉妬している状況と解釈されている。そして、『バルタザール』において、バルタザールは、ジュスティーヌが「私」を愛しているということは否定しているが、ネッシムの嫉妬については認めている。N―J―Iの関係は、『マウントオリーヴ』で政治的なものとして「解明」されるので、評者たちの多くは、『ジュスティーヌ』および『バルタザール』で示されたネッシムの嫉妬については、あまり問題視していないようである。また、『マウントオリーヴ』で示される政治的関係に絶対的な真実性を認めない慎重な論者であるG・S・フレイザー（*Lawrence Durrell:A Study*, Rev.ed.,1973）ですら、「私」とバルタザールという解釈者を、ネッシムの嫉妬を信ずるがゆえに、情報源としては信頼することができないと断じている。ほんとうに、ネッシムの嫉妬は存在しないのだろうか。それは、「私」やバルタザールの幻想にすぎないのだろうか。わたしはそうは思わない。なぜなら、ネッシムの嫉妬を明らかに物語っていると思われるエピソードまたは場面が、『ジュスティーヌ』のなかに見いだされるからである。

たとえば、ネッシムが手下のものにジュスティーヌと「私」を常に尾行させ、二人を監視させ、二人の行状を逐一報告させているという事実。これは、ジュスティーヌが「私」と本当に恋に落ちることを許さぬ、ネッシムの嫉妬心からでている行為ではないだろうか。このような考えに対し、次のような反論があるかもしれない。それはネッシムの嫉妬からくるのではなく、単にスパイの監視という政治的目的をでないのではないかと。確かに、それは真相の一部であろう。しかしながら、スパイの監視ということでは説明のつかないネッシムの行動が、この作品にはいくつも見いだされる。そのひとつ、ネッシムがジュスティーヌのために砂漠のオアシスに建てた別邸「夏の宮殿」でのある出来事。「私」は、「宮殿」から一マイルほど離れた、海岸近くの葦小屋で、ジュスティーヌと情事にふけっていたが、その後一時間ほどして「宮殿」に戻り、ある用事のため「宮殿」の天文台に入った。そして「私」は、何気なくそこにしつらえてある望遠鏡を覗いてみた。するとどうであろう。なんと、望遠鏡の焦点は、さきほどまで「私」たちがいた葦小屋にあわせてあるではないか。そこで、「私」は、ネッシムが二人の情事を望遠鏡でじっと眺めていたという事実を知る。単にスパイ監視のためなら、いつものように手下のもの（主として運転手のセリム）に尾行させればよいはずだ。現に、このときも、彼は手下の者に尾行させている。それゆえ、このように遠くから二人の抱き合っている様をみようとするのは、不必要でありまた不可解なことである。それは、「私」によってジュスティーヌが奪われることに対する嫉妬からくる行為のように思われる。二人が抱き合っている姿を観（あるいは、想像し）ながら、にえたぎるような憎しみに歯ぎしりしているネッシムの姿が目にみえるようだ。もうひとつだけ例をあげよう。それは、バルタザールの鍵に関するエピソード。ネッシムは、ジュスティーヌがバルタザールの時計の鍵を持っていただけで、血相を変えて彼らの関係についてジュスティーヌに詰問するが、このことは、彼のはげしい嫉妬心を物語っているではないか。

ここで、次のような疑問が頭をもたげてくるであろう。それほどの嫉妬をいだいているのに、なぜネッシムは、二人の情事を妨害せず、むしろそれを推進し、また、「私」とジュスティーヌをこころよく迎え入れるような態度をとるのか。

もちろん、パレスチナ陰謀のためのスパイ活動の一環という理由も考えられるだろう。しかし時としてそれが、単なるスパイ活動の枠をこえていると思われることもしばしばである。たとえば、「私」が、「夏の宮殿」にやってくることに、ネッシムがなんの反対もしないということ。この「宮殿」は、ネッシムがジュスティーヌと二人だけの時を過ごすためにつくった、言わば彼の「聖域」であり、たとえ「私」がスパイの対象として重要であるからとはいえ、ここに来るのを許しているのは、いきすぎといえる。それに、この時点では、ネッシムはすでに「私」にたいしスパイ活動を行なう必要がない、ということを思い起そう。「私」がメリッサを通じて知っている疑いのある、パレスチナ武器輸出の秘密は、パースウォーデンの自殺とともにイギリス側に知れてしまったのであり（彼が、自殺する際に、それをマウントオリーヴに手紙で知らせた）、秘密が洩れたことを、ネッシム自身、パースウォーデンが自殺現場に書き残してあった文句から知っていた。「私」が「宮殿」にやってきたのは、パースウォーデンの死んだあとであるから（それは、ジュスティーヌと「私」が、葦小屋で彼の死について語っていることからわかる）、そのとき、「私」はネッシムにとってすでに用済みであるわけだ。もし、スパイ活動のためだけにジュスティーヌが「私」と情交を結ぶことを認めていたのなら、パースウォーデンの死と共に、この捏造された三角関係は終わりを告げるはずである。ネッシムが二人の情事に嫉妬していたとすれば、パースウォーデンの死後、二人の関係を黙って見ているはずはない。むしろそれをぶち壊そうとするはずである。ところが、事実はその反対、彼は相も変らず二人の仲を容認しているのである。

それは、いったいなぜなのか。いくつかの理由が考えられよう。ひとつには、これは最も単純な理由だが、彼の精神的な不能があげられる。すなわち、妻ジュスティーヌがだれと情交を結ぼうと、それに対しどんなに嫉妬を覚えようと、口出しすることができないということである。第二に、これは語り手＝「私」も『ジュスティーヌ』で指摘しているが、ネッシムの現実逃避という点があげられる。つまり、彼は、妻の裏切りを部下の集めた情報により十分知っていたのだが、そのような現実を認めたくないため、それに何の関心もないように振舞おうとしたということだ（『ジュスティーヌ』に記されるところによると、メリッサに妻の裏切りという事実を指摘されるまで、彼はそれを直視できなかった。一六一頁）。第三としては、第二と切り離せないことだが、彼が、自分が嫉妬などという人間的感情の奴隷となるような弱い人間であるという事を、他人にたいして認めさせたくないし、また、自分自身に対しても認めたくないということがある。アレクサンドリア社交界に君臨する大実業家、政治的活動に徹する行動的な意志の強い男、という公的な仮面の下に、嫉妬のためにひきつり、歪んだ私的な素面を押し隠そうとするのだ。そして何よりも―これが四番目の理由だが―自らが抱く嫉妬心を表に出すことはジュスティーヌの愛を失うことになるからだ。ジュスティーヌは、私情を殺して政治的陰謀に徹する行動的なネッシムにひかれたのであり、また、自分を独占し支配しようとする男（フランス人の作家アルノーティはその一人）をなによりも嫌った。そんな彼女に愛されるためにネッシムは、嫉妬心が頭をもたげてきても、それを無理に抑圧しようとしたのである。しかし、無理にも限界がある。嫉妬は着実に彼の内部に鬱積してゆき、時に爆発する。たとえば、悪魔のような形相で、狂ったようにカモメを銃で乱射するところに、あるいは、自分の腕を、腫れ上がる程あたりのものに叩きつける（ジュスティーヌを想像しながら）という行為に、それは如実にあらわれている。このように、彼は、ジュスティーヌのまえで必死に嫉妬心を押し殺し、彼女の愛をつなぎとめようとするのだが、結果は彼の期待に反し、ますます彼女は彼から遠ざかってゆく。ネッシムの沈黙が、かえって彼女に彼の嫉妬心の激しさを意識させ、彼女を圧迫したからである。

さて、ここで、ネッシムの嫉妬とならぶ、N―J―Iにおけるもう一つの問題に考察の歩をすすめよう。それは、ジュスティーヌは「私」のことを愛していたのかどうか、という問題である。『ジュスティーヌ』の語り手である「私」は、ジュスティーヌが「私」のことを愛していると思い込んでいるが、それに対し、『バルタザール』では、バルタザールによって反論がなされる。現象の背後に隠されたものを明らかにしようとするこのカバリスト、バルタザールは、N―J―Iという関係の背後にひそむN―J―Pという関係を探り当てる。彼は、N―J―Iという関係は、N

―Ｊ―Ｐという関係を蔽いかくす衝立であるということ、すなわち、ジュスティーヌが本当に愛していたのは、「私」（ダーリー）ではなくパースウォーデンであり、「私」は、パースウォーデンをネッシムの嫉妬から守るため、ジュスティーヌによって「おとり」に使われたにすぎない、という新解釈を示す。このバルタザールによる解釈は、どの程度妥当性を有しているのであろうか。それを、まず、以下で検討してみよう。そこで問題にすべきことは、つぎの二点である。

（１）ジュスティーヌがパースウォーデンを愛していたというのは事実であろうか。もし愛していたとすれば、なぜ彼のことを愛したのか。一方、彼のほうは彼女を愛していたのだろうか。

（２）バルタザールの言うように、ジュスティーヌは、「私」のことを、パースウォーデンとの愛にたいする衝立、「おとり」として考えていたのであろうか。

まず、（１）の問から答えてゆこう。

われわれ読者は、『ジュスティーヌ』を読んだかぎりでは、ジュスティーヌとパースウォーデンのつながりなど全くわからない。パースウォーデンのことを、孤独に悩む一芸術家くらいにしか考えていない。しかしながら、次の『バルタザール』において、バルタザールが、手紙、手記など様々な資料をもとに、ジュスティーヌが「私」と以上にパースウォーデンと密会をかさねていたという事実をのべるやいなや、語り手である「私」同様、驚きの目をみはり、『ジュスティーヌ』の真実性に疑いをはさむようになる。そして、最終巻『クレア』において引用されるパースウォーデンの手記（そこには、彼とジュスティーヌの密会、会話が事細かに記されている）を読むにいたっては、二人の関係がかなり密接であったことは、まがいない事実であると確信する。

それでは、バルタザールの言うとおり、ジュスティーヌは、パースウォーデンのことを愛していたのであろうか。バルタザールが主としてジュスティーヌから直接、あるいは手紙などで間接的に知った情報をもとに、『バルタザール』の語り手、書き手である「私」が再現した、ジュスティーヌとパースウォーデンの密会の場面に、とりわけ、彼女が彼につきまとい、愛を告白し、何としても自分に彼の関心をひきつけようとする場面に、彼女が彼を愛していたことは明らかである。また、仮に、これらの描写がもとにしている資料に信憑性が欠けている場合を想定したとしても、ジュスティーヌのパースウォーデンへの愛は、バルタザールが目撃した、パースウォーデンの死に対してのジュスティーヌのふるまいに、はっきりとあらわれている。バルタザールは、彼女がパースウォーデンの死体に歩み寄り、彼を生き返らせようと、叫び声をあげて絶望したしぐさで嘆きかなしみ、失禁までして取り乱す様子を、医者という職業にふさわしい臨床報告のような筆致で描写しているが、これは、彼女がパースウォーデンに対し単なるスパイではなかったことを物語っており、彼女の彼にたいする想いがいかにつよいものであったかを明白に物語っているといえよう。では、彼女のパースウォーデンに対する愛とは、いかなる性質のものであったのか。

ジュスティーヌは、己の忌まわしい不幸な過去（たとえば、少女のころカポディストリアに強姦されたこと、アルノーティとの悪夢のような結婚生活、彼女の子供が失踪したこと、など）を忘れさせてくれる男を求めていた。しかも、彼女は、自分を愛そうとしない男にひかれるという、愛のパラドックスに支配されていた。すなわち、自分の愛によって支配できない男こそ、彼女の征服欲、所有欲をかきたてるのであった。そんな彼女にとって、パースウォーデンは愛の対象になりえたのである。パースウォーデンとともにいると、彼女は、己の過去を深刻に真面白に受け取らず、笑い飛ばすことができた。彼が、彼女の過去を笑い飛ばし、それに応じて、彼女もそれを笑い飛ばすことにより、彼女はおのれのパラノイアックな自己から脱け出すことができると感じた。いってみれば、彼女は彼その人にひかれたというよりも、彼の「笑い」にひかれたといっていい。しかし、彼女は、彼の「笑い」にひそむ逆説に気づくよしもなかった。彼女は、自分に向けられている彼の「笑い」が、実のところ彼自身に向けられていたということ、彼のパラノイアックな自己を笑い飛ばそうとして意志的になされた行為であった、という逆説＝ずれ＝皮肉（イロニー）に気が付かなかったのである。

　パースウォーデンは、このように、彼のことを理解してくれない彼女を愛することができなかった（いや、実のところ彼は、ジュスティーヌのみならず、妹以外の女性を愛することはできない人間だったのであるが）。彼は、ジュスティーヌに何ら特別な感情を抱いてはいない。たとえ抱いているとしても、それは、自分が将来書くべき小説のモデルとして関心をもっているにすぎない。しかしながら、彼がそのように彼女に愛を感じていないため、ますます、彼女の恋に火がつき、彼女は征服欲、所有欲にかられる。それで、彼女は前よりもしつこく、彼に付きまとうのだが、彼は、すげなく彼女を追い払おうとするだけである（ついでに言っておくと、彼が彼女を部屋から追い出そうとするシーンは、彼女にとっては悲劇的だが、読むわれわれには、ファルスのように滑稽にみえる。また、二人のやりとりは―ちょっと突飛なたとえかもしれないが―『伊勢物語』の「あだくらべ」のように、ののしりあえばののしりあうほど、逆説的に二人の仲の良さを示すようなものなのである。しかしこのことは、二人にはわからない。)。

　以上が、ジュスティーヌのパースウォーデンにたいする不幸な愛の一部始終である。そこで、さきほどの第二の問にうつるとしよう。ジュスティーヌは、「私」との愛を、パースウォーデンとの愛の衝立、「おとり」として利用したのだろうか。バルタザールは、「おとり」説をとっているが、それを裏付ける証拠は何ら持ち出していない。それは、全く彼の想像からでた解釈である。いや、彼の説を裏付ける証拠がないばかりでない。『アレクサンドリア四重奏』には、むしろ彼の説に不利な証拠すら見いだされる。もし、ジュスティーヌが、パースウォーデンをネッシムの嫉妬から守るためにのみ、「私」を「おとり」に使っていたとすれば、この「おとり」である「私」の役目は、パースウォーデンの死とともに終わっているはずである。ところが事実はそれとは反対で、パースウォーデンの死後、ジュスティーヌと「私」の仲はいっそう深まっている。それは、スパイ活動のためだろうか。いや、そんなはずはない。先にのべたように、パースウォーデンの死と共に、メリッサの知っていることは、すべてイギリス側に洩れ、秘密が洩れたことをネッシムも知ったのであり、「私」にスパイをつける必要は事実上なくなったのであるから。このように、パースウォーデンの死を経ても、ジュスティーヌが「私」との情事を続けてゆくのはなぜなのか。やはり、『ジュスティーヌ』で「私」が解釈しているように、ジュスティーヌは「私」を愛していたのか。そうとも思われない。『マウントオリーヴ』において、彼女が「私」から電話を受け、「哀れなダーリーよ。」と吐き捨てるように言った時に見せる迷惑そうなしぐさ(五六〇頁)からすると、彼女は全く「私」に恋愛感情をいだいていないとおもわれる。

「おとり」でも「愛の対象」でもないとすれば、「私」はジュスティーヌにとってどのような存在だったのか。それを解くカギの一つは、『クレア』において与えられている。『ジュスティーヌ』には、はじめてジュスティーヌが「私」の下宿にやってきて、「私」をむさぼるように愛撫し、「私」はこれを境に彼女の奴隷と化す、という場面があるが、『クレア』では、ジュスティーヌの視点から再度その場面が語られている。彼女は、「私」にたいし次のように語っている。

ねえ、あたしが最初にあなたのところにやって来た午後のこと、覚えてる。……あなたが、ひどい日焼けのため、ベッドで横になっていた時のことよ。そう、あのとき、心ならずも彼（＝パースウォーデン）のホテルの部屋から追い出されたばかりで、怒りのため気も動転していたの。妙なことだけど、あの時あなたにいった言葉は、すべて心のなかでは彼に向けられていたのよ。あなたのベッドであたしが抱き、屈服させようとしていたのは、じつは、彼だったの。（六九七頁）

この引用から推察されることは、ジュスティーヌが、己の満たされない愛、支配欲を満たすために「私」を誘惑していたということだ。彼女は、「私」になぐさめを求めていたということだ。つまり、「私」は、彼女の「愛の対象」ではなく、彼女の「愛の穴埋め」であったということである。このような観点に立てば、ジュスティーヌが、パースウォーデンを愛するのと平行して、「私」との仲を深めていったという事実は、無理なく説明がつくし、また、彼女と「私」の仲が、パースウォーデンの死後ますます親密の度合いをふかめていくという事実も説明できる。バルタザールが、N―J―Iという関係の裏に、N―J―Pという関係をかぎつけたのは慧眼であるが、J―Iは、J―Pを隠すための関係ではなく、実は、J―Pの穴埋めをしている関係であったのである。

ああ、なんと「哀れなダーリーよ」。

♥ ♧ ♦ ♠

以上、ジュスティーヌを頂点とする〝愛の三角錐〟の構造を、私なりに素描してみたのだが、頂点であるジュスティーヌは、固定した解釈の枠組みにいつまでも納まっていてはくれない。解釈の網に捕えたと思った瞬間に、そこから、やすやすと逃げ去ってゆくようだ。それゆえ、われわれは、さきの〝三角錐〟に対して、いくらでも別様の解釈の網を張りめぐらすことができると思われる。たとえば、以下のように。

（1）ジュスティーヌは、「私」とメリッサの幸福な生活に嫉妬したのではないか。二人の貧乏であるがこのうえなく幸福な暮らしに。不幸な出来事にみまわれ続けてきた彼女は、この幸福な暮らしを破壊してやりたい欲望にかられたのではないか。彼女がはじめて「私」の下宿にやってきた時、メリッサの化粧箱、写真を手で払い落としたこと、ネッシムが命じもしないのに、必死になってメリッサをパレスチナの療養所に送りこもうとしたことは、そのような欲望を暗にものがたってはいまいか。

（2）あるいは、こうも考えられよう。ジュスティーヌは、危険なこと、死、苦痛によっていっそう情欲をかきたてられる女である。現に、パレスチナ陰謀の危険性、それに加わることにより生じる死の切迫感に、情欲をかきたてられたことが一因で、彼女はネッシムの妻となったのである（五五八頁）。そういう彼女にとり、「私」を情夫にし、ネッシムの嫉妬をあおって、その結果、つねに彼に監視されることに苦しみ、彼に殺される危険にさらされることは、一種の快楽だったのではないか。彼女は、このような苦しみ、危険を避けるどころか、ますます、ネッシムにわかるように「私」との仲を誇示しようとするが、これは、彼女が危険性、死、苦痛を快楽の源としているからではないか。たとえば、ピストルを持ったネッシムらしい人影（実は、あとで、マスキリンという軍人であるとわかる）が現われたとき、「私」は恐怖におののくが、一方のジュスティーヌは、おびえるどころか、ますます「私」を強く愛撫し、欲情をそそられるという場面にそれはあらわれてはいまいか。

（3）また、ジュスティーヌは誘惑することそれ自体を楽しんでいるようにもみえる。「私」を焦らしては、「私」の欲情をあおり、あるいは、「私」を出汁にしてネッシムの嫉妬心を刺激し、彼女に対する欲望をあおることを。

（4）そして、……

いや、わたしの想像はきりがないので、このあたりでやめておこう。

ジュスティーヌは、このように、決してその全貌をわれわれ読者のまえにあらわしてはくれない。『ジュスティーヌ』を書いている「私」の部屋にかかっている、ジュスティーヌの未完成の肖像画のように。しかし、その謎ゆえにこそ、われわれ読者は、彼女のことを知ろうとして、作品のなかに彼女の姿を追い求めてゆくのである。ジュスティーヌとは、アレクサンドリアの男たちにとっての罠であるばかりでなく、読者を『アレクサンドリア四重奏』という作品の内部に引き込んでゆくために、作者ダレルがしかけた罠でもあるのだ。

第三のムーヴメント：沈黙を解釈する

（推理小説としての『アレクサンドリア四重奏』）

『アレクサンドリア四重奏』は、謎めいた事件に満ちている。人物の死、あるいは失踪、陰謀、など実にさまざまな謎がそこには見いだされる。この作品では、それら謎をめぐり、様々な解釈が錯綜しており、また、われわれ読者も、謎に対しいろいろな解釈をほどこしつつ作品に参加してゆくのである。それゆえ、この作品は、解釈者が探偵の役割を演じる推理小説といえる。本節では、この「推理小説」を、いくつかの謎を中心に読み解いていこうと思う。

♧

一　パレスチナ陰謀

ネッシムのパレスチナ陰謀とは、以下のようなものである。それは、エジプト独立後、アラブ人によって職を追われ、圧力をかけられているコプト人らの少数民族が、その地位と権利を回復するにあたり、財力と知力にたけたユダヤ人の力を借りたいがために、コプト人の銀行家ネッシムが中心となりパレスチナに対する武器輸出の援助を行ない、シオニズム運動を支援する、というものだ。陰謀には、ネッシム以外に、ジュスティーヌ（スパイとして）、ネッシムの弟ナルーズ（コプト人ら少数民族を団結させる役目）、ユダヤ人の実業家カポディストリア、毛皮商人コーアンが加わっている。武器はドイツからパレスチナへ輸出され、コーアンがその発送の責任者である。以上が、『マウントオリーヴ』に記されていることであるが、これだけでは、パレスチナ陰謀の具体的構図はうかんでこない。ネッシムら一味が、パレスチナ他のシオニストと、どのようにして秘密裏に連絡をとりあっていたか、という点が明らかにされていないからだ。そこで、以下、この点にかんして、わたしなりに推理してみたい。

バルタザールが定期的にひらくカバラ研究会。このカバラ研究会が何らかの政治的目的を有したものらしいという疑いは、作中おおくの人物がいだくが、そのつど調査の結果はシロとでている。しかしながら、われわれ読者のカバラ研究会の政治性に対する疑惑はそれでもいっこう消えず、むしろ深まるばかりである。まず、研究会のメンバー。ネッシム、ジュスティーヌ、カポディストリアの三人がそろっている。これだけでも、くさいと思われるが、それが開かれる場所の特異性は、疑いをますます強める。遺跡を発掘したあとの荒れ果てた所から迷路のように入り組んだ道を入ったところに土堤を背にして立つ木造の掘立て小屋という場所は、政治集団のアジトを思わせる。それに、カバラの会員の用いている古い書式（一行おきに右から左へ、左から右へと書くブーストロペードンと呼ばれる書式）、特殊な表意文字は、暗号として使用可能である。これらのことから、ネッシムらが、カバラ研究会を通じて、パレスチナその他のユダヤ人地下組織と連絡を保っていた可能性は十分ありうる。まだまだ疑わしき点がある。たとえば、カバラ研究会の主催者バルタザールが、陰謀の一環としてカポディストリアがアレクサンドリアを脱出するに際し、カポディストリアが死んだと見せかけるため死体を提供した(バルタザールは医者である)という事実は、かなり彼とネッシムの結びつきが強いことの証左であり、また、陰謀の発覚とともにカバラ研究会も開かれなくなったという事実も、その政治性を示してはいないだろうか。

ここで、つぎのような反論があるかもしれない。バルタザールがもしネッシムと結託していたとすれば、彼はネッシムの政治的陰謀について事細かに知っているわけであるが、実際には、『バルタザール』において陰謀について記していないではないか、と。ほんとうに、彼はそれについて述べていないか。たしかに、具体的には述べていない。しかし、それは彼が陰謀のことを知らなかったからであろうか。『バルタザール』をもう一度よく注意して読んでみよう。すると、たった一箇所だけ陰謀についてほのめかしている所があるのがわかる(三二〇頁)。その箇所で、彼は、ネッシムの政治的陰謀については、陰謀発覚以前よりつぶさに知っていたが、そのことを「私」(ダーリー)に書き送ると、エジプト警察の検閲にひっかかるおそれがあるゆえ、それを書くことができない旨を記している。つまり、彼は、ネッシムの陰謀について知っていたのである。発覚すると生命が危険にさらされる陰謀の秘密を彼が知らされていたということは、彼が陰謀に加わっていた可能性をいよいよ高めるではないか。

また、バルタザールがカバラを研究しているユダヤ人であること自体、彼が陰謀に加担していたという疑いをつよめる。なぜならば、カバラとユダヤ人国家の建設運動は密接にかかわっていた、という史的事実があるからだ。たとえば、十七世紀において、カバリストであるサバタイ・ツヴィの出現とともにおこったメシアニズムでは、カバラとユダヤ国家建設運動は密接にかかわっていたし、カバリストが二十世紀のシオニズム運動に深くかかわっていたことも事実である（二十世紀最大のカバリスト、ゲルショム・Ｇ・ショーレムが、シオニストグループに参加していたことはその一例）。

以上のことから、パレスチナ陰謀を企てるネッシムは、バルタザールと手を組み、バルタザールの主催するカバラ研究会を通じて、パレスチナ他のシオニストと暗号で連絡をとりあっていた、という推理が成り立つと思う。

♥

二　ジュスティーヌの子供

ジュスティーヌの子供に関係する記述は、『アレクサンドリア四重奏』全体を通じて六箇所見いだされる。まずは、それを要約してみよう。

（1）アラブ地区の子供の売春宿で、狂乱状態におちいっているジュスティーヌを「私」とネッシムが連れ出す場面（『ジュスティーヌ』、「私」の語り）。

（2）ジュスティーヌの六歳ぐらいの女の子（父親の名は分からない）がある日誘拐された。彼女はその子を見つけだそうと、アラブ地区を狂ったように探し回った。アルノーティも彼女と共に子供を探した（『ジュスティーヌ』、バルタザールの語り）。

（3）子供は、川の土手で遊んでいるうちに誘拐された。ジュスティーヌがネッシムと結婚した理由の一つに、子供を探しだす際ネッシムの財産が役立つということがあった（『バルタザール』、クレアの語り）。

（4）ネッシムは、ジュスティーヌの子供をとりもどすことが、彼女の愛を獲得する唯一の道だとおもっている。彼の集めた証拠によると、マグズブという名の男があやしいと思われる。なぜなら、子供がいなくなった夜、聖ダミヤナの祭りがあり、この男がそこに来ていたという事実があり、また、この男は、これまで何度も幼児誘拐で訴えられているからである。ネッシムは、マグズブに金をやって口を割らせようとするが、なかなかうまくいかない（『バルタザール』、ネッシムの語り）。

（5）万策つきたネッシムは、弟ナルーズに、マグズブ本人から力ずくで子供の件を聞き出すよう、電話で命じる。ナルーズは、マグズブの描いた幻のなかに、子供が土手で遊んでいるとき川に落ちて溺死する様を見て、それを事実だと確信し兄のネッシムにその旨を電話で連絡する。ネッシムもその幻を信じ、子供は死んだとして捜索を打ち切る。彼はジュスティーヌにはこのことを黙っていたが、電話の一部を立ち聞きしたジュスティーヌは、この時以来彼にたいする不信感をつよめてゆき、二人の仲は疎遠になってゆく（『バルタザール』、バルタザールの情報にもとづく「私」の語り）。

（6）ジュスティーヌは、床屋であるムネムジヤンの情報により、子供の居場所を知らされるが、子供をようやく見つけだしたとき、その子供は病気で死んでいた（『クレア』、パースウォーデンの手帳に記されたジュスティーヌの語り）。

読者は、これら、六つの断片的な記述を、継ぎ合わせ、空白部分をそれに関連する他の記述から得られる知識で、あるいは、想像力でおぎないつつ、ジュスティーヌの子供にまつわる事件の概要を推理してゆくのである。その際、まず、（6）の信憑性がきわめて高いことがわかる。なぜなら、当のジュスティーヌ自身が、死んだ子供が自分の子であることを確認しており、他に、ムネムジヤン、バルタザールもそのことを確認しているからである。すると、子供が溺死したという説は、疑わしくなってくる。誘拐説のほうが有力になり、（4）の情報の信憑性が高まる。やはり子供はマグズブに誘拐されたのではないか、と思われてくる。マグズブは、ナルーズにたいし幻を描きだし、そのなかで、ジュスティーヌがネッシムに告げたとおりの子供の失踪時の服装、ブローチを、ありありと事細かにえがきだすのだが、これは、彼がほかならぬ誘拐犯でそれらをその目で見ていたから可能だったのではないか。ここで、次のような反論がでてくるかもしれない。マグズブは、魔術師であり、幻視する能力をもっているゆえ、子供の姿を描きだすことができたのであり、しかも、それら幻が描かれるのを当のナルーズ自身が見たと言っているではないか、と。それに対しては次のように答えよう。もし、マグズブが本当に幻視の能力を持っていたとしたら、肝心の子供の失踪状況として溺死などという的外れなこと（実際は、子供は生きていたのだから）を幻視しないわけであるし、また、マグズブが催眠術師である事実をかんがえると、彼が、ナルーズに幻を見たと信じ込ませるのはきわめて容易であるとおもわれる。暗示にかかりやすいナルーズに催眠術をかけ、その耳元で子供にかんしての事実（あるいは、嘘）をささやけば、ナルーズは、それを幻のなかにみたと思い込むであろう。

以上のことから、わたしは、ジュスティーヌの子供はマグズブにより誘拐された可能性は高いと思っている。そのような仮定（あくまでも仮定）のうえに立って、ジュスティーヌの子供にまつわる物語を、わたしなりに（ところどころ、わたしの想像をまじえて）再構成してみると、以下のようになる。

―ジュスティーヌの子供―

ジュスティーヌには、女の子供があった。父親が誰かは分からない。子供は、聖ダミヤナの祭の夜、運河の土手で遊んでいるところを、マグズブという催眠術師に誘拐された。マグズブはその後、子供を、アラブ地区のスラム街にある子供の売春宿に売りとばした。子供を失ったジュスティーヌは、人づてに聞いた情報をたよりに、狂ったようにアラブ地区を片っ端から探し回った。夫のアルノーティも彼女とともに子供を探した。が、子供の行方は杳として つかめなかった。

その後、彼女は、アルノーティと別れ、画家クレアとの情事をへて、コプト人の銀行家ネッシムと出会う。彼女は、子供を探しだすのに彼の財産が役に立つこともあって、彼との結婚を承諾する。結婚後、ネッシムは、ありとあらゆる手を尽くしてジュスティーヌの子供を探しだそうとする。子供を探しだすことが、彼女の愛を勝ちとることでもあったからだ。マグズブという男があやしいと思われたので、ネッシムはマグズブ本人から子供に関する情報を金で買おうとした。しかしながら、一向うまくいかないので、弟のナルーズに電話をして、マグズブから子供のことを力ずくで聞き出すようにと命じる。この時の会話の一部をジュスティーヌは立ち聞きし、不信をおぼえた彼女は、その言葉の意味をネッシムに問いかけるが、彼は答えない。この時以来、彼女はネッシムに不信感をいだくようになり、二人の仲は急速にさめてゆく。ナルーズは、ネッシムに命じられた通り、マグズブから幻をつうじて子供の件を聞き出し、それをネッシムに報告する。ネッシムもそれを信じ、子供は死んだものとして捜索を打ち切る。

しばらくして後、ジュスティーヌは、町の情報屋ムネムジヤンから子供の居場所を教えてもらう。そして、急いで子供のいるアラブ地区スラム街の売春宿にかけつけるが、時すでにおそく、子供は病気のためソファの上で死んでいた。彼女は、悲しみと怒りのあまり、客である水夫にピンをふりあげるなどして、一時狂乱状態に陥るが、そこに駆けつけてきたネッシムと「私」（ダーリー）にとり押さえられ、連れて帰られる。彼女は、その後しばらくはこの売春宿のことを忘れようと努め、そこに行こうとはしなかったが、ある日、パースウォーデンにすすめられ、彼と売春宿にゆく。そこで、ジュスティーヌは、母のようなやさしさをはじめて見せる。彼女は、売春宿の子供達に、自分の子供に注ぐことができなかった愛をかわりにそそぎ、そのうえ、子供らにお伽話をきかせてやる。

これが、わたしなりに再構成したジュスティーヌの子供の物語であるが、子供を軸にしてジュスティーヌの像をえがきだすと、わたしが本章の第二節（「第二のムーヴメント」）で見落としていた点がいくつか判明してくる。たとえば、ジュスティーヌがネッシムと結婚した理由のひとつに子供の件があったこと、また、ジュスティーヌが「私」とますます深い仲になっていく理由のひとつに、彼女が、子供を失った悲しみをいやしてくれるやさしい人間を「私」のうちに見いだしたという理由があったことなど。そして何よりも、ジュスティーヌが、母としてのやさしさをもった一人の女性であるというあまりにも平凡な事実に、われわれはかえって驚かされるのである。

三　パースウォーデンの死

『アレクサンドリア四重奏』の第一部から三部までは、それぞれ、謎めいた死で締め括られている。『ジュスティーヌ』は、カポディストリアの死、『バルタザール』はトト・ド・ブリュネルの死、そして、『マウントオリーヴ』はナルーズの死により幕をとじる。これら三つの死の謎を解こうとする際、われわれ読者は、軽い失望を味わう。なぜなら、謎は、作者によって、あるいは作中人物によってあきらかにされているからだ。カポディストリアの死は、『クレア』においてバルタザールにより、トトの死は、『バルタザール』のおわりにおいてクレアによって解明されており、ナルーズの死に関しては、『マウントオリーヴ』におけるメムリク・パシャと部下ラファエルとの会話から、暗殺理由、暗殺を命じた人間はだいたい想像がつく（理由―パレスチナ陰謀のスケープゴート。命令者―メムリク・パシャ）。これら、謎がすぐに解かれてしまう死がある一方で、容易に謎の解けない死がこの作品には見いだされる。それは、パースウォーデンの死（自殺）である。『アレクサンドリア四重奏』では、彼の死をめぐって実に様々な考えが表明されている。その主たるものは、「私」、バルタザール、クレア、マウントオリーヴ（大使）、ライザ（パースウォーデンの妹）によってなされている。彼らはそれぞれ、パースウォーデンの死にたいしてどのような見方をとっているのだろうか。それを、まず要約してみよう。

「私」――作家としての名声を得たがために深まる孤独感（人々が名声をとおしてしか自分を見てくれず、本当の自分をわかってくれないこと）、ひとつの作品を完成させたあとの疲労感、脱力感が彼を死に追いやった。

バルタザール――彼がつねにいだいていた厭世観、世のなかにたいする軽蔑ゆえに彼は自殺した。

クレア――パースウォーデンの死については、とやかく詮索はしない。彼にかんしては、あとに残った作品のみを問題にすべきだ。

マウントオリーヴ――大使館員として軽率きわまる行為。彼は、公務上の責任に耐えかねて（パレスチナ陰謀の発覚による、公〔義務〕と私〔友情〕の葛藤に苦しめられて）自殺した。

ライザ――自分と兄パースウォーデンは、近親相姦の関係にあった。兄は、その関係ゆえに自分とマウントオリーヴの結婚生活を破壊する（兄の結婚生活はそのために破綻した）といけないと思い自殺した。

このように、解釈を並べ立てても謎はいっこう明らかにならない。ますます、謎は紛糾したものとなるようだ。なぜなら、これら解釈は、パースウォーデンの死という事実に向けられているというよりも、それを機に語られるそれぞれの人物の人生観、世界観、芸術観、欲望等であるからだ。「私」の解釈は、作家の実生活における苦悩、危機をパースウォーデンの死を機に語ろうとしたものである。バルタザールの解釈は、世捨て人のような生活をおくっている彼自身の厭世的世界観を、パースウォーデンの死にたくして述べたものにおもわれる。クレアの解釈は、芸術と実生活を峻別すべきだとする彼女の芸術観を表明したものにすぎない。マウントオリーヴの解釈はどうかといえば、人間を私人としてではなく公人としてとらえようとする彼の人間観をあらわしているとおもえる。ライザの解釈だけは、兄パースウォーデンの手紙をもとにしており、彼の死の理由をあきらかにしているようにみえる。しかしながら、未来の自分の結婚生活に関心があるあまり、すべて兄の自殺をそれにひきつけて考えている点で、また、兄自身が彼女の結婚とは関係なく苦悩していたこと―たとえば、人を愛することの不可能性からくる孤独、ライザとのあいだに生まれた子が死んで以来いだきつづけている罪悪感―を自殺の原因として考えない点で、兄の死という事実を、彼女の視点のみから（限られた理解の範囲で）解釈しているとおもわれる。

かくして、パースウォーデンの死に関しては、その真相が明らかにされるというよりも、それをめぐり、様々な解釈の欲求がひしめきあっている状態であるといえる。パースウォーデン自身がおのれの死の真相を語っているではないか、と人はいうかもしれない。しかし、彼が、マウントオリーヴとライザの両方に送った手紙では、まるで別々の死の理由が述べられてあり、理由を一つに特定することは困難である。それに、どちらの手紙においても、自己の死の理由を合理化し正当化しようという意志がきわだっており、死の真相があかされているというよりも、それを自ら解釈しようとする欲求が目立っている。ただ、彼が妹ライザにあてた、上の手紙とは別の、親展の手紙には、彼の死の真相にもっとも近いことが書かれているらしい。それは、その手紙を読んでいるときのれわれわれはは紙の手のられこ、らがなしかし。るきで察推ら等きのののお、奮興、撃衝たけうの「私」
読者に全く明かされず、結局、すべて燃やされてしまう（ヘンリー・ジェイムズの作品をおもわせる設定である）。死者は永遠に沈黙を守ったままである。

以上述べてきた理由により、パースウォーデンを軸として読んだこの「推理小説」は、終わりまで読んでもいっこう答えがでてこない。ますます、死の謎は深まるばかりである。これは、「結末のない推理小説」なのである。しかしながら同時に、読者はつぎのことを意識させられる。すなわち、この「推理小説」では、謎そのものに光はあてられていないが、謎を解く行為自体には光があてられているということだ。謎は第二義的問題であり、解釈という認識論上の問題が第一義的なのである。それは、つまりこういうことだ。ある事実を解釈する者は、その事実のうちに、鏡のなかを見るように己の姿を見るのであり、また、己の心の鏡に映った事実の像を見ているにすぎず、事実そのものを見ているのではない。解釈者が見ているのは、解釈者によって「選びとられた虚構」（パースウォーデン）なのである。そしてそれゆえに、一つの事実について、いくつもの解釈（＝鏡）がありうるということだ。語り手である「私」、そしてこの作品を読むわれわれは、パースウォーデンの死という「沈黙」に向きあうことにより、これらテーゼに辿りつくのである。

しかし、これらのテーゼは、認識論的には、あまりにも陳腐であり、あたりまえのことともおもわれる。作者ダレルは、それゆえ、それらを単なる認識論として呈示するような愚かなまねはしない。彼は、それらを認識論的レベルにおいてのみならず、美学的レベルにおいても打ち出しているのである。つまり、そのようなテーゼによって、この作品の多面鏡的構造を、またそのような構造の認識論的必然性を語らせているのである。作品に作品それ自体を語らせているというわけだ。その意味で、『アレクサンドリア四重奏』という作品は、自己言及的な小説、自らを意識する小説（Self-Conscious Novel）であるといえよう。

第四のムーヴメント：鏡に映った鏡
（Self-Conscious Novel としての『アレクサンドリア四重奏』）

この作品を読む際、誰しもが気づくことの一つは、「鏡」に関する言及が実に多いということである。人物が鏡のなかに己の姿をうつしだし、他者を鏡のなかで見るという描写の何と多いことか。これほど「鏡」についての描写が多いという事実は何をものがたっているのか。それが単なる事物の描写にとどまらず、何か象徴的な意味合いを有していることを示しているのではないか。象徴的な意味を有しているとすれば、それはどのようなものなのか。まず、それを、哲学的・心理学的コンテクストにおいてとらえてみよう。

第一に、それは、自意識の隠喩である。作品にでてくる人物の多くは、自意識に苦しめられている。そのなかでも特に、ネッシム、ジュスティーヌ、パースウォーデンの三人は始終、強い自意識（とりわけ、自己嫌悪）にさいなまれている。彼らが鏡をみる描写が、作品中もっとも頻繁に見いだされるという事実は、そのことを象徴的に物語っている。パースウォーデンが死の直前、鏡にうつる自分の姿に酒を吹きかけるという描写はその顕著な例と言えよう。それとは反対に、原始的な、生命力みなぎるナルーズ、欲望（とくに性欲）のおもむくまま生きる漁色家カポディストリアは、鏡に己をうつすことは一度もない。それは、彼らが自己との全き調和のうえに生き、分裂せる「不幸な意識」（ヘーゲル）を持ち合わせていないことを象徴的に物語っている。

第二に、「鏡」は、愛のナルシスティックな状況を示す隠喩である。この作品では、人物の多くが、自分と他人をありのままにみようとはせず、それらの鏡像を見ている、すなわち、自分に対しある理想のイメージをいだき、他人に対し自分の理想のイメージをいだいている。愛においては、それらイメージが激しくぶつかりあい地獄のような様相を呈するのだが、そのような状況を「鏡」という隠喩が象徴的にものがたっている。

第三に、「鏡」は―それは第二の点と切り離せないが―人間の認識の限界、相対性を示す隠喩であると思われる。すなわち、人物および出来事の全貌、実相を人間が知覚によってあるいは記憶により認識することは不可能であり、それゆえ、われわれの認識は鏡のように人物や出来事の一面をうつしだすにすぎない、ということである。この第三の点については、すでに、クリストファー・ミドルトンとジョン・アンタレッカーが指摘している（Christopher Middleton. "The Heraldic Universe"〔1987〕John Unterecker. *Lawrence Durrell*〔1964〕）。

「鏡」の隠喩は、上に記したような哲学的・心理学的意味を有していると思われるが、そればかりではない。それは、美学的意味あいを有しているようにもおもわれる。その美学的意味あいとはいかなるものなのか。

まずはじめに、「鏡」は、この作品のエクリチュールを暗示している。『アレクサンドリア四重奏』の大部分は、「私」(ダーリー)によって語られるが、この語り手＝「私」は、書き手＝「私」でもある。それゆえ、この作品は、「アレクサンドリア」(アレクサンドリアの人物たちのドラマ)をうつしだす「鏡」であるばかりでなく、「私」の書く行為そのものをうつす「鏡」でもある。書き手＝「私」は、作品という「鏡」のなかに己の姿をうつしだしているといえよう。それでは、作品という「鏡」にうつる、「私」の「書く行為」とはいかなるものであろうか。

「私」が『ジュスティーヌ』を書く行為、それは、「私」という「鏡」(「私」の記憶という鏡)にうつった「アレクサンドリア」の像を書き記してゆくことである。その「私」という「鏡」にうつった鏡像＝『ジュスティーヌ』を、「私」は、友人バルタザールのもとに送る。しばらくして、バルタザールのもとからふたたび「私」のもとに、その『ジュスティーヌ』が送り返されてくる。送り返されてきた『ジュスティーヌ』には、バルタザールの注釈がびっしりと書き込まれていた。このバルタザールの「注釈」とは、バルタザールという「鏡」にうつしだされた「アレクサンドリア」の像である。「私」は、「アレクサンドリア」についての新たな鏡像をつきつけられて、自分がそれまでいだいていた鏡像＝『ジュスティーヌ』の絶対的真実性を疑いはじめる。すなわち、「私」という「鏡」をバルタザールという「鏡」のなかにうつしだして、それを再検討しはじめるのだ。己の鏡像＝『ジュスティーヌ』を全面的に修正する必要にかられるのである。そして、『バルタザール』という、「私」とバルタザール双方の鏡像をつきあわせ編集することで成る鏡像が出来上がるのである。「私」の書く行為とは、このようなプロセスの繰り返しであるといえよう。「私」は、バルタザール他多数の人物の「鏡」にうつった「アレクサンドリア」像を、批判検討し、編集し、また、自分という「鏡」を他者の「鏡」のなかにうつしだしながら、しだいに独自の「アレクサンドリア」像を築いてゆくのだから。このようにして出来上がった「アレクサンドリア」の鏡像は、もちろん、「アレクサンドリア」の現実そのものではなく、その虚像、蜃気楼である（ついでに言うと、この作品にはアレクサンドリアの蜃気楼の描写が頻繁にみいだされる）。それゆえ、「アレクサンドリア」の現実そのものを、言葉によって再現しようという目的で手記を書きはじめた「私」は、その試みに失敗したと述べている。しかし、「私」はみずからの失敗を認めると同時に、おのれの築いた「アレクサンドリア」像は、単なる幻想であるにしても、「私」の内面的な真実を示しているという点で、現実そのものよりもリアリティーを有していると確信し、最終的には、その鏡像の存在意義を主張するのである。

「鏡」の隠喩は、「書く行為」を暗示するばかりでない。それは、この作品の構造をも暗示する。人物が、鏡のなかで（それも、実にさまざまな鏡—長方形、スペード型　etc.）とらえられるという描写は、人物たちが、『ジュスティーヌ』『バルタザール』『マウントオリーヴ』『クレア』というそれぞれの「鏡」に、おのれの一面しかうつしださないという、この作品の構造とアナロジカルな対比をなしているからである。とりわけ、人物が部屋のなかのいくつかの鏡に同時に自分のすがたをうつしだすという描写は、作品の多面鏡的構造の縮図といえよう。

以上見てきたとおり、「鏡」の隠喩は、『アレクサンドリア四重奏』という作品を暗に物語っているのであるが、「鏡」以外にもそれを暗示するものがある。たとえば、肖像画。さきにも述べたが、未完成のジュスティーヌの肖像画は、この作品では決してジュスティーヌの全貌がとらえられないことを暗に示している。また、マウントオリーヴの肖像画が、『マウントオリーヴ』のはじめのほうで、クレアによって描きはじめられ、おわり近くで完成するという事実は、マウントオリーヴが未熟な外交官から、しだいに一人前の外交官へと成長していくということこの作品のビルドゥングス・ロマン（Bildungsroman）的な構造を暗示しているとおもわれる（"Bild" というドイツ語は、「肖像」という意味を有していることを思い起そう）。

「鏡」、「肖像」のように作品を象徴的に物語るものがある一方で、この作品には、直接的に作品の構造を示唆するような言葉がふんだんにちりばめられている。そのなかのほんの一例として、三人の人物の語る言葉を引用しておこう。

ジュスティーヌ（多面鏡のまえで）………

「ねえ、みて。ひとつのものが五つの違った像としてうつるのよ。もしあたしがものを書くことができたら、多元的な人物像をこころみるわ。……」（二八頁）

バルタザール（「注釈」において「私」に語りかける）

「無意識のうちに、ぼくはある形式をきみに提供していたのかもしれない。………たとえてみれば、それは、いくつかの真理がつぎつぎに重ね書きされ、それぞれが互いに他を否定したり補ったりする中世の羊皮紙に似ているかもしれない。」（三三八頁）

パースウォーデン

「このようにすべての現実解釈は、独自の位置に基づいている。二歩東か西に移動すれば、絵全体が変わってしまう。」（二一〇頁）

これら人物の言葉は、この作品の最良の解説として読まれるべきである。わたしがこれまで論じてきたことは、すべてこれらの言葉の射程内にあり、これらをなぞっているにすぎない。

このような自己言及的な鏡、『アレクサンドリア四重奏』、それは、作品を書く行為、作品の構造をうつすにとどまらない。この作品は、私たち読者をうつしだす鏡でもある。どのようにうつしだすのか。それは、われわれ読者が『アレクサンドリア四重奏』というテクストを読む行為自体が、語り手（あるいは視点人物）がアレクサンドリアという都市をとらえる行為のなかにうつしだされているということだ。読者がテクストの断片を丹念に結びつけ、めいめいの『アレクサンドリア四重奏』を築いてゆくように、『ジュスティーヌ』の「私」は、「アレクサンドリア」にかんする断片的な記憶をつなぎあわせることで、「私」の「アレクサンドリア」を築いてゆく。また、読者が、テクストを読むプロセスにおいて、さまざまな時点におけるさまざまな「読み」を照合し、重ねあわせ、それらとテクスト内で人物たちのおこなう「読み」を比較対照することで、みずからの「読み」を修正し補足し、豊かなものにしていくように、『バルタザール』の語り手＝「私」は、『ジュスティーヌ』における自らの「読み」をバルタザールの「読み」とつきあわせることで、自らの「読み」を修正し、補足してゆく。そして、われわれ読者が、テクストの隠れたプロットをさぐりあて、それを再構成していくように、『マウントオリーヴ』においてマウントオリーヴは、「アレクサンドリア」でひそかに進行する目に見えない陰謀（＝プロット）を探り当て、その全貌をあきらかにしようとする。読書行為によって、『アレクサンドリア四重奏』という鏡迷宮に入りこんだわれわれは、このように、みずからの姿を鏡に映しだしつつ、出口をもとめて彷徨うのである。そして、『クレア』という迷宮を通り抜けてはじめて、この長大な鏡迷宮＝『アレクサンドリア四重奏』の外側に出ることができるのである。ちょうど、語り手である「私」が、『クレア』のおわりで、ようやく、アレクサンドリアという迷宮都市を脱け出すことができるように。

【本論文で使用したテクスト】

・Durrell, Lawrence. *The Alexandria Quartet*. Faber and Faber, 1962.

第2部

読みのプレジール（Ⅱ）

—ヘンリー・ジェイムズ—

第一章　演劇的な、あまりにも演劇的な
—『ロデリック・ハドソン』必携—

はじめに——人名のシンボリズム——

まずは、表層から、『ロデリック・ハドソン』（*Roderick Hudson*）の世界に踏み入ってゆくことにしよう。

ヘンリー・ジェイムズの作品に出てくる登場人物の名前には、多くの場合、何らかの意味がこめられている。時として、それは暗号のようであり、読み手は、名前＝暗号を解読したい欲求にかられる。ジェイムズの研究者たちも、しばしばこの「解読」作業を行ってきた。たとえば、エレーヌ・シクスー（Helène Cixous）。彼女は、『ある婦人の肖像』における「人名のシンボリズム」について言及している。[1]それによると、ラルフ・タチェット（Touchett）は、「タッチ（touch）する人」、つまり、人物のドラマに「ちょっと触れる」存在、舞台の縁に立ち、ドラマを覗き見するアウトサイダー的存在である。また、オズモンド（Osmonde）は、フランス語の os（骨）-monde（世界）、ossements（骸骨）、つまり、「ひからびた、何も持っていない男」であり、イザベルの生命力をうばい取ってしまう死の世界、イザベルを呑みこむ「空ろな窪み」である。

シクスー以外にも、多くの研究者が「人名のシンボリズム」について言及している。中でも、とりわけ注目に値するのは、ジェイムズ文学全体にわたって「人名のシンボリズム」について包括的研究を行っているジョイス・テイロー・ホレル（Joyce Tayloe Horrell）の論文（"Henry James and the Art of Naming"）である。[2]ホレルは、この論文のなかで、「歴史・神話に由来する命名」、「自然に由来する命名」という二つのカテゴリーを設け、『ロデリック・ハドソン』にかんして、ロデリック・ハドソン（Roderick Hudson）は前者に、彼のフィアンセであるミス・ガーランド（Miss Garland）は後者に属する、と述べている。ロデリック・ハドソンは、『アメリカ人』のクリストファー・ニューマン、『黄金の盃』のアメリーゴ公爵とならび、「冒険と探検の精神」を象徴する名前である、とホレルは述べている（言うまでもなく、ハドソン川の発見者ヘンリー・ハドソンを連想させるという点で）。そして、ミス・ガーランドについては、"Garland, ... whose name links her to the foliage of the New England woods which produced her and also suggests victorious associations which James wanted for this character."と記している（'garland crab'［別名American crab apple］は米国東部産バラ科の高木で、黄色い小さな実のなる野生リンゴの一種である）。

このように、ホレルは、『ロデリック・ハドソン』における二人の人物の「名前のシンボリズム」について言及しているのだが、その他の登場人物については言及がなく、また、ロデリック・ハドソンとミス・ガーランドの「名前のシンボリズム」にかんしては、不十分であり、単純すぎるともわれる。そこで、以下、他の人物の「名前のシンボリズム」、そして、ロデリック・ハドソンとミス・ガーランドの「名前のシンボリズム」について、やや詳しく論じることで、ホレルの論を補足してみたいと思う。

　まずは、この作品の「視点人物」（ジェイムズがニューヨーク版の序文で使った言葉を用いるなら、「作品のすべての部分を統御する中心点」）であるローランド・マレット（Rowland Mallet）。'mallet'は「木づち」である。「木づち」は彫刻家のもちいる道具の一つである。ローランドは、彫刻家ロデリックのパトロンであって彫刻家ではない。しかるに、何ゆえローランドに彫刻家を暗示する名前がつけられているのであろうか。それに答えるには、ロデリックとローランドの関係を考えてみなくてはならない。二人の名前は共に「R」によって始まる。これは単なる偶然であろうか。そこに作者の何らかの意図を見いだすことができないであろうか。ここで、考察の一助となるのが、多くの論者によって言われている「ロデリック・ローランド→ドッペルゲンガー説」である。[3] たしかに、ローランドは、ロデリックに対して影―分身のような存在である。なぜなら、ローランドはロデリックのパトロンであるとはいえ、彼自身芸術家としての衝動・願望を有しており、自らの才能によって実現されないこの衝動・願望を、「ロデリック」という人物を通して充足し実現しようとしている点で、彼自身が「芸術家」であるとみなすことができるからである。ロデリックのドラマとは、間接的には「芸術家」ローランドのドラマともなっているからである。ローランドは、自分の理想的な（本来ならば自分自身がそうなるはずの）芸術家像を、「ロデリック」という「分身」のなかに実現しようとしているのであり、「ロデリック・ハドソン」という「彫刻作品」を創作しようとしているのだ。それゆえ、ローランド自身が、「木づち《マレット》」を手にした「彫刻家」であると考えることができるのである。ローランド・マレット（Rowland Mallet）という名前は、このような象徴的な意味あいを内に秘めているのだ。

ロデリック・ハドソンについては、ホレルは「冒険と探検の精神」を暗に示していると述べているが、それだけであろうか。ここでは、ジャン・ペロー（Jean Perrot）の興味深い説を紹介してみたい。ペローは労作 *Henry James: Une écriture énigmatique* において、『ロデリック・ハドソン』の文学的アリュージョンについて論じている。[4] 彼は、ポオの三つの作品（『アッシャー家の崩壊』、『ウィリアム・ウィルソン』、『盗まれた手紙』）と『ロデリック・ハドソン』のテーマ上の、語りの構造上の、そして人物設定の類似点を指摘したうえで、次のように結論づけている。ロデリックという名前は、ロデリック・ハドソン同様精神的崩壊をたどる人物ロデリック・アッシャー（Roderick Usher）から由来するものであり、「ドッペルゲンガー」のテーマは「ウィリアム・ウィルソン」と、そしてRowland-Roderickという同一文字ではじまる二人の人物の組合せは、『盗まれた手紙』のD―大臣とDupinの組合せと関連している、と。これは、少々牽強付会ではあるが、『ロデリック・ハドソン』とポオのつながりについてなされた興味深い指摘である。とりわけ、ローランドがロデリック・ハドソンの崩壊過程をみる物語と、語り手「私」がロデリック・アッシャーの崩壊過程をみる物語、という作品構造上の共通性にかんする指摘は無視できない。また、ロデリック・ハドソンがロデリック・アッシャー（および、他のポオの多くの作品の主人公）と同じく 'Fatal Man' であること、[5] そして『ロデリック・ハドソン』のなかにポオ的表現、イメージが見いだされるという事実（たとえば、以下のようなロデリックの言葉。"I shall never have need for them [law-books] more—never more, never more, never more."（p. 34）"But I bid good-bye here with enthusiasm to these four detested walls—to this living tomb!"（p. 34）[6]は、『ロデリック・ハドソン』とポオの作品を関連づける一証左となり、ペローの論を裏付けてくれる。

　クリスティナとミス・ガーランドの「名前のシンボリズム」についてはどうであろうか。クリスティナ・ライト（Christina Light）については明白である。彼女は、その名'Light'の示すごとく、まばゆいばかりの美女である。作品中では、「ヨーロッパ一の美女」であると述べられている。クリスティナが「光」であるとすると、ミス・ガーランドは「影」である。また、クリスティナを「太陽」とすれば、ミス・ガーランドは「月」である。ジェイムズがニューヨーク版の序文でいっているように、ミス・ガーランドは、性格、容貌などすべての点でクリスティナとは「対照的な」（'antithetic'）女性である（この対照性は、ロデリック［光］とローランド［影］の対照性と合わさって、バロック的「明暗対照《キアロスクーロ》」をつくり出しているといってよい）。ミス・ガーランドの出身地は、ウェスト・ナザレ（Nazareth）であると書かれている。「ナザレ」とは、聖書との関連を想起させるが、彼女のロデリックに対する母のような慈愛、自己犠牲的な、宗教的とまでいえる献身とあわせて考えると、ミス・ガーランドは、「聖母マリア」を暗示しているように思われてくる。彼女の名前が、メアリー・ガーランド（Mary Garland）であるということは、そのような推測を裏づけてくれる。

　また、ガーランド（Garland）という名も、さまざまな意味あいをふくんでいる。ホレルの言うとおり、まずそれはアメリカ東部産の植物 garland crab を想起させる。そこから、メアリーが、「アメリカ」を象徴する人物であることが推測される。彼女は、アメリカの大地に根を生やした自然の草木のように、「アメリカ人としての土着性、アイデンティティー」、そして「自然性」を維持しつづける人物である。彼女は、「ヨーロッパ」、そして「人工性」を象徴しているクリスティナ・ライトの「対照的」（antithetic）人物なのである。また、彼女は、クリスティナにロデリックをうばわれ、崩壊したロデリックを救済することができなかったという点においては敗北者であるが、道徳的なレベルでは「勝利者」であるために、ホレルが 'Garland' という名は「勝利者」を暗示する（'garland' は「名誉をあらわす花輪」を意味し、「栄冠」、「勝利者」を暗示する）と解釈しているのは正しい。

しかしながら、ガーランド（Garland）という名には、それ以外にも象徴性がこめられていると私には思われる。まず、第一に、ホレルはガーランド（Garland）が 'garland crab' を暗示するとしているが、同時に、それは 'garland larkspur' をも暗示している。'garland larkspur' は、青い花の咲くキンポウゲ科ヒエンソウ属の多年草である。今、この「青い花」という点と関連して読者が思いあたるのは、第四章（ニューヨーク版）、ロデリックらがヨーロッパに旅立つ前に催したピクニックのエピソードにおける、ローランドとガーランドのやりとりである。そこでは、ローランドは「青い花」の植物をさがし、それをメアリー・ガーランドのもとに持ってくる。これは、ロマン主義のコンテクストにおいては象徴的意味あいを有する。パトリシア・クリック（Patricia Crick）は、『ロデリック・ハドソン』の注釈のなかで、「青い花」はロマン主義文学において「幸福」のシンボルであり、「青い花」の探求は「詩人の人生」のアレゴリーであると述べている。[7] まさしく、この作品において、「青い花」を暗示するミス・ガーランドは、ローランドにとって「幸福」（それも手の届かぬ「幸福」）を意味しており、また、詩的感受性にめぐまれたローランドの人生は、この「幸福」を目標としている。そして、一方、ガーランド（Garland＝「幸福」）を捨て去ったロデリックは、不幸のどん底へつきおとされることになる。

さらに、ミス・ガーランドの「名前のシンボリズム」にかんして言っておかねばならないことがある。フローレンスのパンドルフィーニ邸において、美しい月夜に、ミス・ガーランドは、それまでの気丈で落ち着いた「仮面」をとり、悲しみにつつまれた「素面」をあらわにする（"She made no reply. ... She was sitting motionless.... She was softly crying, or about to cry...." [p. 336]）。ここでローランドは、いかにミス・ガーランドがロデリックの精神的崩壊を悲しんでいるかを知る。この作品の終わりには、この「悲しみ」は極限に達するのである。ここで、garlandという語の象徴体系に目を向けてみよう。アト・ド・フリースによれば、'garland'という言葉は、「悲しみ」の象徴であるという。(8) このような'garland'という語の象徴性を考えると、ジェイムズがガーランド（Garland）という名前を選んだのは、じつにふさわしいと言えるだろう。

その他の人物の「名前のシンボリズム」については、簡単に述べておこう。カサマシマ公爵は、イタリア語で「最大の家」という意味を有している（'casa'［家］＋'massimo'［最大の］）。ロデリック以外の芸術家たちの名前も、ある意味あいを有している。グロリアーニ（Gloriani）は「栄誉、栄光」をあらわす（彼は、のちに『使者たち』のなかで、「栄光」の絶頂にある人物として描かれることになる）。そして、シングルトン（Singleton）。彼は、作品全体を通じて、ロデリックと「対照的な」（'antithetic'）人物として描かれている。ロデリックが「天才型」だとすれば、シングルトンは「努力型」である。ロデリックが「ウサギ」だとすれば、シングルトンは「カメ」である。シングルトンは、ただひたすら「一つのこと」、すなわち「スケッチ」にいそしみ、着々と己の芸術をそだててゆく。そのような姿勢は、シングルトン（Singleton ／'single' ＝［ただ一つの、ひたむきな］）という名前に示されている。

＊

以上、『ロデリック・ハドソン』における「人名のシンボリズム」について、「解読」を行ってきた。が、われわれの解読作業は、ようやく始まったばかりである。表層をこえ、さらに奥深くへと踏み込んでゆかねばならない。以下の四節では、さまざまな角度から、この豊穣な『ロデリック・ハドソン』の文学的世界に踏み入ってゆくつもりである。考察のプロセスは、つぎの通りである。

第一節では、この作品の演劇的特性を明らかにするつもりである。

第二節では、主要人物の関係を図解してみたい。

第三節では、この作品の「探偵小説」的特性を明らかにしたいと思う。

そして第四節では、この作品を文学史的に位置づけてみたい。

第一節　演劇的な、あまりにも演劇的な

ジェイムズは、幼い頃からしばしば芝居を見に行った。とりわけ、彼の幼少時には、小説をもとにした演劇がさかんに上演されており、彼は、ディケンズの『ニコラス・ニクルビイ』やストウ夫人の『アンクルトムの小屋』などをみている。このようにして幼い頃よりつちかわれた芝居に対する情熱ゆえ、ジェイムズは後年劇作を試みるのであるが、彼の小説作品においても、「演劇的な特性」は顕著である。劇作の経験をへたジェイムズ後期の小説において、「演劇的な手法」が用いられていることは、ほとんどの研究者が指摘している。しかしながら、ジェイムズは、劇作家の経験を通じて「演劇的手法」を獲得したのではない。彼は、小説家になったとき、すでに「劇作家」であったのだ。

『アメリカ人』は、「観客」＝クリストファー・ニューマンが、パリを「舞台」とする貴族たちの「劇」を「観る」という作品である。『ある婦人の肖像』は、マダム・マールとオズモンドの仕組んだ「劇」を、ヒロインであるイザベラ・アーチャーが知らぬ間に演じさせられるという「悲劇」である。また、それらの「劇」を、「観客」＝ラルフが「観る」という、劇場的・スペクタクル的構造を有している。『ポイントンの蒐集品』は、蒐集品の所有権をめぐってのゲレス夫人とモナの「チェスゲーム」であり（ゲレスの駒はフリーダであり、モナの駒はオーエンである）、フリーダはゲ

レス夫人の演出する「劇」を演じさせられ、オーエンはモナの演出する「劇」を演じさせられる。『メイジーの知ったこと』は、メイジーという「観客」がみたファンタスマゴリックな、大人たちの「仮面劇」であるといえよう。『厄介な年頃』は、作品のほとんどが人物の「会話」から成り立っており、「舞台劇」（'stage play'）を思いおこさせる。

そして後期の三大傑作では、「演劇的手法」はさらに複雑化してくる。『使者たち』は、チャドとヴィオネの演じる「劇」をみる「観客」であったストレザーが、いつのまにか、ヴィオネの共演者＝「役者」になってしまい、逆に、それまで彼女の共演者であったチャドが「役」をおりてしまうという物語である。『鳩の翼』では、ミリーの遺産を手に入れるため、ケイトは自らの「劇」を演出し、デンシャーを共演者にし、ミリーの共演者のふりをさせるが、しだいにデンシャーはケイトの「劇」の共演者のふりをするようになり、本当にミリーの共演者となってしまい、ついにはケイトの「劇」の「役」をおりてしまう。そして『黄金の盃』は、公爵とシャーロットにだまされていたマギーが、後半になって「仮面」をつけて「女優」のように「演技」し、彼らをだましつつ、彼らの秘密をさぐり出すという物語である。

『ロデリック・ハドソン』においても然り。この作品も、きわめて演劇的である。「観客」はローランドである。そして、彼が観ている「劇」の主な「役者」は、クリスティナとロデリックである。『ロデリック・ハドソン』という作品は、彼らの演じる「シーン」を、次々にローランドがみるという演劇的構造を有しているのだ。いわゆる全能の語り手は、ほとんど影をひそめている。「観客」であるローランドの「視点」がとらえたものだけを主として描き、「舞台裏」で進行していることは、ほとんど記されていない。それは、ローランドが推測していかなくてはならないのである。

まずは、クリスティナからみてゆくことにしよう。クリスティナの登場は、非常に「舞台的」(scenic)である。はじめて彼女が「観客」ローランドのまえに姿をあらわすシーン(第五章)は、ちょうど役者が上手から下手へ移動してゆくのを観ているようだ。「砂利道」が「舞台」であり、それをながめているローランドの位置(このシーンの間、彼は動くことはない)は「観客席」である。また、クリスティナが「砂利道」を歩いてゆく様子は、作品中では、"the spectacle" あるいは "the show" といった語で示されており(七〇頁)、「劇場的」(「見世物」的)イメージを喚起する。

第八章で、彼女がはじめてロデリックのスタジオにやってくる場面もまた「舞台的《シーニック》」である。まさに、「舞台」の袖から、人物らが観客のまえにあらわれてくるようだ。ミセス・ライトがまずドアから入ってくる。つづいて付添人。そして、クリスティナ。彼女は、プードル犬をつれている。犬の名は、なんとステンテレッロ。トニー・タナーも指摘している通り、「ステンテレッロ」とは、十八世紀フィレンツェの「大衆劇」(仮面劇《マスク》)の登場人物の名前である。[9] 彼女は、たいていの場合、このステンテレッロをひきつれてあらわれるが、それは、彼女が「仮面劇」を「演じている」(あるいは「演じさせられている」)ことを暗示しているようにも思われる。では、彼女の「仮面劇」とはどのようなものなのか?　また、その「仮面劇」を演出している者は誰なのか?

クリスティナには、彼女の母であるミセス・ライトいう「演出家」がついている。クリスティナは、ミセス・ライトの「演出」どおり、ローマの社交界という「舞台」で、「貴族」や「王女」といった「役柄」を「演じる」(というよりも、「演じさせられている」といった方がいいだろう)。

このことに関しては、ジェイムズ研究の大家であるティントナー（A.R.Tintner）の指摘が示唆的である。[10] ティントナーは、『ロデリック・ハドソン』のニューヨーク版の第十章には、初版にはなかった次のような文章が加筆されていると言う。それは、ミセス・ライトの古くからの友人であるマダム・グランドーニがローランドに対していった言葉である。

「ミセス・ライトは……自然の大いなる驚異を見世物としているのです。そしてブース（筆者注：booth には「芝居小屋」という意味もある）の外で大太鼓を叩いています。その大太鼓とは、宮殿の主階（ピアノノビーレ［イタリア建築で、主要な応接室が設けられる階］）であり、きらびやかな供付きの馬車であり、すばらしいボンネットであり、ありとあらゆるものをけばけばしく飾り立てることなのです。そして、驚くべき呼び物は、彼女のすばらしい娘です。」（一四五―一四六頁）

ティントナーは、この一節はドーミエの *Les Saltimbanques* を想起させ、「フリーク・ショウ」（freak show）や、「カーニヴァル」や「サーカス」のイメージを喚起すると述べている。ティントナーの言う通り、ミセス・ライトという「演出家」（あるいは「興行主」）は、娘のクリスティナを、「見世物」の「呼び物」としているのである。ここには、「演劇的」なイメージが濃厚にあらわれているといっていいであろう。

しかし、クリスティナの「演技」は、母親の「演出」どおりには進んでゆかない。しばしば、彼女は「興行主」にさからって「演技」する。彼女は、ときとして母親の「演出」にわざとさからって、母親を困らせ、サディスティックな快楽にふけっている。それぱかりではない。彼女には、小説や劇中のヒロインのようにふるまいたいという「演劇的欲求」があり、そのために「共演者」＝ロデリックを必要とし、また「観客」(とりわけローランド)を必要とする。たとえば、「コロシアム」でのシーン(第十三章)では、クリスティナはロデリックと「恋愛劇」の一コマを演じているかのように芝居めいて仰々しい(この「場面」が「コロシアム」という「劇場的空間」であるということは暗示的である。そして、クリスティナの言葉は、『アントニーとクレオパトラ』の中で、クレオパトラが話すせりふを思わせる)。また、ローランドの前では、「悲劇のヒロイン」を演じてみせ、それに対する「観客」＝ローランドの反応をうかがっている。彼女が、マダム・グランドーニの前で取り乱している場面(第十六章)で、その様子＝「演技」をローランドがどのようにみてくれているかを意識しつつ、何度も横目でローランドの方をみては、また「悲劇のヒロイン」の「演技」をつづけるところは、その一例である。

「わたしは何も知らないの、何の興味も関心もありませんの。」彼女は手をマダム・グランドーニに預けたまま立っていたが、横目でローランドの方を見ていた。(二二九頁)

「あなた(＝マダム・グランドーニ)は、わたしを信頼してくださらなくてはなりません。」そして彼女は、ローランドの方をもう一度見た。それから突然ちがった調子で、「わたしは自分が何

を言っているのかわからないわ」と泣き叫んだ。（一二三〇頁）

「観客」ローランドの反応をうかがいつつ、「語調」を意識的に変えながら、「観客」の心をひきつけ、自らの「悲劇」的「演技」の真実性を「観客」に信じこませようとしているクリスティナ。彼女は、マダム・グランドーニが評したように、「女優」なのである（「わたしは、彼女は女優なのだと思います。」一四六頁）。

そう、まさしくマダム・グランドーニの言うように、クリスティナは「女優」である。彼女はいかなる時でも、劇の中の人物に己を擬し、「女優」のようにふるまおうとする。「女優」＝クリスティナは、つねに「観客」＝ローランドの前で劇中のヒロインを演じようとする。ローランドは、クリスティナの「演技」を―疑いを持ちつつも―彼女の本心からなされた行為であると信じるが、その都度、それが、彼女の自己劇化の欲求をみたし、同時に、自分の演技の「真実性」を観客に信じ込ませたいという役者の欲求からなされたものであるということを見いだし、幻滅する。例を二つほどあげよう。

第一に、クリスティナがロデリックを破滅から救うために、ロデリックとの関係を絶つという倫理的行為。この倫理的行為は、ロデリックのためになされたものではなく、彼女が己を劇（あるいは小説）の倫理的ヒロインと同一化したいという自己劇化の欲求から、また、そのような行為を観客＝ローランドに信じてもらい、賞讃してもらいたいという欲求からなされたものであることは、次の引用に明らかだ。

「このような小説か劇がなかったかしら？　彼女（＝クリスティナ）はとうとうたずねた。「邪な美しい女が若い男に罠をかけ、そのため彼の父親が彼女のところにやってきて息子を解放してくれと頼む、というような。」

「……その女性がむせび泣き、自分を犠牲にするやつですね。」

「そうです。少なくともわたしはむせび泣くよう試みると思いますわ……わたしがミスタ・ハドソンに気をもたせることをやめ、彼が仕事に専念することができるようにしてあげれば、わたしは、何か寛大でヒロイックで崇高な―なにかそのようなすばらしい名で呼べることをしたのだとあなたは考えてくださるでしょうか？」（二一三頁）

そして、この一カ月後、彼女は、自分の「倫理的行為」の結果がどうなったかと、あたかも小説や劇の結末を楽しみにしているかのようにローランドにたずねる。自分の「倫理的行為」が、どのような自己満足（自己の劇的欲求を満たすこと）をもたらすかを待っていたのである。このときも、彼女は、聖女たちが善行によって「よろこび」を覚えたという物語に自分を重ね合わせ、自己を聖女の役に擬して自己劇化の欲求をみたそうとしている。ところが、ロデリックがますます破滅的状況におちいっていると聞き、彼女は失望する。ローランドも、彼女の「倫理的行為」がロデリックのための行為ではなく、彼女自身の「よろこび」のための行為であることを知り、幻滅する。

……クリスティナは言葉をつづけた。「それからというもの、わたしは口では言えぬよろこびのやってくるのを待っていました。しかしそれは、わたしの投資に対する配当のようなもので、まだわたしの手に入っていません。………なんにも、なんにも、なんにも、そこから生まれてこないのです。わたしは、いままでもっともわびしい一か月をすごしました。」

ローランドは言った。「あなたは、とても恐ろしい女だ。」（二二九頁）

第二の例として、カサマシマ公爵との婚約を破棄した（それは一時的なものであるが）直後、クリスティナが、母の言うなりに貴族と結婚しなくてはならない、自由を奪われた我が身の悲劇的な運命をローランドに嘆く場面。彼女の嘆きがあまりにも真実味をおびていたため、ローランドは、これがクリスティナの真の姿であると信じ、彼女に同情する。そして彼女の力になろうと申し出る。そのとき、彼女は、唐突にも、次のように言う。

「あなたは六か月前に、結局わたしのことをどう思うか、わたしに教えると約束したことをおぼえていらっしゃるでしょう。今、それを教えていただきたいのです。」（三〇三頁）

結局、彼女は、他人の目に自分がどううつるかということにしか関心がないのである。この言葉を聞いたとたん、彼は次のような認識にたどりつく。

「マダム・グランドーニは、彼女が女優であると主張していた。………彼女は大きな見せ場を演

じ、……そして今やカーテンの穴に眼をあてて、芝居小屋の方をじっとみつめているところであった。（三〇三頁）

ここで、ふたたびマダム・グランドーニのクリスティナに対する評言を引用したい。

　わたしは、彼女は女優なのだと思います。しかし、彼女は演じている間は、自分の役割を本当に信じているのです。そして彼女は、自分がとても不幸な人間だと信じることを思いつき……わたしの目に涙がうかぶほど、彼女自身の不幸な、悲惨な物語をわたしに話したのです。彼女は、たっぷりと泣いたものです―それはもう自然そのものです。……わたしは、彼女が言っていることは、すべて本心から言っているようには思えません。また本心をすべて言いつくしていると も思いません。だけど、彼女には同情を感じるのです。（一四六―一四七頁）

クリスティナは「女優」である。自分を悲劇のヒロインに仕立てあげ、観客＝ローランドの前で「見せ場」を演じていたのである。彼女は、母親の「演出」どおりに世人の前で「仮面」をつけていなくてはならない自分の「運命」をなげき、「素面」をさらけ出しているようにみえても、実は、その「素面」こそ「仮面」なのだ。より正確にいうなら、「仮面」をはぎとって「素面」をみせるという行為そのものが、彼女にとっては一つの「演技」なのであると言えよう。

次に、ロデリック・ハドソンについてみてみよう。作品のなかで、ロデリックの「変貌」

（metamorphoses）は「劇」（the play）である、と言及されている（二〇三頁）。そう、まさしく、ローランドという「観客」は、ロデリックの「ヨーロッパ」における「変貌」の「劇」を観ているのである。その「変貌」とはいかなるものであったのか。

ローランドは、ロデリックがヨーロッパの美術を消化吸収し、その結果、粗けずりの天才から、技巧的にすぐれた成熟した偉大なる天才彫刻家へ「変貌」をとげてゆく「劇」がみたかった。そのため、彼は、大金をついやしてその「劇」の「切符」を手に入れたのである。しかしながら、ロデリックの演じた「劇」とは、「観客」ローランドの期待に反するものであった。彼は、ローランドの「筋書き」どおりに演じてくれなかったのである。ロデリックは、クリスティナの〝劇〟の「共演者」を演じさせられることになるのだ。そして、この〝劇〟のなかで、彼は生気をうばいとられ、全く創作意欲を失ってしまい、破滅した芸術家へと「変貌」してゆく。あげくのはては、クリスティナの「共演者」という「役」をおろされ、絶望と虚無感ゆえに悲劇的な死をむかえる。このような悲劇的なロデリックの「変貌」の「劇」を見終ったローランドの心中については、作品のおわりで次のように――「劇場的」な比喩をもって――表わされている。

ローランドの世界は彼にとって、現在では、破産して閉鎖された劇場のように、空虚で、がらんどうで、不吉なものに思われた。（三八八頁）

このように破滅してゆくロデリック。彼はまた、クリスティナと同じく、自己劇化の衝動を多く有していた。ときとして自己の破滅さえも、演劇的に表現する「俳優」であった。彼は、「演技」にとりつかれた「ダンディー」であった。山田勝は、その著『ダンディズム』において、ダンディーの主たる特徴として、「貴族的崇高性（冷たさ）、俗衆を人とも思わぬ不遜な姿勢、自惚れ、自己崇拝、ピューリタン的精神主義への反逆、享楽癖、マゾヒズム、美の追求、利那主義、派手な衣裳、過激な、破壊的な浪費癖」などをあげているが、[11]これら諸特徴は、ほとんどすべてロデリック（とりわけヨーロッパにきてからのロデリック）にあてはまる。ロデリック＝ダンディーは、徹底して「俳優」のようにふるまう。彼の言葉――とりわけ、雄弁になるとき――は、いつも芝居がかってにふるまう。いる。そして、身ぶりがじつにわざとらしく大げさで、人々のみている前で、ことさら目立つようにふるまう。

ロデリックは胸に手を置き、少しの間そのままにしていた。「死んだ、死んだ、死んだ！」（二六三頁）

とりわけ、クリスティナが婚約を破棄したという知らせを聞いたあとのロデリックの言動は、「芝居」の一シーンのようであり、彼の部屋は、「舞台」のセットのようにしつらえられている（「観客」はローランドである）。

絨毯やマットは取り払われて、しみのあるコンクリートがむき出しになり、少し水が撒いてあった。あちこちに、何か強い香りのする花が散らばっていた。ロデリックは、白いガウンをまとってソファに寝そべり、フレスコ画が描かれた天井を見つめていた。……….彼は大きな白いバラを鼻にあて、においを嗅ぎつづけていた。……….そして彼は巨大なバラの香りを深く吸い込み、そのバラの花越しにローランドのほうを見た。（二九一頁）

この箇所については、ジョナサン・フリードマン（Jonathan Freedman）が、「ボードレール的ダンディーのパロディーである」と評している[12]。

しかしながら、ダンディーの「自己演出」にも限界がやってくる。ロデリックは、クリスティナの婚約破棄のニュースに喜んだのも束の間、そのあとすぐにクリスティナがカサマシマ公爵と結婚したという知らせをうけ、絶望のどん底につきおとされる。そして廃人同然になり、もはや、彼には、自己を劇化する気力すら残されてはいない。

ローランドの「演出」した「劇」を演ずることをやめ、クリスティナの「演出」した〝劇〟の「役」をおろされ、そして、ついには、自己の「演出」した《劇》をも演じることをやめたロデリック。彼には、もはや演じるべき「役」はのこされていない。すべてに幻滅した彼に残されているのは、世界という「劇場」から去ってゆくことだけであった。そして、「観客」ローランドにとって、「役者」ロデリックが去ったあとの「世界劇場」は、「破産し、閉鎖された劇場」（"a theatre bankrupt and closed"）のように、虚しいものと化すのである。

第二節　悲劇的な愛の四角形

恋愛小説としての『ロデリック・ハドソン』は、じつに悲劇的な様相をおびている。なぜなら、それは、「愛の不可能性」を示しているからだ。そこには、主として四つの一方通行的な愛が描き出されている。それらを、以下に簡単に記してみよう。

（一）ロデリック──クリスティナ

ロデリックはクリスティナに恋しているのであるが、一方のクリスティナは、ロデリックに対する「恋」を演じているだけである。クリスティナのロデリックに対する「恋」は、大体、三つの段階に分けられる。第一に、小説や劇のヒロインを演じたいがために、ロデリックを、自分の想像のなかでつくりだした「冒険ロマンス」、「騎士道ロマンス」の「相手役」とすること。第二に、彼女は、カサマシマ公爵という求婚者があらわれると、ロデリックとの「恋愛ゲーム」によって、公爵を嫉妬させ、また、公爵との縁談をおしすすめようとしている母親を困らせようとする（それはサディスティックですらある）。第三に、ミス・ガーランドがあらわれてからの「恋」。クリスティナは、メアリー・ガーランドと会って以降、メアリーのロデリックに対する愛に嫉妬する。これは、ロデリックのことが好きだから嫉妬しているのではない。そうではなく、自分は金目当てで愛のない結婚をしなくてはならないのにひきかえ、メアリーが、ロデリックに対する心からの愛ゆえに、彼と結婚しようとしていることに嫉妬したのである。それに加えて、クリスティナには、自分には与えられない幸福を破壊したいという、サディスティックな衝動があるため、その衝動にかられてロデリックとの「恋」を演じようとするのである。

このようにクリスティナの「恋愛ゲーム」は演じられるのであるが、それを本当の恋愛であると思いこんだロデリックは、「ゲーム」に翻弄され、破滅へとつき進む。

（二）クリスティナ――ローランド

ローランドは、クリスティナの「美しさ」には魅かれている。クリスティナがどのような背信行為、不道徳なふるまいをしようとも、その「美しさ」ゆえについ許してしまうほどである。しかし、クリスティナに対する恋愛感情はいだいていない。

一方のクリスティナは、一見するとローランドを好いていないようだ。彼女は、ローランドに面と向かって、彼のことが好きでないと言っている。しかし、好きでないと言っているから恋していないととるのは早計である。彼女は、作品のなかで終始一貫、無関心で冷淡な態度で人々に接するが、ローランドに対してだけは、多くの場合そのような態度をとらない。そして誰の言うことも聞かないときでも、ローランドの言うことだけには――一時的にではあるが――従う。また、いつもローランドに信頼されたいと願い、ローランドの関心を自分にひきつけようと努力している（これは、前述したように、「演技」である場合もある）。これだけでは、彼女がローランドに好意をもっている証拠としては不十分であるが、ロデリックが作品の終りの方でローランドに言ったことは、これを裏付ける証拠になりうる。それによると、クリスティナはロデリックに対しては、ローランドへの恋を告白していたというのだ。ただ、それをロデリックが（自分にとって不利になるので）ローランドに伝えなかったのである。つまり、クリスティナの恋は、天の邪鬼なものであり、好きで「ない」と言っているのは、好きであると素直に言えず、また好きであることをかくしたいからだと考えられる。

（三）ローランド――メアリー

ローランドの恋は、作品中もっとも抑圧された、秘められたものである。彼は、ロデリックに対する「友情」と、ロデリックの婚約者であるメアリー・ガーランドに対する「恋」の間で苦しんでいる。この「恋」は、彼の〈道徳心〉によって、多くの場合おし殺されているが、彼の〈無意識〉のうちにひそむメアリーへの恋愛感情が、時折もえあがり、ときとして彼は、「友情」と「恋」との「内的分裂」におちいる。この〈無意識〉のうちにひそむ衝動ゆえに、ローランドは、ロデリックの死を願うことすらある（第十六章）。また、ロデリックがメアリーとの仲をたち切ろうとしているのを見て、ローランドは歓喜する。しかし、それと同時に、彼の〈理性〉が、彼に罪深さを感じさせ、歓喜の情もおし殺すように命じる。このような分裂せる「不幸な意識」のドラマが、ローランドのメアリーに対する「恋愛」のドラマである。

それに対し、メアリーは、ローランドのことを全く恋愛対象としてはみていない。彼女は、ロー

【図Ⅰ】

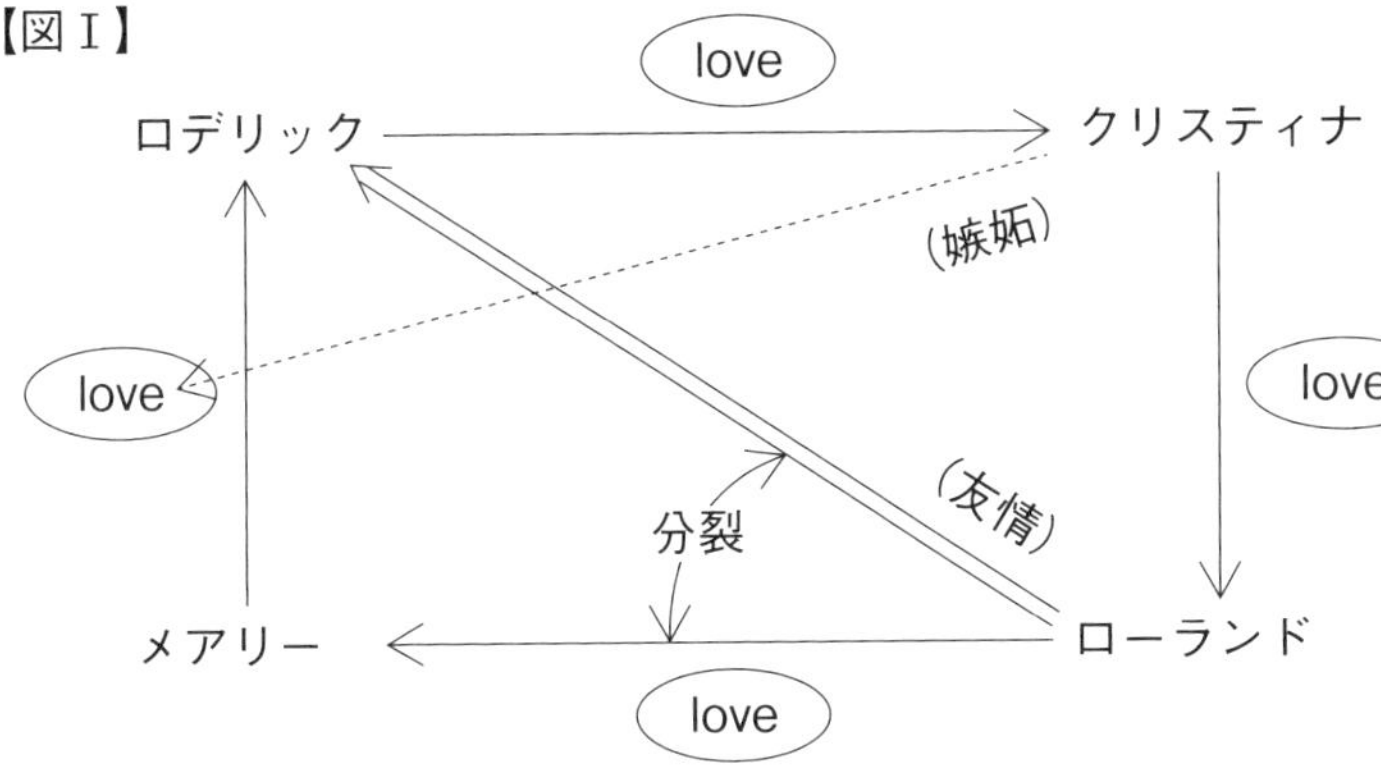

ランドのことを、あくまでも「ロデリックの友人」としてのみとらえており、ローランド自身のことには全く興味がなく、また、ローランドが彼女の私的なことについて聞くのを好まない。メアリーのローランドに対する態度は、残酷におもわれるほど冷たい。ロデリックにとってローランドが必要である場合にかぎって、彼女はローランドを必要とする。分裂性と一方通行性という点で、このローランドの愛はとても悲劇的である。

(四) メアリー　――ロデリック

この関係は、作品中もっとも明白である。ロデリックはクリスティナに恋してからは、メアリーに対する恋愛感情は全くなくなり、メアリーを見るときの彼は、まるで物体をみているかのように冷たい。それとは反対に――皮肉なことに――クリスティナを恋したロデリックがメアリーに冷たくなるにつれて、メアリーの献身的な愛は、廃人同然のロデリックを救いたい一心で、ますます強くなってゆく。メアリーの愛は、作品中もっとも単純素朴で、永続性のあるものであり、その一方通行性は、ローランドのメアリーに対する愛に劣らず、悲劇的なものとして描かれている。

以上が、『ロデリック・ハドソン』における「悲劇的な愛の四角形」のあらましである。それをわかりやすく示せば、【図Ⅰ】のようになる。

この「愛の四角形」の、堂々めぐりするような構造は、じつに不毛で虚しいヴィジョンを示している。

第三節　生きている謎

ショシャナ・フェルマンが、「精神分析（学）にとっての罠――読みのねじ回転」において、ジェイムズの『ねじの回転』における「罠」（いかなる読者も、作品中の物語的行為、人物の解釈行為、精神分析的行為を「反復」してしまうという構造、テクスト内の諸関係が、読み手とテクストの関係に「転移」してしまうという構造）について分析したのは、あまりにも有名である。フェルマンは、この精緻な「読み」（正確には「『読み』の読み」）のなかで、『ねじの回転』を「探偵小説」とみなしている。

『ねじの回転』は単に傑出した幽霊話としてだけでなく、出色の推理＝探偵話とみなすこともできるであろう。………読み手の役割を演じる女家庭教師は、探偵である。(13)

『ねじの回転』ばかりでない。ジェイムズの多くの作品が、「探偵小説」的特性を有している。『アメリカ人』においては、「探偵」ニューマンが、ベルガルド家におけるある殺人事件を推理し、解き明かそうとする。『使者たち』は、前半では、ニューサム夫人の「依頼」をうけた「探偵」ストレザーがチャドとヴィオネ夫人を「調査」する物語であり、後半では関係が逆転し、ヴィオネ夫人の「依頼」をうけた「探偵」ストレザーが、ニューサム夫人、そしてニューサム夫人の指令をうけて行動する人物たちに「探り」を入れる物語になっている。また、『黄金の盃』の後半部は、「探偵」マギーが公爵とシャーロットの「関係」を推理する物語である。

『ロデリック・ハドソン』もまた、「探偵小説」として読むことができる。「探偵」はローランドである。そして彼が解きあかそうとする「謎」、それはクリスティナである。『ロデリック・ハドソン』全編は、ローランドがクリスティナという「生きている謎」を解きあかそうとする「探偵行為」から成っていると言ってもよい。

「探偵」ローランドの「探偵行為」は、クリスティナがはじめてロデリックのスタジオを訪れた時からすでに始まっている。

ローランドは、彼女が自身の理由により、世間の人々の前ではある役割を演じているのだという印象をうけた。その役割とは何なのか？　その理由とは何なのか？　彼は、彼女の家庭の秘密とはいかなるものなのかと、疑問をいだいた。（一一三―一一四頁）

クリスティナとは何者なのか？　クリスティナの「家庭の秘密」とは？　そして、彼女が演じている「役割」とは？　「探偵」ローランドは、クリスティナの言動をつうじて、あるいはクリスティナを知る人物たちの話をもとにして、「クリスティナ」という謎めいた「テクスト」を読み解こうとする。断片的な情報、知識、見聞をもとに、ジグソーパズルのように「クリスティナ像」を組みたててゆく。それら「探偵行為」のなかで見いだされるさまざまな「クリスティナ」解釈、「クリスティナ像」の断片は、相互に補完しあい、互いを照射し、ときとして互いに矛盾しあい、互いを否定しあいながら、「クリスティナ」の肖像を描き出してゆくのである。

そのようにして「探偵」ローランドは、クリスティナの「役割」、「家庭の秘密」を探り出す。まずは、主としてマダム・グランドーニの話をもとにして、クリスティナの母親ミセス・ライトが、自らの結婚によって手に入れることのできなかった幸福を、クリスティナを通して実現しようとしていること、クリスティナが母親の演出する「劇」を演じさせられているということを知る。

そして、クリスティナの出生の「秘密」。これは、クリスティナが一度婚約を破棄しようとしたのに、突然結婚してしまうということから、ローランドが推論している。それは、クリスティナが、付添人ジアコーサと母ミセス・ライトとの間に生まれた私生児であるという「仮説」である。この「秘密」をはじめて知ったクリスティナは、誇りをひどく傷つけられ、自分が公爵を選ぶかどうかという権利がないことを自覚し、また、婚約破棄になったとき、この「秘密」を世間に詮索されることを大いに恐れたため、無条件で結婚を承諾したというのである。これは、思いきった「仮説」であるが、それを裏づける証拠はこの作品のなかにいくつか見いだされる。一つは、ジアコーサが、もし万一クリスティナが結婚を拒んだとしても「不可思議な外部の圧力」によってどうしても結婚せざるを得ない、という暗示めいた言葉をのべていること（一八二頁）。そして第二に、ミセス・ライトが、もしクリスティナに結婚を承諾させることができない場合、一つだけ結婚を承諾させる「方法」が残されている、とローランドに語っていることである（二九七頁）。第三番目として、公爵と結婚した後、ローランドがなにげなく付添人の近況をクリスティナに聞いた際、クリスティナが大いに動揺の色をみせたこと、そして、結婚後、母ミセス・ライトの付添人ジアコーサは故郷の町に帰されたということ［おそらくはスキャンダルの発覚をおそれて］（三六二頁）。これらは、「探偵」ローランドの「仮説」を裏付けるであろう。

また、「探偵」ローランドは、クリスティナの言動、行動様式にかんして次々に解釈コードをつくり出し、それをもとに「クリスティナ」というテクストを解読（decode）しようとする。が、それら解釈コードは、謎めいたクリスティナの分裂した、不条理な行動によって次々に否定されてゆく。たとえば、〝母の「演出」した「劇」を演じさせられているクリスティナ〟、という解釈コードは、母の「演出」にさからってカサマシマ公爵の目の前でロデリックと「恋愛ゲーム」をするクリスティナ、という現実によって否定される。また、母の「演出」のもと自由をうばわれ、苦しんでいる〝悲劇の女性クリスティナ〟、という解釈コードは、その悲劇のヒロインを演じることに酔いしれているクリスティナ、という現実を前にして否定される。倫理的精神ゆえに、ロデリックと彼の婚約者のため己の恋をたち切る〝倫理的クリスティナ〟、という解釈コードは、「倫理的ヒロイン」を「演じ」たいがために倫理的行動をするクリスティナ、という現実によって否定される。

しかし、「探偵」ローランドが、セント・セシリア教会でクリスティナに会う場面においては、「謎」の一部が明らかにされる。彼女は、この場面で、自分の経歴、主として宗教的経験を物語るが、それがあまりにも誇張されているため、「作り物」の経歴であることにローランドは思いいたる（二〇六頁）。そして、クリスティナという人物は、その都度ある「仮面」をかぶり、それを本当に自分の「人格」だと思い込むようになり、演技しているうちに、それが自然な行為だと思いこむような人間であることを見抜く。アイデンティティーのない、実体のない人間であることに思いいたる。

そして彼は、彼のいとこであるセシリアにあてた手紙（これは、「探偵」ローランドの「調査報告書」である）において、さらにクリスティナという「謎」に光をあてている。

……僕は次のような結論にたどりつきました。彼女は、悪意にみちた気分のときよりも、善意あふれる気分のときのほうが危険である、と。……彼女は女優なのです。（二一九―二二〇頁）

この手紙には、クリスティナの行動にみられる「仮面性」（ヤーヌス的「二面性」）、「自己劇化の欲求」が明確に述べられている（たとえば、クリスティナはメアリーに対し悪魔的衝動を覚えたとき、それをかくすために、うわべは善人としてふるまう）。

しかし、このような「解釈コード」も、クリスティナという「謎」を完全には解きあかしてはくれない。彼女は、あまりにも「気まぐれ」であり、変幻自在の姿であらわれる。「解釈」の輪をめぐらしても、さらにその中に「謎」の輪をえがき出す。彼女は次々に「謎」を仕かけ、それは複雑で、底知れない（"in poor Christina's strangely mixed nature there was circle within circle and depth beneath depth, ..." [三三二頁]）。プロテウスのごときクリスティナは、「探偵」ローランドの解釈の網の目をやすやすとすりぬけてしまう。「謎」の解決は、宙ぶらりんのままである。その意味で、この小説は、「反‐探偵小説」（ステファーノ・ターニ[14]）であると言えよう。

そして、また、このような複雑で多面的な「謎」を解きあかそうとする「探偵」ローランドは、複雑で多面的な『ロデリック・ハドソン』という「テクスト」を解読しようとする「読者」の姿そのものでもある。読者もまた、テクストの断片をつなぎあわせ、自らの『ロデリック・ハドソン』像をえがき出してゆくのであり、さまざまな解釈コードにもとづいて、『ロデリック・ハドソン』というテクストの解読を試みるのである。

すなわち、ローランドとクリスティナの関係は、読者とテクストの関係に「転移」するのである。そして、私の「解読行為」も、ローランドの「探偵行為」を「反復」しているにすぎないのかもしれない。

第四節　借用のモザイク

本節では、『ロデリック・ハドソン』を文学史的に位置づけてみよう。『ロデリック・ハドソン』は、ジャンル的にいうなら、「芸術家小説《キュンストラーロマン》」である。それは、ロデリックという芸術家の自己形成（Bildung）＝肖像（Bild）を描いた作品であり、間接的には（本章の序［「はじめに」］で述べた通り）「芸術家」ローランドの「芸術家小説」である。

また、それと同時に、『ロデリック・ハドソン』は「借用のモザイク」である。ジェイムズの多くの作品が、ホーソンとツルゲーネフの作品を文学的下敷にしていることは、多くの評者によって指摘されているが、『ロデリック・ハドソン』もその例外ではない。『ロデリック・ハドソン』という「建築物」の「土台」・「骨組」は、ロバート・エメット・ロング（Robert Emmet Long）が明確に指摘しているように、[15] ホーソンの『ブライズデイル・ロマンス』、『大理石の牧神』、そして、ツルゲーネフの『煙』である。

ローランドという「視点人物＝観客＝探偵」が、クリスティナをはじめとする人物たちの謎めいた「仮面劇」を観て、その「謎」を解明しようとするという構造は、『ブライズデイル・ロマンス』においてカヴァデイルが、ゼノビアやホリングスワースらの謎の「仮面劇」を観て、その「謎」を解読するという構造と相似している。そして、『大理石の牧神』の場面設定（ローマ）、テーマ［「アメリカ」（無垢）対「ヨーロッパ」（経験、堕落）、「芸術家」のテーマ、等」は、『ロデリック・ハドソン』と同一である。

そして、人物設定、人物のドラマ、作品のプロット、の多くは、ツルゲーネフの『煙』からきている。『煙』の梗概は、タチヤーナという女性と婚約しているリトヴィーノフという主人公が、ヨーロッパにやってきて、そこで「宿命の女」イリーナのとりこになり、ついにはタチヤーナとの婚約を破棄するが、一方、イリーナは社会的な地位を得たいがために、ラトミーロフ将軍と愛のない結婚生活を続ける、というものだが、これは『ロデリック・ハドソン』の物語に酷似している。『ロデリック・ハドソン』では、リトヴィーノフはロデリックに、タチヤーナはガーランドに、イリーナはクリスティナに、そしてカサマシマ公爵はラトミーロフ将軍に姿を変えただけのことである。いわゆる「本歌取り」であるといえよう。

このように、『ロデリック・ハドソン』の「土台」と「骨組」は、ホーソンとツルゲーネフであることは明白であるが、それはまた、「神話的枠組」も有している。まずは、「失楽園」の神話。クリスティナは、作品中でしばしば「悪魔」として言及されているが（彼女が引きつれているプードル犬は、『ファウスト』において犬の姿をとって登場してくる悪魔メフィストフェレスを暗示しており、また、クリスティナ自身がメフィストフェレスとして言及されている）、ロデリックとガーランドの幸福な関係に、クリスティナがしのびよるという物語は、アダムとイヴの「楽園」に、「悪魔」が入りこむという神話をふまえていると考えられる。また、ロデリックのつくる彫像が、天上的なもの（「アダムとイヴ像」）からしだいに世俗的なものへとうつりかわってゆくという変化は、

「楽園」からの'fall'という神話をアレゴリカルになぞっている。(16)

そして、「サロメ」神話。作品中で、クリスティナは「サロメ」として言及されているが（一四一頁）、全編を通じての彼女の「王女」のようなふるまい、「無関心」、「冷酷さ」、それらはすべて「サロメ」を想起させる。「ヨハネ」はロデリックである。ロデリックがクリスティナによって死へと追いやられるという物語は、「ヨハネ」が「サロメ」によって首をうばわれるという神話を下敷にしているのだ。

右に述べたことをまとめると、次のようになる。『ロデリック・ハドソン』とは、『ブライズデイル・ロマンス』に構造を借り、『大理石の牧神』にテーマと場面を借り、『煙』にプロットと人物を借りたところに、「失楽園」神話と「サロメ」神話をかさねあわせた、「借用のモザイク」なのである。

結びにかえて――カサマシマ二部作――

以上、『ロデリック・ハドソン』を、可能なかぎり多面的に読み解いてきたのであるが、最後に、この作品とその続編『カサマシマ公爵夫人』の関係性に言及することで、この小論のしめくくりとしたい。

これまで、『ロデリック・ハドソン』は、主として彫刻家ロデリックの物語として読まれてきた。

しかしながら、それは同時に、クリスティナ・ライトの物語、カサマシマ公爵夫人誕生の物語なのである。作品中には二つのベクトルが存在している、といってもいいであろう。一つは、ロデリックの堕落、崩壊という「下降運動」であり、もう一つは、クリスティナの社会的地位の上昇という「上昇運動」である。これら二つの「運動」によってこの作品は成立している。

『ロデリック・ハドソン』においてかくして誕生したクリスティナ＝カサマシマ公爵夫人は、何年かたったのち、今度は『カサマシマ公爵夫人』という作品に再登場する。そして、そこでは、『ロデリック・ハドソン』と同じドラマがくり返される。あの、「サロメ」と「ヨハネ」のドラマが。カサマシマ公爵夫人は、ふたたび「恋愛ゲーム」を演じ、その「ゲーム」の相手（獲物《ゲーム》）に、ある貧しい青年を選び出す。しかし、彼もロデリックと同じ絶望と破滅の道をたどることになる。彼は二人目の「ヨハネ」となるのである。

このように、『カサマシマ公爵夫人』という作品は、単にカサマシマ公爵夫人が再登場するというだけでなく、ドラマが「反復」されるという構造上の共通性においても、『ロデリック・ハドソン』の続編なのである。その意味においては、これら二作品は、別個のテクストではなく、二つあわさって一つのテクストを形成していると言っていいであろう。それゆえに、それらを総称して、「カサマシマ二部作」と呼びたい。

ジェイムズは、『ロデリック・ハドソン』を書きはじめた時点で、この「カサマシマ二部作」の構想をいだいていたわけではない。それは、『ロデリック・ハドソン』を書きあげるなかで、それも、書くプロセスの終わりちかくになって、ようやく芽生えてきたものとおもわれる。そのことは、ジェイムズ自身が、ニューヨーク版の序文のなかで明確に記している。

……『ロデリック』の最終段階で、………いつかは彼女（カサマシマ公爵夫人）が動き出すだろうと感じたことを私は覚えている。そのお蔭で、彼女と別れを告げる悲しさ、というか、ほんとの苦痛を私は味わった。他にそんな場合を思い出すことができないほどに、それこそ彼女の姿を大切に保存して、いつかは取り戻そうと私は願った。この度再読して、何故そのように願ったかがほんとうに理解されるような思いがした。いろいろと筆を加えることによって、主題が要求するより以上の生命感を産み出したと思う。そしてその生命力は、他の条件で、どこか他の立派な関係で、何とか使って見なければならない。かくして彼女がどこかの道の曲がり角に現れるのを、探し求め、待ち伏せることとなった――必要なのは彼女に時間をかすだけのことである。事実、そうして私は再び彼女に会い、後に彼女を取り上げることとなった。（多田敏男訳）

このかすかにきざした続篇の予感。そして、公爵夫人を再登場させたいという作者ジェイムズの切なる願い。『ロデリック・ハドソン』におけるクリスティナ＝カサマシマ公爵夫人の最後の言葉は、それらを暗に語っているようであり、また、作者ジェイムズの予告のようにもうけとれる。それは、以下のようなものである。

「さようならは言いません。………また、お会いしましょう。」

【注】

（1）Hélène Cixous "Henry James: L'écriture comme placement ou De l'ambigüite de l'intérêt", *L'Art de la fiction et neuf études*, sous la direction de Michel Zéraffa (Paris : Éditions Klincksieck, 1978). この論文の邦訳「ヘンリー・ジェイムズ—投資としてのエクリチュールあるいは、利息の両義性について」（若林真訳）は、『筑摩世界文学大系49 ジェイムズ』（一九七二年）に収められている。

（2）Tayloe Horrell, "Henry James and the Art of Naming", in *On Henry James*, ed. by Louis J. Budd and Edwin H. Cady (London: Duke University Press, 1990).

（3）Millicent Bell, *Meaning in Henry James* (Cambridge: Harvard Univ. Press, 1991), pp. 34-35. Mary J. Joseph, *Suicide in Henry James's Fiction* (New York:Peter Lang, 1994), p. 104.

（4）Jean Perrot, *Henry James: Une écriture énigmatique* (Paris: Aubier, 1982), pp. 210-217.

（5）この点については、Charles R. Anderson が *Person, Place, and Thing in Henry James's Novels* (Duke Univ. Press, 1977), pp. 35-37でくわしく論じている。

（6）Henry James, *Roderick Hudson* [The World's Classics] (Oxford: Oxford Univ. Press, 1980). 本論文の *Roderick Hudson* からの引用は、すべてこの版を用いた。また、ここに引用したポオ的表現、イメージについては、パトリシア・クリックも *Roderick Hudson* (Penguin Classics) の注釈において指摘している。

（7）*Roderick Hudson* (Penguin Classics, 1986).

（8）Ad de Vries, *Dictionary of Symbols and Imagery*.
（9）Introduction to *Roderick Hudson* (The World's Classics).
（10）Adeline R. Tintner, *Henry James and the Lust of the Eyes* (Baton Rouge: Louisiana State Univ. Press, 1993), pp. 127-130.
（11）山田勝『ダンディズム』（ＮＨＫブックス、一九八九年）.
（12）Jonathan Freedman, *Professions of Taste: Henry James, British Aestheticism, and Commodity Culture* (Stanford: Stanford Univ. Press, 1990), p. 140.
（13）ショシャナ・フェルマン「精神分析（学）にとっての罠――読みのねじ回転」［『狂気と文学的事象』（土田知則訳、水声社、一九九三年）］
（14）Steffano Tani, *The Doomed Detective* (Southern Illinois Univ. Press, 1984).
（15）Robert Emmet Long, *Henry James : The Early Novels* (Boston: Twayne Publishers, 1983).
（16）『ロデリック・ハドソン』の「美術品のシンボリズム」にかんしては、以下の二つの研究を参照のこと。

- Tony Tanner, *Henry James: The Writer and His Work* (The University of Massachusetts Press, 1985), pp. 17-20.
- John Auchard, *Silence in Henry James* (The Pennsylvania State Univ. Press, 1986), pp. 20-23.

第二章　『カサマシマ公爵夫人』必携

「ヨーロッパ一の美女」＝クリスティナ・ライト（Christina Light）。名の示すごとく、その面立ちは、まばゆいほどである。イタリアの貴族と結婚し、今は「カサマシマ公爵夫人」として知られている。ヘンリー・ジェイムズの『カサマシマ公爵夫人』（一八八六）において、主人公ハイアシンス・ロビンソンが（そしてわれわれ読者が）、最初に彼女を目にするのは、ストランド街の一流劇場のボックス席のなかである。

「灰色のバビロン」に咲いたロココの花。十九世紀末のロンドンに姿を現わした「ヨーロッパ一の美女」＝クリスティナ・ライト（Christina Light）。

《彼女は色白で、輝かしく、ほっそりとして、自然な威厳をそなえていた。その美しさは、完璧の気配をただよわせていた。見る者を驚かせ、心を昂揚させた。彼女を見ていることが特権であり、報酬であるとおもわれた。（中略）　彼女の黒ずんだ瞳―それは灰色か青であり、茶色ではなかった―は、すばらしく、また甘美でもあり、彼女が頭をもたげるしぐさには、軽やかな気高さがうかがえた。豊かできめこまかな髪が彼女の頭をふちどっており、そこには、二、三個のダイヤがきらめいていた。それは、彼（＝ハイアシンス）が彫像や絵や博物館で昔から―記憶はさだかでないが―賛美してきた、古代の、有名な女性の頭をおもわせた。純粋な線と形、頬、顎、唇、額の清らかさ、生き生きと光輝いてみえる色、優美さと高貴さと成功の輝かしさ。それらすべてが、公爵夫人の顔に勝ち誇ったように現われていた。（中略）その微笑には、何か親しげなものが感じられた。いままで何度も彼女が彼に会ったとでもいうかのように。ドレスは黒く、豪華であった。首には真珠のネックレスをつけ、ロココ風の扇を手にしていた。(1)》

ハイアシンスが公爵夫人と出会う所が劇場であるということは、次のような意味で象徴的である。それは、この時を境に、ハイアシンスは自らの演じる（あるいは彼が演じさせられている）「劇＝人生」における〈劇中劇〉のなかで、ある役をあたえられるということである。すなわち、カサマシマ公爵夫人というヒロインの脇役を。

《ハイアシンスは、自分は満足だと、この状態がいつまでもつづいてもいいと、みずからに言い聞かせた。舞台の輝かしい光景を額縁におさめ、自分自身の状態を劇中劇（'a play within the play'）としている暗く広いボックス席で、洗練された婦人たちと共に坐っているのは、それほど楽しかった。(2)》

それでは、ハイアシンスの劇（'the play'）とは、また、彼の〈劇中劇〉（'a play within the play'）とは、具体的にはいかなるものなのであろうか。それを、以下、詳しく述べてみようと思う。

一

本編の主人公ハイアシンス・ロビンソンは、お針子のフランス娘とイギリスの貴族との間に生まれた私生児である。母フロランティーヌは、父（フレデリック卿という名の貴族であると作品中で暗に示されているが、確たる証拠はない）を殺害したかどで監獄に入れられている。そのため、ハイアシンスは母のお針子仲間である貧しいピニー（アマンダ・ピンセント）に引きとられ、ロンドンのスラム街で育てられる。主人公ハイアシンスについて、ジェイムズは『カサマシマ公爵夫人』（ニューヨーク版）の序文で、次のように記している。

《……感受性に富んだ、繊細な心の持ち主で、また小柄で身許の定かでない知的な若者であった。その者の教育と言えば、すべてはロンドンの街から引き出されたものばかりで、文明が提供するあらゆる恩恵、ロンドンの街が実証するあらゆる文明の蓄積を、自分のためにうまく利用するだけの能力を持ちながら、しかもそういったものを――垣間見、ただ物欲しげに、羨ましげに、そして絶望的に――外からしか眺められない運命に閉ざされていた。私はそのように意欲を持ちながら悩まねばならない魂を想像し……ただそれだけで、興味深いテーマが得られるように思った》

（多田敏男訳）

ハイアシンスの劇、それは、「意欲を持ちながら悩まねばならない魂」のドラマである。貧しい階級に生まれたという「運命」のために、「文明が提供するあらゆる恩恵」（それは、芸術、知識、安楽な暮し等々である）に憧れつつも、それを断念せねばならないという苦悩にみちたドラマである。

しかしながら、このような魂（主観性）と世界の折り合いの悪さを生じさせるのは、〝貧しさ〟だけではない。ハイアシンスの出自における分裂性が、大きく関与しているのである。貴族を父にもち、庶民を母にもったという「運命」は、彼のうちに二つの相反する衝動を生じさせることになった。一つは、民衆に対する愛情であり、もう一つは、貴族階級に対する憧憬である。

彼は、民衆に対する愛情ゆえに、何とか民衆を貧困から救い出したい一心で、社会主義運動に参加する。製本工であるハイアシンスは、同じく製本工であるパリ・コミューンの亡命者プパン、そして薬品工場につとめるポール・ミュニメントらから成る秘密結社に加わる。しかしながら、彼は、「革命家」という役どころを完全に演じきることはできない。なぜなら彼は、革命家らが破壊しようともくろんでいる貴族階級の暮し、そしてそこに体現されている「文明の恩恵」にも常に心ひかれているからだ。この分裂せる「不幸な意識」は、作品中では次のように明瞭に記されている。

《彼の個人的な不快感、それは、彼が自分の持てないものに対して非常にあこがれた結果生じたものであった。彼が目で、思考で、ときには歩いて後を追った人々が何人かいた。彼らは、高度な文明の花がどんなものなのかをおしえてくれるように思われたのである。時折、彼は、自分がひそかに選びとった大義、プパンとポール・ミュニメントがほんの数ヶ月前に明かしてくれた大義は、そういった光景が不可能になるような情況を生みだすのだと考えて、ぞっとした。〈中略〉ときどき彼は、拷問のように引き裂かれるのが、別々の方向に彼を引っぱる別々の同情で真っ二つに引き裂かれるのが自分の運命なのではないか、と自分に言い聞かせることがあった……自分の血のなかには別種のものが混ざりあっているのではないか。物心つくころからいつも、一方の自分が、もう一人の自分にいたずらをしかけているか、もう一人の自分から冷たくあしらわれ、つねられているか、そのどちらかだ……。(3)》

外的にも内的にも自由を束縛された、「出口なし」の状況といえる。しかしながら、彼にはたった一つ、この状況から脱け出す扉がひらかれていた。その扉をひらいてくれたのが、カサマシマ公爵夫人である。

二

カサマシマ公爵夫人は、イタリア貴族の単調なくらしに飽き飽きしており、夫と別居中である。何か興味深いもの、刺激にとんだものはないのかと、はるばるロンドンまでやってきた彼女は、下層階級の暮しに興味をもつ。そして彼女は、下層階級を知るためのアリアドネとして、ハイアシンスを選び出す。そして、冒頭に引用した劇場の場面が展開されるのである。

カサマシマ公爵夫人、それはハイアシンスにとり、美の理想であった。彼がもとめているものすべてであり、絶対的な価値であった。それゆえ彼は、中世の騎士よろしく、夫人にプラトニックな愛を誓い、夫人の命ずるところすべてに従うことになる。夫人の演出する〈劇中劇〉を演じはじめるのである。

公爵夫人の借りたメドレー邸でのエピソードは、〈劇中劇〉のクライマックスである。そこでは、彼は、それまであこがれつづけていた貴族階級の暮しの内側に入ることができ、公爵夫人によってあてがわれた「貴族」の役を完全に演じきる。彼は、ロンドンにおける貧しい暮しを忘れ去り、「分裂せる意識」からも解放されて、牧歌的なロマンスを生きることになる。

しかし、〈劇中劇〉にも終わりがある。公爵夫人に付き添っている老婦人マダム・グランドーニは、公爵夫人を評して「気まぐれ」な人物だと述べているが、まさしく、公爵夫人の行動様式はこの一語につきる。イタリアを飛びだし、ロンドンでハイアシンスを選び出したのが「気まぐれ」なら、ハイアシンスを〈劇中劇〉の役からおろすのも「気まぐれ」なのである。彼女は、ハイアシンスに飽きてしまい、今度は、ポール・ミュニメントをアリアドネとして選ぶのである。メドレー邸に行って以来、ハイアシンスの「革命家」としての情熱は急速にさめてゆき、彼は貴族の生活、文化にますますひかれ、それを破壊することに反撥をおぼえるようになるが、公爵夫人は、このように行動的でなくなったハイアシンスに魅力をおぼえなくなる。彼女は、「革命」、「陰謀」という〝ゲーム〟に興味をそそられ、しかも、自らを死ぬほど退屈させた貴族階級に対する憎悪にみちているため、「革命」を捨て、「貴族」をとったハイアシンスにもう用はないのである。もっと意志の強い、革命組織においてより強大な権力を握っている男を〝脇役〟にしたかったのだ。

ここから、ハイアシンスの劇は、一挙に破滅へとつきすすむ。彼のかかえる「分裂性」は、ますます大きな口をあけてくる。とりわけ悲劇的なのは、メドレー邸に行って以来、彼は革命にはもう興味がないにもかかわらず、そこに行く以前に、すでに、命令があり次第テロ行為をおこなうという〝血の盟約〟をかわしているということである。意識は革命を拒絶しつつも、行為においては革命に殉ずるという分裂性……。そして、この分裂性に加え、次々に幻滅がやってくる。公爵夫人がポールを愛人にしたことを知り、美の象徴としての公爵夫人の理想のイメージがもろくも砕け散り、また、友人に裏切られたという感じをいだく。同時に、ポールに猛烈に嫉妬している自分のあさましい姿に気づき、自分にも幻滅する。

そしてこのような分裂と幻滅のさなか、ハイアシンスはテロ決行の命令書を受け取る。しかしながら、彼にはテロを決行しようという意欲はすでに失せている。しかし、もし決行しなければ、裏切り者として革命組織によって殺される……。

この苦悩の中、彼は、幼馴染みで洋服店のモデルをやっているミリセントに救いをもとめ、会いにゆく。ミリセントだけは自分を母のように優しくつつみ、裏切ることはないと信じていたからだ。しかし、彼女に会いに行ってみると、彼女は別の男の目の前できらびやかな服をまとい、こびを売っていた。ハイアシンスには冷たく背中をむけている。ミリセントに幻滅したハイアシンスは、ひとり、自分の部屋へともどってゆく……。

そして、その夜、彼はすべてにけりをつけるべく、ピストル自殺をとげる。

以上が、『カサマシマ公爵夫人』の簡単な内容である。つづく二節では、この作品を文学史的に位置づけてみることにしよう。

＊

三

『カサマシマ公爵夫人』は、十九世紀に顕著になった文学的形式を有した作品である。それは、「幻滅小説」である。ジェイムズの作品は、『ロデリック・ハドソン』、『アメリカ人』、『ある婦人の肖像』、『使者たち』等、多少とも幻滅小説の体裁をそなえているが、とりわけ、『カサマシマ公爵夫人』において、幻滅小説はより純粋な形であらわれている。

幻滅小説については、すでにルカーチが『小説の理論』の中で精密に定義し、詳細に論じている。《魂と現実とのあいだの必然的につりあいを欠如した関係がもつ、もう一つ別のタイプが、十九世紀小説にとってより重要なものとなった。生が魂に提供できる運命よりも、魂がより広く、よりはるばると構想されるところから生まれる、つりあいの喪失のことである。》《ここではむしろ、受動性への傾きが著しい。それは外的葛藤、闘争をうけ入れるよりも、むし

ろそれを回避しようとする傾向であり、魂にまつわるものはことごとく純粋に、魂のなかできまりをつけようとする傾向なのだ。》

（大久保健治訳）

『カサマシマ公爵夫人』という小説は、ハイアシンスにおける「つりあいの喪失」のドラマであるといえよう。そして、ハイアシンスは、「つりあいの喪失」を、〝革命〟運動における「闘争」に自らを「能動的」に参加させることにより解決するのではなく、それを「回避し」、最終的には〝自殺〟という行為によって、「魂のなかできまりをつけよう」とするのである。さらにルカーチの言葉に耳をかたむけてみよう。

《それ（幻滅したロマン主義の気分）は当為としての存在が生にたいしていだく、あまりにも昂進した、あまりにも盲目的な渇望であり、この憧れの空しさをみぬく絶望的な洞察である。》

ルカーチは、「幻滅したロマン主義の気分」につらぬかれている小説を「幻滅小説」であると定義している。まさしく、『カサマシマ公爵夫人』をつらぬく「気分」も、幻滅小説のそれであるといえよう。「盲目的な渇望」とその「憧れの空しさをみぬく絶望的な洞察」は、ハイアシンスと公爵夫人の「ロマンス」と、その終局（公爵夫人に対する幻滅）において如実に示されている。

四

『カサマシマ公爵夫人』の十九世紀性、それは、「幻滅小説」というジャンルにとどまらない。この作品は、先行する他の十九世紀小説の影響を強く受けている。いや、影響を受けているという言い方では不十分であろう。なぜなら、それは十九世紀小説の「借用」で成り立っているからだ。

まずは、ツルゲーネフ。『カサマシマ公爵夫人』がツルゲーネフの『処女地』（一八七七）を下敷きにして書かれていることは、すでに多くの批評家、研究者が指摘している。両者とも、革命家の地下活動を扱っている点、そして革命家の幻滅小説である点（しかも、主人公の自殺という悲劇的結末を有している点）で、これら二つの作品は共通性をもっている。また、人物造型、設定について見てみると、ますます二つの作品の相似性が明らかになる。『処女地』の主人公ネジダーノフ、『カサマシマ公爵夫人』の主人公ハイアシンスは、共に私生児であり、両親の一方が貴族であるという社会的出自を有している。しかも、両者とも、貴族（的なもの）と民衆（的なもの）にたいして同時に親近感と憧憬をいだいており、そこからくる内的矛盾（分裂性）に苦しめられ、結局のところ革命運動に全面的に参加できない。そして、両者とも、貴族の女性との出会いによって、一時的にではあるが、このような「分裂性」から解放されて牧歌的ロマンスを生きる。ネジダーノフはペテルブルグから田舎のシピャーギン家にやってきて、そこで、枢密顧問官シピャーギンの姪マリアンナと牧歌的ロマンスを生き、一方、ハイアシンスは、ロシドンから田舎のメドレー邸にやってきて、そこでカサマシマ公爵夫人と牧歌的ロマンスを生きるのである（また、マリアンナは、自己犠牲の精神と、理想主義と、聡明さにおいて、『カサマシマ公爵夫人』のレディー・オーロラをも想起させる）。その他、忘れてはならない共通点として、ソローミンとポール・ミュニメントの相似性をとりあげるべきである。紡績工場の管理人ソローミンは、ロマンチストであるネジダーノフと対極にたつ、したたかな冷静な実際家であるが、同じく、ポール・ミュニメントも、ロマンチストであるハイアシンスと対極にたつ実際家としてえがかれている。

このように、『カサマシマ公爵夫人』は、プロットと人物造型という点で『処女地』の「変奏」であるといえよう。それは、いわゆる「本歌取り」である。が、細い部分において、『カサマシマ公爵夫人』は、他の十九世紀小説からも多く借用している。『カサマシマ公爵夫人』という「建築物」の構造は『処女地』であるが、「各部屋」のインテリアは実に多種多様である。作品の冒頭部分の監獄の描写は、まさしくディケンズのそれであり、ミス・ピンセント、ミスター・ヴェッチは、ディケンズの小説世界からそのまま飛び出してきたような人物である（おませなミス・ヘニングは、『大いなる遺産』のエステラを想起させる）。また、ハイアシンスの環境、遺伝的特質の強調には、ゾラの影響が感じとれ、カサマシマ公爵夫人のハイアシンスに対する母性愛、庇護者的態度には、『パルムの僧院』におけるサンセヴェリーナ公爵夫人のファブリス（彼もハイアシンスと同じく私生児である）に対する関係のエコーをききとることができ（『パルムの僧院』のモスカ伯爵は、『カサマシマ公爵夫人』ではショルトー大尉としてあらわれる）、ハイアシンスの受動性、無気力は、フロベールの『感情教育』のフレデリック・モローのそれを想起させる。そしてバルザック。すぐれたジェイムズ研究家であるA・R・ティントナーによると、ハイアシンスは、バルザックの『呪われた子』のエティエンヌ・デルヴィルをモデルとしており、また、ポール・ミュニメントの姉であるローズ・ミュニメントは、バルザックの『現代史の裏面』にでてくるヴァンダ・ド・メルジをモデルにしているという。

『カサマシマ公爵夫人』という作品は、右に述べたごとく、実にさまざまな十九世紀小説を、パズルのように組みあわせることによって出来上がった作品なのである。それは、ジュリア・クリスティヴァの言葉をつかうなら、「引用のモザイク」なのである。しかも、それは、ジェイムズ独特の装飾的な（時としてマニエリスム的な）文体と、作品の多くの部分を構成する「視点の技法」によって、単なる「引用のモザイク」にとどまらない、ジェイムズ的な、あまりにもジェイムズ的な作品へと変貌をとげていると言えよう。

【注】

（1）Henry James, *The Princess Casamassima* (Penguin Books, 1987), p. 191-192.

（2）*Ibid.*, p. 192.

（3）*Ibid.*, p. 165.

＊なお、『カサマシマ公爵夫人』の引用文の邦訳は、大津栄一郎氏の訳業（集英社版　世界文学全集57、一九八一年）を参考にさせていただいた。

第三章　劇作家としての小説家

―ヘンリー・ジェイムズと「女優」―

「ヘンリー・ジェイムズと劇」というテーマにアプローチを試みる場合、大体三つの方法が考えられる。第一に、ジェイムズの劇作品の考察。第二に、ジェイムズと他の劇作家の影響関係の考察。そして第三に、ジェイムズの小説に内在する劇的要素の考察である。

第一の考察を行ったものとしては、まず、レオン・エデル（Leon Edel）の *Henry James: Les Années dramatique*（1931）［これは、エデル自身によって英訳され、*The Complete Plays of Henry James* の序文になっている］があげられる。また、一九五七年には、レオ・レヴィー（Leo B. Levy）の *Versions of Melodrama* が出ている。これは、劇作家ジェイムズとメロドラマとのかかわりを主として考察したものである。そして、スーザン・カールソン（Susan Carlson）の *Women of Grace*（1984）。この書は、ジェイムズの劇における“comedy of manners”を中心的テーマとするものである。

第二の考察としては、マイケル・イーガン（Michael Egan）の *Henry James: The Ibsen Years*（1972）があげられる。これは表題に記されているように、ジェイムズとイプセンの関係を考察したものである。そして、ジェイムズ研究の泰斗ティントナー（Adeline R. Tintner）の一連の研究書も、ジェイムズ文学に対する劇芸術の影響について言及している。*The Book World of Henry James*（1987）の第一章は、シェイクスピアとジェイムズの関係をとりあつかっており、*The Cosmopolitan World of Henry James*（1991）の第五章は、フランスの世紀末の演劇とジェイムズ文学の関係を扱い、第十二章はジェイムズとオペラの関係をとりあつかっている。

第三の考察としては、まずコンスタンス・ルーァク（Constance Rourke）の *American Humor*（1931）をとりあげるべきである。その第八章「アメリカ人」が、ジェイムズの小説における劇的要素をとりあつかい、同時に、その「劇的要素」のアメリカ性についての考察にあてられていることはあまりにも有名である。一九六〇年には、リチャード・ポワリエ（Richard Poirier）の *The Comic Sense of Henry James* が書かれている。これは、主としてジェイムズの初期作品における「喜劇性」をテーマとしており、その中で彼は、ジェイムズにおける喜劇的特性をアメリカ的性格と結びつけようとするルーァクの論に異をとなえ、ジェイムズの喜劇性をアメリカ性と切りはなして考察しようとしている。ポワリエが、ジェイムズの「喜劇的形式」の考察を初期作品に限ったのに対し、ロナルド・ウォレス（Ronald Wallace）は、*Henry James and the Comic Form*（1975）において、それをジェイムズの作品全体にわたって考察しようとしている。それによって、より包括的な「喜劇的形式」の研究を行おうとしている。そしてピーター・ブルックス（Peter Brooks）の *The Melodramatic Imagination*（1976）。これは、ジェイムズの小説作品（バルザックの小説作品と並んで）における「メロドラマ的想像力」を論じたものであり、表象された事物、出来事が精神的現実を表す（signify）メタファーとなっているという観点から、ジェイムズのメロドラマにおいて示される「道徳的意識のドラマ」を考察したものである。その他、ジェイムズの小説に内在する劇的要素について数多く言及している書として、マシーセン（F.O. Matthiessen）の *Henry James: The Major Phase*（1944）を付け加えることができるであろう。

本章でこれから私が行おうとしているアプローチは、第三の考察、すなわち、ジェイムズの小説に内在する劇的要素の考察である。より正確に言うなら、小説作品の認識論的・美学的枠組となっている「劇」の考察である。

しかしながら、「内在する劇的要素」といっても、これは実に広範で多岐にわたるテーマである。それについて網羅的に研究することは、この小論の紙数の関係上、不可能である。それゆえ、本章では、それを「ジェイムズと女優」という一つのテーマにしぼって考察することにしたい。ジェイムズと女優……。このテーマからわれわれはすぐに、『悲劇の美神』という作品を思いうかべるであろう。大女優カレ夫人、そして、彼女によって育てられる女優ミリアム。しかし、わたしが本章でとりあげようとするのは、文字通りの、狭義な意味における〝女優〟ではない。以下で論の対象となるのは、比喩的な意味あいにおける「女優」である。すなわち、「女優のようにふるまう人物」を対象としているのである。表題に「女優」とカッコ付きで記したのは、そのような意味あいを含めたかったからである。

本書の第二部第一章と第二章で、すでに筆者は、このような意味あいにおける「女優」について、『ロデリック・ハドソン』と『カサマシマ公爵夫人』を対象として考察を行った。この二作品では、ヒロインであるクリスティナ・ライトが「女優」的特性を有した人物であることが、十分明らかになったはずである。そこで、本章では、さらに考察の範囲をひろげて、『アメリカ人』(*The American*)、『ある婦人の肖像』(*The Portrait of a Lady*)、『鳩の翼』(*The Wings of the Dove*)の三作品における「女優」について、詳しく検討してみたいと思う。本論考は、このような「女優」を考察することで、ジェイムズ文学の演劇性の一端を明らかにしようとする、ささやかな試みである。

一．マドモワゼル・ノエミ・ニオッシュ

『アメリカ人』で、マドモワゼル・ノエミ・ニオッシュが最初に「登場」してくる場所は、ルーヴル美術館のサロン・カレと呼ばれる部屋である。この作品の主人公クリストファー・ニューマンは、熱心に(というよりも熱心そうに)ムリーリョの「聖母マリア」を模写しているノエミの姿に魅きつけられる。

模写をおこなっているその小柄な娘は、仕事を進めながら、自分に見とれている男にこたえるように、ときおり彼の方へチラリと目をやった。芸術作品にみがきを加えるためには、脇演技('byplay')が大いに必要であると考えているかのように、彼女は、自分の絵からかなり離れて腕組みをしたり、首を左右にかしげたり、くぼみのある手でえくぼのある顎をなで、ため息をつき、

しかめっ面をし、足を踏みならしたり、乱れた髪の毛に手をやって外れたヘアピンをさがしたりしていた。そしてこれらの動作（'performances'［演技］）を行いつつ、彼女は落ち着きなさそうに、あたりを一瞥していたが、それは、他のどこよりも今われわれが述べた紳士の上にとどまるのであった。………彼は、彼女が描いている絵の前に佇んで、それをしばし眺めていたが、そのあいだじゅう、彼女は彼に見られていることに気づかないふりをした。[1]

ニューマンは、マドモワゼル・ノエミの模写を買いたいと思い、値段の交渉に入る。その場面に、以下のようなくだりがある。

………彼女は、ただ無関心を装って、相手の話にどこまで乗ろうかと考えているだけであった。[2]

その若い娘のすぐさま一役演じる（'playing a part'）才能はすばらしかった。彼女は、意識的な、すべてを承知しているといった目を彼にじっと注ぎ、フランス語は話せないのかとたずねた。[3]

マドモワゼル・ノエミ。彼女も、クリスティナ・ライトと同じく、自己を劇化し、つねに人に観られることを意識しつつ行動する。しかし、彼女の「演技」は、クリスティナにおけるように自己目的化したものではなく、金と地位を獲得するという目的にむけてなされる「演技」である。

前述の場面においても、「女優」ノエミの、目的をもった、意識された「演技」は、すでに始まっている。彼女は、ニューマンと話す前に、彼の風貌、行動、また旅行案内書（ベデカー案内書）をたずさえている点から、彼が土地に不慣れな外国人であると知り、自分の金もうけのいい「カモ」であると思い、冒頭の引用にみられるように、わざと、ニューマンが自分の絵に注意を向けるように「演技」しているのである。そして、彼との会話から、彼が金には不自由していないこと、またフランス語を解さないということを知るや、売り物にならないような自らの下手くそな絵に二〇〇〇フランという法外な値をつける。そして、英語を話せる自分の父親に、彼女の仕組んだ「芝居」に脇役として参加してもらう。父親ニオッシュ氏は、「誠実」な人物を演じて相手（ニューマン）の信用を勝ちとろうとする。そして、娘の絵の価値を高めるために、娘が画家としての教育を十分に受けたという話（おそらくほとんどがつくり話であると思われる）をニューマンに語る。つまり、ニオッシュ父娘は、〝詐欺コンビ〟なのである。ニオッシュ氏の語る言葉は、「女優」＝「演出家」ノエミの指示にそったものなのだ。そしてついには、彼がフランス語をニューマンに教える（かなり高い月謝で）という約束までかわされる。

この作品を通じて、このようにノエミは、父を利用しつつ、自分を「演出」し、自らの虚像をつくり出し、金と地位を得るため（彼女の言葉によれば、「立身出世する」ため）コケティッシュな所作＝「演技」によって次々に男を誘惑してゆく。彼女が時折みせる「誠実さ」も、実は誘惑相手の信用を勝ちとろうとする「演技」にすぎない（たとえば、彼女は、自分の絵を売りつけるときに、自分が下手な絵かきであり、いまだかつて買い手がついたことがないということを「告白」することで、かえって相手ニューマンの信用を勝ちとり、相手に多く絵を売ることに成功する)。彼女が「素面」を見せたと思われでも、実のところそれはより周到につくられた「仮面」にすぎないのである。彼女の言動は「ウソ」に塗りかためられている。たとえば、以下のような言葉。

「あたしのパパは昼のように誠実なの。まれにみる正直者よ。[4]」

「あなたは、あたしのことを浮気女《コケット》と思うかもしれないけど、殿方と人前で歩いたことなど、いままで一度だってありませんのよ。[5]」

すでに先に言及した場面において、ニオッシュ氏の「誠実さ」はきわめて疑わしいものであり、また、全編をつうじてみられるノエミの男に対する誘惑のテクニックの巧妙さ、慣れからみて、彼女の言葉は信じがたい。ノエミの言動は、ことごとく「インチキ」なのである。本物ではなく「ニセモノ」なのだ。その意味で、彼女が絵の「ニセモノ」＝「模写」を売る画家であることは象徴的である（また、この「画家」という職業とても、彼女のしろうとくさい下手な絵から判断すると「ニセモノ」である可能性が高い）。

このような「女優」ノエミは、自らの美しい身体という「商品」を売りに出し、娼婦のごとく男をわたり歩き、「立身出世」の階段をのぼってゆく。彼女にとって、これはスリリングな〝ゲーム〟であり（"She was playing a game" [p. 63]）、彼女は、この〝ゲーム〟を演じるためなら、男を破滅させることも辞さない。クリスティナ＝カサマシマ公爵夫人の〝ゲーム〟において、二人の男が破滅したように、ノエミの〝ゲーム〟においても、ニューマンの友人ヴァランタンが悲劇的な運命をたどる。ヴァランタンは、ノエミの美しさに身も心もうばわれ、ノエミを恋する他の男との間のささいなトラブルがきっかけとなり、その男と決闘をするはめになる。その時、ノエミは、次のような言葉を発している。

「……決闘――これであたしも世に出ることが出来るわ。」マドモワゼル・ノエミは、小さな手をたたいて鳴らしながら叫んだ。「そういったことで、女は名を成すんだわ。」(6)

彼女は、自分の〝ゲーム〟に関心があるだけで、何らヴァランタンに関心を持っていない。自分が人々＝「観客」のまえでスポットライトをあびる存在となりたいのだ。その点でも、彼女は「女優」である。すでに父ニオッシュ氏がニューマンに語っているように、「彼女は見られたい（〝she likes... to be seen〟[p. 58]）のである。

「女優」ノエミは男をかえるごとに、ますます美しくなってゆく。そして、彼女がもっとも光りかがやいて見えるシーン、それは、「劇場」である。

……それは、若くて美しい貴婦人の顔であり、結いあげた髪は、ピンクのばらとダイヤモンドで飾られていた。この貴婦人は、劇場を見まわし、いとも身についた優雅な様子で、扇子をう

ごかしていた。彼女が扇子をおろすと、ニューマンは、ふくよかな白い肩とばら色のドレスの端をみとめた。(7)

「女優」ノエミは、このときすでに「貴族」を演じているのである。カサマシマ公爵夫人を思わせる優雅さと美しさである。しかも、象徴的なことに、「劇場」という空間で。

「女優」ノエミは、ヴァランタンが自分のために命を落としたあとでも、何ら良心のとがめもおぼえず、「立身出世」の〝ゲーム〟を演じつづけてゆく。そしてしまいには、莫大な財産と高い地位を有するディープミア卿の愛人となるにいたるのである。

＊

このような「ノエミ」タイプの「女優」は、他のジェイムズの作品にも描かれている。『カサマシマ公爵夫人』に「登場」するミリセント・ヘニングはその代表的なものである。彼女はスラム街に生まれるが、自らの美貌を武器に「立身出世」してゆく。彼女は、大規模な洋服店でモデルをしており、消費者という「観客」の前で「演技」する「女優」であるといえよう。

そして、アメリカ文学にかんして言うなら、「ノエミ」タイプの「女優」は、ドライサーの『シスター・キャリー』において主役の座を獲得することになる。キャリーも、ノエミと同じく、自らの「演技」によって「立身出世」の階段をのぼりつめ、しまいには文字通りの女優として舞台に立つのである。

二．マールとケイト

ジェイムズの演劇的想像力は、「悪役」を創造する際に最も遺憾なく発揮される。『ある婦人の肖像』のマダム・マールと『鳩の翼』のケイト・クロイはその証左となる。

＊

「女優」マールの「演技」は、七万ポンドの遺産を伯父のタチェットから相続したイザベル・アーチャーと、自分の元の愛人である貧乏な美術家ギルバート・オズモンドを結婚させ、それにより、オズモンドの娘パンジー（彼女は、夫のいたマールとオズモンドとの間に生まれた子であるということが、この作品の後半で明らかにされる）が結婚するための持参金を獲得する、という目的のためになされるという点で、「女優」ノエミの「演技」と同様、意識的であり目的性を有している。しかしながら、ノエミの「演技」のように、その場、その場に応じて即興的に考えだされるような、断片的な「演技」ではない。彼女の「演技」は、エンディングをめざして体系的に構成されている。彼女は「劇作家」のようにプロット（筋）をあらかじめつくりあげ、そのプロットに即して「演技」する「女優」である。そして、その「劇」を「演出」する際、「共演者」オズモンドとも、あらかじめ綿密な打ち合わせをし、この筋書《プロット》き通りの陰謀《プロット》劇を完璧なものに仕立て上げようとする。打ち合わせのあと、この「劇」の「リハーサル」までやっている。それは、イザベルがオズモンドの家にやってくる前に、まず、イザベルの伯母タチェットの家で、マールを介しオズモンドとイザベルが出会う場面である。ここでは、イザベルを前に、マールとオズモンドは「陰謀劇」を巧みに演じてみせる。

……彼女（イザベル）は、あたかも芝居を見にきているかのように、そこに坐っていた。(8)

[右に引用した下りは、この作品の初版（1881年）では次のようになっている。]

……彼ら（＝マールとオズモンド）は、とても巧みに話した。それをみてイザベルは、芝居のリハーサルのような印象を受けた。

さて、「リハーサル」も終わり（「リハーサル」はとどこおりなく終了し、イザベルはオズモンドの招待を快く受け入れた）、いよいよ「劇」は上演される。

「劇作家」＝「演出家」＝「女優」マールの役割は、箇条書きにすれば以下の通りである。

（一）これは言うまでもないことだが、イザベルとオズモンドが会う機会をなるべく多くもうけること、そして二人の会話の潤滑油となることである。

（二）イザベルに会うとき、どのように「演技」すべきか、そのつどオズモンドに対し指導すること。

たとえば、第二十六章の終わりで、オズモンドに対し「あんまり早く勝利の叫びをあげないように」と言い、オズモンドが油断したり、性急な行動に走ることのないよう注意しているところは、その一例である（この場面は、オズモンドが「仮面」をはぎとり、その悪魔的な〝素面〟をみせる、恐るべきシーンである）。

（三）イザベルに対し、オズモンドを美化し、彼の虚像をでっちあげること。イザベルは、マダム・マールに絶対の信頼をおき、マダム・マールを自らの「手本」としているため、この「演技」にやすやすとだまされ、マールの描き出した通りの「オズモンド」像をいだくようになるのだ。とりわけ、彼女は、娘パンジーを愛する「優しい父親像」にひかれ、自分をもその理想的家族の一員として思い描くようになる。マールはイザベルの夢想的傾向を十分理解しているため、右に述べたような「夢想」をいっそうあおりたてるべく「演技」する。

（四）「劇」の順調な進行をさまたげる人物を遠ざけ、あるいは懐柔し、また、「劇」に不利な状況をとりのぞくこと。たとえば、オズモンドの妹ジェミニ伯爵夫人は、オズモンドとマールの「企て」（＝plot）にうすうす気づき（あとでわかることだが、彼女はオズモンドの娘パンジーの出生の秘密を知っている）、「劇」の進行に水をさすような言辞を吐くが、その時、マールは彼女を部屋の外へ誘い出したり、自分が彼女の話相手になったりして、彼女をイザベルとオズモンドから遠ざける。また一方で、一見矛盾するようだが、「劇」をさまたげるジェミニ夫人が人々のあいだで悪口を言われると、彼女を弁護する。そうやって、ジェミニ伯爵夫人に憎まれないようにし、彼女を懐柔する（ジェミニ夫人はマールのことを「マキャヴェリ」だと言っているが、まさしくマールはマキャヴェリズムの権化である）。あるいは次のような例。タチェット夫人は、オズモンドがイザベルを恋し、彼女との結婚をもくろんでいることを察知し、そのことをイザベルに告げるつもりだとマールに言うが、マールは、オズモンドがイザベルの結婚相手としてふさわしくないとするタチェット夫人に介入されると「劇」の実現が難しくなり、また、今の段階（イザベルがまだオズモンドに恋していない段階）でオズモンドの意向を知られるとイザベルが断わるのではないかと危惧し、ここは、すべて自分にまかせるようタチェット夫人に申し出る。そのくせ、彼女は、何一つイザベルに告げることはしないのである。

このような「演技」（あるいは「演出」）によって、イザベルはまんまとだまされ、結局オズモンドと結婚するはめとなるのだ（二人がローマ旅行をしている際、「劇場」のボックス席で二人並んで、〝二流の〟オペラを観劇しているシーンは象徴的である。イザベルも、マールの演出したつまらない〔二流の〕「劇」を演じさせられるはめになったのだから）。

この作品の後半では、「女優」マールの仕組んだ「劇」のからくりが、イザベルに対して、そしてわれわれ読者に対して、しだいに明らかにされてゆく。そのプロセスの中で、「女優」マールの「仮面」は徐々にはがされてゆき、彼女の〝素面〟が明かされてゆく。この〝劇〟は、上述した「劇」に劣らず、ドラマチックなものである。

＊

『ある婦人の肖像』において展開された遺産目当ての陰謀「劇」。それは、『鳩の翼』において、より複雑な形で、差異を伴いつつ反復されることになる。そこでは、マダム・マールはケイト・クロイに姿を変え、オズモンドはマートン・デンシャーに姿を変えている。そして、この作品における「イザベル・アーチャー」、それはミリー・シールである（ただし、次のような差異がある。マダム・マールの「悪《マール》」は、娘に対する「母《メール》」の愛に発しているのに対して、ケイト・クロイの"悪"は、自分の結婚という純粋にエゴイスティックな目的に由来している。また、オズモンドは悪魔的で、なんら良心のとがめも感じない人間であるが、デンシャーには悪魔的傾向はなく、彼はモラリストである。そして、ミリーが「病気」であるという点は、彼女をイザベルから截然と分かつ要素である。『鳩の翼』におけるミリーの「生」は、「死」という「未来」によってアプリオリに決定されている〔それゆえ、彼女は「死」との緊張関係においてドラマチックな「生」を生きる〕のに対し、『ある婦人の肖像』におけるイザベルの「生」は、未来の一点によってアプリオリに限定されておらず、マールが登場するまでは、イザベルの「未来」はさまざまな方向にむけて開かれている）。

さて、「女優」ケイトの「演技」であるが、彼女の「演技」もマールのそれと同じく、ミリーの巨万の富の獲得を目的として、意識的に「構成」されている。ケイトの「企て《プロット》」とは、簡単に記せば以下のようなものである。それは、自分の恋人デンシャーがミリー（彼女は、ケイトとデンシャーが恋人同士だということを知らず、デンシャーに想いを寄せている）に「親切」な態度を示せば、ミリーもデンシャーのことを恋するようになり、彼女が死んだ時（彼女は不治の「病」のため余命いくばくもない）、デンシャーに遺産をのこすであろうから、その遺産によってケイトとデンシャーの結婚が可能になる（なぜなら、ケイトの〝保護者〟である伯母モード・ラウダーは、ケイトが財産のない男と結婚することを許していないから）、というものである。

このような「筋書き《プロット》」に即して、「劇作家」＝「演出家」＝「女優」ケイトは「演技」を開始する。マールがオズモンドに対して行ったと同様、ケイトも「劇」の上演を前に「共演者」デンシャーと打ち合わせをしている。ただし、ケイトは、マールの場合と異なり、「共演者」を完全には信用しきっていない。それゆえ、自分の「企て」＝「筋書き」の全容を明かすことはせず、ただ、ミリーに対して「親切」な態度を示すようにと「演技」指導する。敵をだますにはまず味方から、というのがケイトという「マキャヴェリ」の方策である。そして、慎重には慎重をかさねるケイトは、「劇」の「リハーサル」を念入りに行っている。すなわち、ミリーを訪ねるようになったデンシャーが、自分の「演出」どおりにミリーに対して「演技」しているかどうか、二人のいる所にやってきて確かめようと（というより〝偵察〟しようと）している。そして、デンシャーが巧みに事を進めており、自分を裏切ることは決してないという確信を得たケイトは、いよいよ「劇」の「上演」にふみ切る。

「劇作家」＝「演出家」＝「女優」ケイトの役割は、箇条書きにすれば以下の〔一〕〜〔六〕となる。

〔一〕〜〔三〕。これは、先に述べたマールの（一）〜（四）の役割から（三）を除いたものである（役者を「マール」→「ケイト」、「イザベル」→「ミリー」、「オズモンド」→「デンシャー」へと変更するだけでよい）。マールの場合とはちがって、ケイトは、ミリーがデンシャーに関心を向けるよう努力する必要はない。ミリーはすでにデンシャーを思慕しているからである。その分ケイトの「演技」の手間ははぶけるのである。

［四］　これは、すでに述べた通りである。ケイトはミリーの「友人」、「相談相手」を演じつつミリーをだますばかりか、「共演者」であるデンシャーをもだましているのであり、また、折あるごとにデンシャーのもとにゆき、デンシャーの「演技」に目を光らせ、彼が「演出」どおり演じているかを確認している。

［五］　マールのように、「劇」の進行をさまたげる人物や状況を排除しようとするばかりか、ケイトは、「劇」の進行に有利な人物を味方にひき入れ、有利な状況をとことん利用しつくす。たとえば、彼女の伯母モードが、ケイトと金持ちのマーク卿の結婚をのぞむゆえ、デンシャーをケイトから遠ざけるためデンシャーとミリーの恋に賛意を表し、それを手助けしようとしているのをみてとるや、伯母と同盟を組んで、二人の恋を成就させるべく協力しあう。

［六］　そして最後の点として、「女優」ケイトは、マールと異なり、自己の「劇」をすべて自分の思う通りに「演出」できないということがあげられる。なぜなら、彼女は「演出」するばかりでなく、〈演出〉される〈女優〉でもあるからだ。〈演出家〉でもあり、〈劇場支配人〉でもあるのは、彼女の伯母のモード・ラウダーである。それは、第六部、ラウダー邸の晩餐でのエピソードに明らかである。

……彼女（＝ケイト）はいつも、とりわけきらびやかな社交の席では、伯母が彼女につけた「値段」に見あうふるまいをしなければならなかった。………彼（＝デンシャー）はいまや、その中に、一種の芸術のようなものを感じとった。すなわち、伝統、天才、批評がすぐれた女優にはたらきかけ、思い通りの役どころを自由自在に生み出してゆくようにおもわれた。すぐれた女優が、衣裳、歩き方、話し方、表情、すべてにわたり役を演じ切るのと同様、ケイトも、伯母の保護のもと、自分が引き受けた役を完全に演じなければならなかった。（中略）デンシャーは一瞬、自分があたかも………芝居を見にきているような感じをいだいた。劇場支配人はボックス席の方から注視し、あわれな女優はフットライトをあびていた。（中略）デンシャーは、ただ、黙って、ラウダー夫人の課す技術的な要求と、ケイトの訓練された顔をじっと見つめていた。それはあたかも、二人の間で芝居が演じられているかのようであった。（中略）それ（＝ケイトの訓練された表情が示した微妙で美しい小さなきらめき）は、舞台なれした女優が、双眼鏡の列を前に、完全に自分の役に入りこみ、それを演じながら、劇場内の、彼女の最愛の男に目くばせするのに似ていた。[9]

ケイトは、伯母の〈演出〉する劇を演じなくてはならないため、伯母の前では、デンシャーに冷淡にならざるを得ない。これは、いくら「演技」とはいえ、デンシャーにとっては不満であり、彼女の背信行為におもわれ、彼は自らが疎外されたような感じをいだく。それは、「共演者」デンシャーのケイトに対する不信につながり、ケイトの「劇」の進行にとって有利ではない。が、それでも、彼女は伯母の〈演出〉にさからうことができない〈女優〉なのである。そもそも、彼女の仕組んだ「劇」それ自体、伯母＝〈演出家〉の意向にそって彼女が結婚を成立させようとするがゆえに企てられたものではなかったか。もし、彼女が伯母の〈劇〉を演ずる〈女優〉でなかったら、伯母の反対をおし切って、デンシャーと結婚していたはずであり、彼女の「劇」それ自体存在しないことになる。つまり、ケイトの「劇」とは〈劇中劇〉なのである。

以上が、ケイトの「演技」である。が、彼女の「劇」は、マールの「劇」のごとく目的に向かって一直線に進んでゆかなかった。これは、なぜであろうか。それは、ケイトの「劇」の「共演者」であり、ミリーの「共演者」のふりをしていたデンシャーが、次第にミリーの「共演者」となり、ケイトの「共演者」のふりをするようになり、しまいには、ケイトの「劇」の役を下りてしまうという「誤算」が生じたからである。それは、ミリーの演じる〝劇〟がケイトの「劇」にうち勝ち、それを呑みこみ、それを葬り去ってしまうからである。では、ミリーの〝劇〟とはいかなるものなのか？

ミリーの〝劇〟とは、「鳩」の〝劇〟であると作品中では述べられている。もともと、ミリーのことを「鳩」と呼んだのはケイトである。ケイトは、ミリーのことを、自分の「劇」にまんまとだまされる善良で無垢な人間＝「鳩」、自分の手の上にのせられる弱い「鳩」、と考え、「鳩」と呼んだのだが、ミリーは、「鳩」に全く違ったイメージをよみとる。彼女は、「鳩」の飛翔を、「徳の高み」への飛翔とみなし、自ら、残された「生」を、「徳の高み」へ達するための〝劇〟として生きてみようと決心する。彼女は、ドラマチックな「鳩」の劇を演じようと決心するのである。彼女は、「演出家」ケイトによってあてがわれた「鳩」の役を、自分なりに〝演出〟するのである。

………彼女（＝ミリー）は、「鳩」の演じ方を研究した。
翌朝、新たな一日がはじまるとともに、それ（＝「鳩」を演じること）はふたたび彼女の掟となった。（中略）「鳩」はどのように行動する（演じる）ものであるのか（"how a dove *would* act"）、明らかにしなければならないだろう………[10]。

ここからは、二大「女優」、ケイトとミリーの「競演」となる。どちらの「演技」が「演技者」＝「観客」デンシャーの心をとらえるか？

………これら二人の女性（＝ケイトとミリー）の関係のある側面は、………メーテルリングの劇のうす暗い場面を思いおこさせる。わたしたちは、非常に仲よくしている反面、相対立し、互いのことをとても警戒しあう、微妙な暗がりの中の二人の人物のイメージを、はっきりと思い浮かべることができる[11]。

「女優」ミリーの、「徳の高み」を目標とする「演技」に接しているうちに、しだいにデンシャーはミリーに魅かれてゆく。ヴェニスにおけるミリーの姿は、デンシャーに至福の感を与える。

この光景（＝ this spectacle）には、ある種の雄弁、権威、至福——形容することのできないような至福が感じとられた………[12]。

「演技者」＝「観客」デンシャーは、この美しいミリーの姿＝「ショー」（＝spectacle）をみて、いっそうミリーに魅かれてゆく。そして、ミリー主催の（彼女が「演出」した）夜会は、ミリーの「徳の高み」を目ざす〝劇〟の「見せ場」であり、純白のドレスというでたちで人々の前に「登場」した「女優」ミリーは、「鳩」さながらの姿をしていた。

……彼（＝デンシャー）は、彼女（＝ミリー）が、漠然とした喜ばしいなごやかさを、魔法さながら、大きなあたたかな波のごとく、周囲にひろげているのを感じとった。（中略）……散文的な現実、「値引きをせまる」ような無神経な現実の痕跡は、ついに、気高くもほとんど拭い去られてしまった。[13]

「鳩」の翼の下につつみこまれてしまったデンシャーは、「散文的で」「無神経」なケイトの「劇」の「共演者」であることを一瞬忘れ、自らもミリーの〝劇〟の「登場人物」の一人となっている。そして、この夜会のとき、ついにデンシャーはケイトの「企て《プロット》」＝「筋書き《プロット》」の全容を知るに至り、「徳」に反するケイトの「劇」の「共演者」を演ずることに耐えられなくなり、しだいに、ケイトの「共演者」のふりをしながら、実のところミリーの「共演者」となってゆくのである。

この夜会のエピソードの後、ミリーはマーク卿から、ケイトとデンシャーがひそかに婚約しているという事実を知らされ、デンシャーの「虚偽」を知らされる。彼女は、ケイトの仕組んだ「劇」に騙されていることに気づく。しかしながら、「劇」に騙されたことは、ミリーの敗北、悲劇を意味しない。なぜなら、ミリーが、デンシャーを「赦す」ことによって、彼女の徳性はいっそう増し、「徳の高み」を目ざす彼女の〝劇〟はさまたげられるどころか、むしろ推し進められる結果となるからだ。ケイトの「劇」の中での「騙され役」を演じることが、そのまま自らの〝劇〟の中での〝役〟を演じることになるのだ。〝騙される〟というマイナス面を、プラスへと弁証法的に転じてしまうのである。ミリーは、ケイトの「劇」を、自分の〝劇〟の一シーンに組みこんでしまう。「鳩」の翼がケイトとデンシャーの二人をおおいつくしてしまうのである。そして、ミリーは、ケイトの「劇」とは次元を異にする「鳩」の〝劇〟を演じつくし、従容として死を迎えるのである。

敗北し、悲劇的結末を迎えるのはミリーではなく、ケイト・クロイの方であった。ミリーの死後、ケイトが企てたとおり、ミリーはデンシャーに遺産をのこした。しかしながら、「共演者」であったデンシャーは、ミリーによって呼びさまされた道徳心ゆえに、金を受けとることを拒む。その後、彼は、金を受け取ろうとしているケイトの姿に幻滅し、彼女に別れを告げるのである。

そして、「女優」ケイトは、ただ一人、舞台の上にとり残される。

おわりに

本論考では、ジェイムズと「女優」というテーマを、主としてノエミ、マール、ケイトという三人の「女優」に即して論じてきた。しかし、これでジェイムズの小説における「女優」をすべて論じつくしたわけではない。『使者たち』（それは、「視点人物」＝「観客」であるストレザーが、様々な「人物」＝「役者」らの演じる「仮面劇」を観る、という「劇場」的構造を有した作品である）の「主演女優」であるヴィオネ夫人をはじめとして、他にも多くの「女優」たちが、ジェイムズの文学的世界には「登場」しているからである。[14] その意味で、本研究は、決して十分なものとは言えない。しかしながら、本研究により、ジェイムズの演劇的な、あまりにも演劇的な文学的世界の一端を明らかにすることはできた、と私は考えている。

【注】

（1）Henry James, *The American*, A Norton Critical Edition (N. Y. : W. W. Norton & Company, 1978), p.19.
（2）*The American*, p.20.
（3）*The American*, p.20.
（4）*The American*, p.60.
（5）*The American*, p.62.
（6）*The American*, p.206.
（7）*The American*, p.197.
（8）Henry James, *The Portrait of a Lady*, A Norton Critical Edition (N. Y. : W. W. Norton &

Company, 1975), p.212. ノートン版は、ニューヨーク版（決定版）に依拠している。

（9）Henry James, *The Wings of the Dove*, A Norton Critical Edition (N.Y. : W.W.Norton & Company, 1978, pp. 204-205.

（10）*The Wings of the Dove*, p.172.

（11）*The Wings of the Dove*, p.262.

（12）*The Wings of the Dove*, p.286.

（13）*The Wings of the Dove*, p.301.

（14）筆者は、『白門』（中央大学通信教育部発行）第四十七巻、十一号（一九九五年）に掲載した、「『女優』マギー」という論考において、ジェイムズの『黄金の盃』における「女優」について、詳しい考察を行った。

第3部

思想のフロンティア

第一章　ウィリアム・ジェイムズの世界

一八九〇年。それは、アメリカにおいてフロンティアが消滅した年であった。しかしながら、これは空間的な意味でのフロンティアの消滅を告げるにすぎなかった。いまだ、さまざまな「フロンティア」がアメリカ人に残されていたのである。

その中の一つが、「心《マインド》」という「フロンティア」である。「心」の領域は、無限のかなたに広がっていたのである。「心」という「フロンティア」にとって、一八九〇年という年は、終わりを意味するものではなく、始まりを意味するものであった。それは、アメリカにおいて、本格的に「心」の開拓がはじまった年であった。

その先頭に立ったのが、ウィリアム・ジェイムズである。一八九〇年。それは、彼の記念碑的な大著『心理学原理』（*The Principles of Psychology*）が刊行された年であった。

本章は、このような開拓者＝ウィリアム・ジェイムズの世界のラフ・スケッチを試みるものである。筆者は、それを主として三つの側面から描き出してみようと思う。一つは、「意識の流れ」、二つ目は、「純粋経験」、そして第三に、「宗教的経験」である。

それでは、まず第一の「意識の流れ」について検討してみよう。

一　意識の流れ

日本において、ウィリアム・ジェイムズの心理学を最も深甚に受けとめ、かつ、そのよき理解者であったのが夏目漱石である。漱石は、彼の文学理論（とりわけ「文芸の哲学的基礎」）の中心に、ジェイムズの「意識の流れ」（'Stream of Consciousness'）〔『心理学原理』では、主として「考えの流れ」（'Stream of Thought'）と記されている。〕の理論をすえており、また、『坑夫』という作品において、「意識の流れ」の理論を方法論的な支柱としている（このことに関しては、中村真一郎氏をはじめ、幾人かの評者が指摘している）。また、ジェイムズの名は、『吾輩は猫である』、『それから』において言及されている。

「……ゼームスなどにいわせると副意識下の幽冥界と僕が存在している現実界が一種の因果法によって互いに感応したんだろう。」（『吾輩は猫である』、迷亭の言葉）

自分（＝代助）の不明瞭な意識を、自分の明瞭な意識に訴えて、同時に回顧しようとするのは、ジェームスの言ったとおり、暗闇を検査するために蝋燭を点したり、独楽の運動を吟味するために独楽を抑えるようなもので……。

（『それから』）

漱石の批評、小説の方法論的支柱となった「意識の流れ」。それは、ジェイムズ心理学の核心部分を成している理論である。「意識の流れ」は、『心理学原理』において、大体次のように説明されている。

(1)意識の変化
(2)意識の連続
(3)意識の選択
(4)意識の辺縁

(1)の〝意識の変化〟であるが、それは、意識はたえまなく変化しており、同一の心的状態は生起しえないということである（"...no state once gone can recur and be identical with what it was before"）。たとえ同一の事象に出会っても、われわれの関心、情緒が異なり、また、われわれをとりまく状況に変化が生じていれば、同一の事象も、われわれに異なった印象を与えるということである。意識現象は、差異性のただなかにあるということだ。

(2)しかしながら、ジェイムズは、このような差異性のただなかにある、一見ばらばらにも見える意識現象が、連続性を有しているという。それはなぜか。いかにして意識の連続は可能になるのか。それは「記憶」という作用による、とジェイムズは言う。「記憶」により、過去における経験は、現在の経験と同じく、「私」の経験として、共通の自我に属する経験としてとらえられるのである。

(3)また、意識現象は、事象すべてをとらえたものではない。われわれの注意が向けられたものの

み、〝経験〟としてとらえられるのであり、その意味で、意識は世界を写す鏡ではないと言える。

(4)の辺縁（'fringe'）について、ジェイムズは、『心理学原理』のプロレゴメナとも言うべき『心理学要説』（*Psychology, Briefer Course*）において、より明晰に、体系的に論じている。ジェイムズは、その中で、「辺縁」を、明瞭な対象が意識にのぼってはいないが、それが今まさに意識にのぼってこようとしている際にわれわれがいだく「意識」として説明している。たとえば、ある事柄を思い出そうとして、それが明瞭な対象、心像として示される前に、それを志向している「意識」、名前を思い出そうとして思い出せないでいる欠乏の「意識」、それをジェイムズは「辺縁」と名づけている。

以上のような四つの特徴を有する「意識の流れ」。それを基に、ジェイムズは己の心理学の体系を築いてゆくのだ。「時間」も「空間」も、抽象的な、あるいは先験的なものとしてではなく、意識現象として、具体的な経験としてとらえられる。「生きられる時間」、「生きられる空間」として表象されるのである。また、ジェイムズは、「自我」と「物（対象）」を二元的に対立させることはない。「自我」という〝実体〟が存在するのではなく、「意識現象」という〝プロセス〟のみが存在すると考えるのである。

ここで、再び漱石の言葉に耳を傾けてみよう。ジェイムズ心理学を出発点としている「文芸の哲学的基礎」という評論中の言葉である。それは、右に述べたようなジェイムズ心理学の核心部分をより明瞭にしてくれるように思われる。

《……普通に私と称しているのは客観的に世の中に実在しているものではなくして、ただ意識の連続してゆくものに便宜上私という名を与えたのであります。》

《……物が自分から独立して現存しているということもいえず、自分が物を離れて生存しているということも申されない。換言してみると己を離れて物はない、また物を離れて己はないはずとなりますから、いわゆる物我なるものは契合一致しなければならんわけになります。（中略）だからたゞ明らかに存在しているのは意識であります。そうしてこの意識の連続を称して俗に命というのであります。》

《……意識の連続はぜひとも記憶を含んでおらねばならず、記憶というとぜひとも時間を含んでこなければならなくなります。からして時間というものは内容のある意識の連続を待ってはじめていうべきことで、これと関係なく時間が独立して世の中に存在するものではない。換言すれば、意識と意識の存する一種の関係であって、意識があってこそこの関係が出るのであります。》

《……これ〔＝空間〕も両意識の間に存する一種の関係であって、意識そのものを離れて空間なるものが存在しているはずがない。》

このようなジェイムズ心理学。なかでも、その核心部分にある「意識の流れ」の理論。それは、文学史において最も重要性を帯びることになる。なぜなら、十九世紀末から二十世紀前半の小説の多くが、ジェイムズ心理学（とりわけ「意識の流れ」の理論）の文学的「翻訳」であったからである。たとえば、ヘンリー・ジェイムズの小説（とくに後期の小説）は、すべてを意識現象とみなすウィリアム・ジェイムズの心理学に文学的表現をあたえたものであった。ヘンリー・ジェイムズの「視点」の技法、および心理描写は、そのことを如実に物語っている。

彼の小説の多くが、全能の作者によってとらえられる「客観的」な世界ではなく、視点人物の意識を通して見られた、視点人物によって生きられた世界を提示している。『ねじの回転』の大部分は、一人の女家庭教師の視点から語られている。そして『使者たち』においては、物語の全編が主人公ランバート・ストレザーの「解釈」から成っており、『鳩の翼』においては、複数の視点人物のヴィジョンが交錯する多元的世界が提示されている。

また、彼の後期の小説における心理描写は、「意識の流れ」をあらわしている。たとえば、『黄金の盃』の人物（とりわけ公爵とマギー）の意識は、過去と未来を自由自在に往復しつつ、「波」のごとく揺れ動き、「川」のごとく絶えず推移し、変化している。

そして、このような「翻訳」作業は、ヘンリー・ジェイムズの影響のもと、ジョイス、プルースト、ヴァージニア・ウルフ、フォークナーら多くの現代作家によって続けられてゆくのである。

二　純粋経験

西田幾多郎の『善の研究』が、「純粋経験」と題した章で始まっているのは、あまりにも有名である。

《経験するというのは事実其儘に知るの意である。全く自己の細工を棄てて、事実に従うて知るのである。純粋というのは、普通に経験といっている者もその実は何らかの思想を交えているから、毫も思慮分別を加えない、真に経験其儘の状態をいうのである。（中略）それで純粋経験は直接経験と同一である。》

そして『善の研究』の第二編、第二章には次のような言葉が記されている。

《少しの仮定も置かない直接の知識に基づいて見れば、実在とはただ我々の意識現象即ち直接経験の事実あるのみである。》

《我々は意識現象と物体現象と二種の経験的事実があるように考えているが、その実はただ一種あるのみである。即ち意識現象あるのみである。》

西田哲学の出発点となっている「純粋経験」という考え。これは、ウィリアム・ジェイムズの主唱した哲学であった。西田も漱石と同じく、ジェイムズを自己の方法論的支柱としていたのである。ここでは、この「純粋経験」の哲学について簡単に述べてみたい。

ジェイムズは、「『意識』は存在するか」および「純粋経験の世界」という二論文において、彼の「純粋経験」の哲学を展開している。それによると、「純粋経験」の哲学とは、大体次の二つのテーゼから成っている。

(1)直接に経験された事実（純粋経験）は、心的内容となったり物理的対象となったりする。

(2)「経験と経験とは互いに認識しあっている。」（"the experiences are cognitive of one another"）

(1)については、例をあげて説明しよう。今、わたしの手元には、ウィリアム・ジェイムズの全集のうちの一巻『根本的経験論』（*Essays in Radical Empiricism*）がある。〈それ〉をわたしは見、そして〈それ〉に触れている。これが、直接経験である。わたしが〈それ〉について、〈それ〉が机の上に位置している、厚さ約三センチ、縦約二十五センチ、横約二十センチの〈本〉＝〈物体〉であると認識するかぎりにおいて、〈それ〉は〈物理的対象〉である。しかしながら、次の瞬間、わたしは〈それ〉を全くちがった文脈《コンテクスト》においてながめることになる。〈それ〉を買った時の喜び、〈それ〉を読んだ時の驚きと興奮など、〈それ〉は、わたしの個人的な経験の文脈《コンテクスト》においてとらえられるようになる。そのとき、〈それ〉は単なる物理的対象であることをやめ、わたしにとって特別の意味合いをもった〈本〉＝〈心的内容〉となるのである。

このように、一つの素材＝純粋経験が、文脈によって二役を演ずることになる。文脈によって〈外〉になったり〈内〉になったりするのである。つまり、純粋経験は、「潜在的に客観でもあり主観でもあるにすぎない。」（「『意識』は存在するか」）

(2)は、一言でいうなら、出来事の〈真理〉性は、あらかじめ与えられた、固定したものではなく、時間のただ中で生成するものであるという考えである。Aという経験の〈真理〉性は、後続する経験Bによって、「回顧的に」、「遡行的に」、実現（検証）される（＝「真理化される」）ということである。つまり、「主─客」の対立と同じく、〈真理〉性も純粋経験のレベルにおいては潜在的なものであるということだ。それゆえ、Aという経験においてある事柄が〈真理〉であると思われても、Bという経験によって、それが〈真理〉ではなくなるということがありうる。これは、われわれが日常生活を営むなかで、つねに感じていることである。たとえば、「恋愛」。相手の表情、態度から、相手が自分のことを好いているという〈真理〉を得た場合、この〈真理〉は、それに引きつづく経験によって、より確実なものとなり、〈真理〉化されることもあるが、いわゆる「思い込み」である場合も多くあり、その場合、先行経験における〈真理〉は〈真理〉ではなくなるのである。このようなケースは、われわれの歴史認識においても、常に起こっている。昨日の〈真理〉は、すでに今日の〈真理〉ではないことがありうるのであり、また今日の〈真理〉といえども、明日には〈真理〉でなくなるということがありうるのである。

このような真理観。ここで我々は、またも、ヘンリー・ジェイムズの文学を想起せざるを得ない。なぜなら、ヘンリー・ジェイムズもまた、〈真理〉というものは、絶対的な、超越的なものではなく、「過程」のなかにおいてのみ「生成する」（「存在する」のではない）ものであるという考えを、人物の認識行為、あるいは語り手の物語行為を通じて示しているからである。視点人物は、彼らの視点がとらえる「現象」から、徐々に〈真理〉を構成してゆく（時として、この〈真理〉は暴力的な形で否定される）。そして、物語（言説）の時間は、過去と現在を自由自在に往復し、遡行的なやり方で、〈真理〉をジグソーパズルのように徐々に明らかにしてゆく（ただし、このジグソーパズルは決して完成することはない）。

このような点で、ウィリアム・ジェイムズの哲学と、ヘンリー・ジェイムズの文学は構造的相同性を示しているといえよう。

三　宗教的経験

小林秀雄は、『信じることと知ること』という講演の中で次のように言っている。

《なるほど科学は経験というものを尊重している。しかし経験科学と言う場合の経験というものは、科学者の経験であって、私達の経験ではない。普通の経験が科学的経験に置き換えられたのは、この三百年来のことなので、いろいろな可能な方向に伸ばすことができる、私達が生活の上で行なっている広大な経験の領域を、合理的経験だけに絞った。》

《諸君の意識は、諸君がこの世の中にうまく行動するための意識なのであって、精神というものは、いつでも僕等の意識を越えているのです。》

《ベルグソンが記憶の研究に這入っていった頃、心理学の方でも、意識心理学から無意識心理学への転換が行なわれる機運が来ていた。これはどういう事だったかというと、一と口で言えば、唯物論の上に立った自然科学の方法だけを頼んで人間の心を扱う道は、うまく行かなくなったという事です。》

小林は、この後、非合理的経験の一例として、柳田国男の〝神秘体験〟について語っている。さらに小林は、『遠野物語』にしるされた猟人の非合理的な経験について、「宗教的経験」という言葉を用いている（この際、「宗教的」という語は、「宗旨」、「宗派」とは何ら関係のない、広義の概念として用いられている）。

ウィリアム・ジェイムズの『宗教的経験の諸相』（*The Varieties of Religious Experience*）を考えるにあたり、小林の右の講演はたいへん示唆にとんでいる。なぜなら、ウィリアム・ジェイムズはこの本の中で、「宗旨」、「宗派」とは何ら関係のない「宗教的経験」について語り、その「宗教的経験」を通じ、「意識」を超えた「精神《マインド》」のありようを示そうとし、唯物論的な心理学へのアンチテーゼとして、非合理的な経験の心理学的研究を行っているからである。

《……私たちの精神状態は生きた真理の啓示として独自な価値をもっていることを、私たちは知っている……。だから私たちは、このような医学的唯物論の口を封じてしまいたい、と願うのである。》（『宗教的経験の諸相』、桝田啓三郎訳）

《……この講義において、私は、制度的宗教の分派をまったく無視し、教会組織のことには少しもふれず、……問題をできるだけ純然たる個人的宗教のみに限定したいと思う。》

《人々が内面的に、私的にいとなんでいる生活を考察してみると、合理主義が説明しうる生活領域は比較的表面的な部分でしかないことを、私たちは認めなければならない。（中略）諸君がいやしくも直観をもたれるならば、その直観は、……諸君の意識下の生活全体、すなわち、諸君の衝動、諸君の信仰、諸君の要求、諸君の予感が前提をなしている……。》

ジェイムズが『宗教的経験の諸相』のなかでやっていることは、このような「意識下の生活全体」を、「宗教的経験」の内に読みとることである。

こうした「読み」の結果、ジェイムズは次のように結論している。

《宗教というものは意識を超えた領域あるいは潜在意識の領域と異常に緊密な関係をもっている人間性の一分野である、……。これ（＝潜在意識の領域）は潜在的なものすべての住家であり、記録も観察もされずに過ぎ去ってゆくすべてのものの貯蔵所だ……。（中略）そしてそれはすべて動機のはっきりわからない情熱や衝動や好みや嫌悪や偏見などの源泉をかくまっている。（中略）それは私たちの夢の源であり、そして夢はまたそこへ帰って行くもののようである。（中略）それはまた私たちの宗教を養っている多くのものの源泉でもある。私たちが今までに数多く見てきた、深い宗教的生活をいとなんだ人々にあっては――これが私の結論なのであるが――この領域にいたる扉はなみはずれて広く開かれているように思われる。》

このような『宗教的経験の諸相』が出版されたのは、一九〇二年（そのもととなったギフォード講演が行われたのは一九〇一―一九〇二年）。それは、フロイトの『夢判断』が出版されたわずか二年後のことである。フロイトは、『夢判断』において、「夢表象」のなかに「夢思想」＝「無意識」を読みとろうとした。ジェイムズにとっての「宗教的経験」、それは、フロイトにとっての「夢」に相当するものである。なぜなら、ジェイムズは、『宗教的経験の諸相』において、「宗教的経験」

の表象のなかに「無意識」を読みとろうとしているからである。すなわち、方法論的なレベルにおいて、ジェイムズはフロイトの「同時代人」であったと言えよう。

第二章　「歴史」を診る

――フーコー、アリエス、セルトーの先駆者ハクスリー――

オールダス・ハクスリーは、複数の「顔」を持った〈知〉のプロテウスである。行くところ可ならざるはなし、八面六臂といった趣の、二十世紀を代表する百科全書的知性であり、彼のつくり出した文学的（あるいは非文学的）世界へ、読者はさまざまな方角から入ってゆくことが可能である。しかしながら、これまでの研究においては、小説家および批評家というハクスリーの二つの「顔」のみが明らかにされたに過ぎず、これらまばゆいほどの光を当てられた「顔」の影に隠れて、他のいくつかの「顔」は十分明らかにされてこなかったようである。これでは、ハクスリーの豊穣な、あまりにも豊穣な世界は貧困なものとなり、その魅力も半減してしまう。そこで、わたしは、右に述べた既成のハクスリー像にとらわれず、視点を変え、他の「顔」にも光を当ててみようと思う。その一つの試みとして、この小論では、歴史家という「顔」をとりあげてみたい。歴史家という、従来とかく見過ごされがちであった「顔」に注目することにより、わたしは、これまでとは一風異なるハクスリー像を描き出そうと思っている。またその際、もし可能であるならば、そのような視点からみたハクスリーの現代性についても、合わせて明らかにしてみたい。

論述のプロセスは、以下の通りである。それは、歴史家としてのハクスリーの「顔」が呈する三つの相貌に対応している。すなわち、第一に、メタヒストリー（歴史についての歴史）を書くハクスリー、第二に、文化史あるいは観念史家としてのハクスリー、そして第三に、歴史物語の作者としてのハクスリーである。論の対象とするテクストは次のようになっている。第一のハクスリーについては、「歴史の魅力、および過去の未来について」という、『夜の音楽』（一九三一）に収められている短いエッセイをとりあげ、第二のハクスリーに関しては、「バロック期の墓についての変奏」、「監獄についての変奏」（いずれも『主題と変奏』［一九五〇］に収められている）を中心としたいくつかのエッセイをとりあげたい。そして、第三のハクスリーを論じる際には、彼の最高傑作の一つである『ルーダンの悪魔』（一九五二）をとりあげるつもりである。

それでは、まず、第一のハクスリー、メタヒストリーを書くハクスリーについて論じることにしよう。

一　歴史についての歴史

「歴史の魅力、および過去の未来について」というエッセイは、ハクスリーの歴史哲学を表明したものである。彼はそこで、歴史というものがどのように人々によって意識され記述されてきたか、それを歴史的に考察している。つまり、それは「歴史の歴史」なのである。彼はそれを次のように巧みに言いあらわしている。

時代ごとに、過去が再創造される。新たな「ウェーヴァリー小説」が、新たに選択された事実に基づいて書かれるのだ[1]。

一言でいうなら、彼は、歴史とは事実を写しとったものではなく、歴史小説のように事実の選択の上に成り立つフィクションであり、また、この歴史＝フィクションは、時代ごとに書き換えられてゆく点で相対的なものであるということを述べているのである。彼は、歴史とは客観的事実の写しであるという通念、すなわち歴史記述のリアリズムに抗して、歴史は、それぞれの時代の欲求、イデオロギーによって支配され、それらに合うように書き換えられてゆくという意味において、フィクショナルな構造物、一つの擬制であると断じているのだ。そしてハクスリーは、この「歴史という擬制」を暴くために、歴史上のさまざまな過去において「過去」がどのようにとらえられてきたか、どのように意味づけられ、書き換えられてきたかということを、具体例をあげて実証してゆく。つまり、ハクスリーの言葉を用いるなら、「過去の過去」（'the past of the past'）を検証するのである。

一例をあげよう。ハクスリーは、〈古代ギリシャ、ローマ〉という「過去」が、過去においてどのようにとらえられてきたか、意味づけられてきたかを考察している。それは、次のようなものである。〈ギリシャ、ローマ〉は、ルネッサンス期において、主に「芸術、哲学」の象徴としてとらえられており、十八世紀において、〈ギリシャ、ローマ〉は、「理性の帝国」としてイメージされている。また、十八世紀後半から十九世紀のはじめにかけて（とりわけ革命のさなかのフランス人にとって)、〈ギリシャ、ローマ〉は政治的意味あいを有する。それは、「共和制」を意味するようになる。ナポレオンの失墜後、〈ギリシャ、ローマ〉は、政治的意味あいを失くしたばかりでなく、人々の関心をひきつけなくなる。代わって人々の関心をひきつけるようになるのは、〈中世〉である。ピクチャレスクなものを求めるロマン主義者によって、全世界的に信仰が広がることを求めるキリスト教者によって、あるいは、政治的・経済的特権を求める貴族によって、それは理想の時代とみなされる。(2) ハクスリーがこのような例を通して語っているのは、「過去」というものは、それぞれの時代の欲求、エートスを反映し、それらによって意味づけられ、選びとられるものであるということである。彼は、「過去は現在と共に変化する」と記しているが、それは右のような意味で解さなくてはならない。

ハクスリーはさらに、エッセイの後半部で、二十世紀において「過去」がどのようにとらえられているかについて考察し、また、未来において「過去」はどのようにとらえられるのであろうかということを予言しようとしている。さらに、時間のベクトルを逆にして、過去において「未来」は、現在において「未来」はどうとらえられているか、また、未来において「未来」はどのようにとらえられるであろうかという考察を行っている。すなわち、整理すると、「過去」の過去―現在―未来、「未来」の過去―現在―未来、という六つのパターンをハクスリーはこのエッセイであつかっていることになる。そこで彼が言おうとしていることを一言で要約するならば、「過去」も「未来」も、歴史の流れと共に変化してゆく相対的な観念であり、それらは客観的な事実として記述され得ないということである。

このようなハクスリーの歴史記述の反リアリズム（反―客観主義）。これは、今日的コンテクストにおいてみると、実に斬新で、先駆的な考え方であることが判明する。それは、一九六〇年代以降、フーコーら構造主義者、ヘイドン・ホワイト（『メタヒストリー』）、リクール（『時間と物語』）、そして、一九八〇年代以降のニュー・ヒストリシズムと呼ばれる一派によって、明確にされるようになった考え方と一致するからである。すなわち、歴史とは客観的事実の写しではなく、物語＝フィクション＝擬制であるという考えである。これは、今から思うと、ごく常識的であたりまえすぎるほどのテーゼであるが、ハクスリーのエッセイが今から百年近く前に書かれていることを考え合わせると、彼がいかに洞察力にとんだ歴史家であったかということがわかるのである。それゆえに、このエッセイが今ではほとんど学者・批評家によって論じられることがなく、忘却の淵に追いやられてしまったのは、実に残念なことであると言わねばならない。

二　観念史、あるいは文化史

一

前節では、ハクスリーの〝歴史の観念史〟ともいうべきエッセイを扱った。その際、歴史の観念における相対性という考え方をつぶさに見てきた。この〝観念の歴史的相対性を示すための観念史〟。このような観念史を、ハクスリーは「歴史」以外の観念についてもいくつか書いている。その例として、今、「精神と身体」という観念、「時間」という観念の歴史について書かれたエッセイをとりあげてみよう。

まず、「精神と身体」という観念の歴史。それは、ハクスリーの『人間の状況』（彼が一九五九年にカリフォルニア大学で行った講演であり、ピエロ・フェルッチが編集し一九七七年に上梓された）の、「人間性の問題」という章に記されている。ハクスリーによると、「精神と身体」という二元論的図式は歴史的な所産であり、相対的なものであるということだ。彼は、紀元前八百年頃、ホメロスの時代には精神と身体の二元論は存在しなかったと言っている。すなわち、精神を身体とは別個の、統一された実体として表象する考え方は存在しなかったと言う。人間は、さまざまな力の複合体とみなされ、それらは互いに分かちあいがたく結びついているというふうに考えられていた。

ところが、紀元前七世紀ごろギリシャ人が黒海地方に進出し、その沿岸に植民地をつくりスキタイ人と接触するころから事情が変わってくる。スキタイ人は、シャーマン的な宗教を信じており、シャーマンの中には前世のシャーマンの魂が宿っており、その前世の魂が現在のシャーマンに力を与えていると考えていた。このように魂が一つの肉体を遊離して別の肉体に住みつくという考えは、ギリシャのオルフェウス教の人々に伝えられ、それはさらにピタゴラスに影響を与える。ピタゴラスの体系においては、転生という考えはもはやシャーマンにかぎられた現象ではなく、万人に起こることと考えられるようになる。そして、実体的魂が、前世に犯した罪ゆえに肉体に閉じ込められているという考えが生まれてくる。

このピタゴラスの思想が、後世の哲学者、とりわけソクラテスとプラトンに影響を与えることになる。そこで紀元前四百年ごろには、ソクラテス、プラトンによって、人間が統一的な実体としての魂をもち、その魂は肉体を離れることができるという、魂と肉体の二元論が確立される。この魂と肉体（精神と身体）の二元論は、のちのキリスト教思想に受けつがれる（ハクスリーによると、もともとヘブライの伝統には、この心身の二元論は存在しなかったと言う）。そして、キリスト教思想に受けつがれたこの二元論は、近代になるとデカルトによって合理的な形で体系化される。が、現代になると、この心身の二元論に対して疑いがなげかけられ、人間を諸力の共生体であるとする多元論へ向かい、ふたたびホメロス的考え方に近づくとハクスリーは述べている。

くりかえしになるが、彼がこのように「精神と身体」という図式の発生をたどっているのは、それが、人間の真の姿ではなく、歴史のある一時点にうみだされた一つの観念であり、相対的なものであるということを言いたいからである。彼は、「精神と身体」という枠組も、「歴史」の観念と同じく、人間のつくりあげたフィクション＝物語であると言いたいのである。観念史を書くことにより彼は、西洋を数千年にわたって支配してきた形而上学を批判し、その擬制を暴きたてている。

さて、次には「時間」という観念の歴史。少々粗っぽいが、ハクスリーは、産業革命以前と産業革命以後では、「時間」の観念が全く異なると言っている（「時間と機械」〔『オリーブの木』（一九三六）所収〕）。産業革命以前には、人間は、自然の時（日、月、そして四季のリズム）のうちに生きており、分、秒にまで意識を向けることがなかった。しかし、産業革命以後、鉄道の発達により、また工場の分秒きざみの生産過程に組み込まれることで、人間は時間を分秒きざみで意識するようになる。このように、現代人が〈時間〉と呼んでいるものが、いかに歴史的に生みだされた一つの観念であるかということをハクスリーは指摘しているのである。その際彼は、東洋人の時間意識を西洋の産業革命以後の〈時間〉意識と比較しつつ、この〈時間〉が、歴史的にばかりでなく、文化的にいっても相対的なものであることを実証している。「時間」の観念史によって、ハクスリーは、「時間」も、「歴史」、「精神と身体」と同様、歴史的所産であり、かつフィクションであると言っているのである。

二

排除されたものの歴史。非合理的なもの、周縁的なものの歴史。第二次大戦後のハクスリーは、とりわけ、このような、歴史の裏側、影の部分に光を当てている。そのうち、今ここでとりあげたいのは次の二つである。二つとは（1）〈死〉の歴史、（2）〈監獄〉の歴史である。

（1）の「〈死〉の歴史」をあつかっているのが、「バロック期の墓についての変奏」というエッセイである。ハクスリーはその中で、死の図像学的考察を通じて死の歴史（人々の死に対する態度の歴史）を記している。彼は、「骸骨」という図像に注目し、次のようなことを述べている。中世において、墓に骸骨の図が描かれることはない。が、十六世紀の半ば頃から骸骨の図が墓に描かれるようになり、バロック期になるとその図がますます大きなものとなり、十七世紀のおわりまで、時には十八世紀のはじめまで骸骨の図は墓に描かれることになる。十八世紀になると、骸骨の図は墓から姿を消し、それは火の消えたたいまつ、泣いている天使などの図像にとって代わられる。そして、十九世紀をへて二十世紀にいたるまで、墓に骸骨の図像が登場することはない。

ハクスリーは、上述したように、骸骨の図像の変化、消長を追うことで、人々の死に対する態度の歴史を記している。それは、以下に述べるようなものである。中世において、人々はほとんど死を意識することはなかった。が、十六世紀半ばから十七世紀にかけて、人々は死の強迫観念にとりつかれるようになる。そして、十八世紀から十九世紀にかけては、社会の進歩という明るい未来に目を向け、自己の未来である死という暗い現実から目をそらそうとしてきた。つまり死を排除してきた、とハクスリーは述べている（彼はまた、十九世紀から二十世紀にかけて、文学においては、この死という現実を描き出した作品がいくつかあらわれていることを指摘し、特にトルストイの『イワン・イリイチの死』をその例としてあげている）。そしてエッセイの最後の方で、現代人は、死という非合理な事実から目をそらそうとしているが、そのような事実に向きあうべきである、と締めくくっている。

右に述べたような、〈死〉という近代人によって排除された非合理的なものの歴史を書こうという試み、そして、その「図像学的考察」という方法論。これは、我々にあのフィリップ・アリエスの大著『死を前にした人間』（一九七七）を想起させる。アリエスも、ハクスリーと同じく、図像学的考察によってヨーロッパ人の死に対する態度の歴史を記そうとしているからである。もちろんハクスリーのエッセイは、アリエスの大著のように、豊富な資料にもとづいた緻密な議論を展開してはいないが、発想をアリエスと同じくしていると思われる。また、このエッセイが、アリエスの本が出る三十年ほど前に書かれたことを考えるなら、ハクスリーの試みが非常に先駆的な、斬新なものであったことがわかる。彼は、アリエスに先がけたアナール派歴史学者だったのである。

さて、次は（2）、「〈監獄〉の歴史」であるが、それは「監獄についての変奏」（一九四九）に記されている。それによると、十八世紀までの監獄は、統制されていない効率のよくない混沌とした空間であったという。ところが、十九世紀初頭になると、それは、完全に秩序づけられ、整合性を有した、機械のように効率よく機能する空間につくり変えられる。このように監獄を秩序づけようとする計画の一つとして、ハクスリーは、ベンサムの「一望監視方式」（Panopticon）を例にあげている。彼は、「一望監視方式」について次のように記している。

> 「一望監視方式《パノプティコン》」は、すべての囚人が常に孤立した状態で生活する一方、中心に位置する看守からは常に監視されるように造られている、円形の建造物である[3]。

彼は、このあと、ベンサムが考え出した「一望監視方式」はついに実現することはなかったが、中央からすべての房を監視し、すみずみまで秩序、統制のゆきとどいた監獄を生み出そうとする意志は、現代の監獄の構造の内に見てとれると述べている。ベンサムの計画は実現されなかったが、その理念は現代に受けつがれていったというのである。

が、ハクスリーは、ベンサムの「一望監視方式」を単に監獄の歴史の一章として呈示するにとどまっていない。彼はそれを、十九世紀以降成立する近代国家の構造のメタファーとしてとらえてみせる。すなわち、近代国家の行政機構、軍隊、産業構造のメタファーとしてとらえるのである。国家という機械に属する個人は、「一望監視方式」における囚人のように常に行政機構を通じて監視されつづけ、工場では、機械の一部となって働き生産の効率を上げるよう監視され、軍隊では、「一望監視方式」の囚人のように、規律正しくふるまうよう訓練され、監視されるというのである。そして現代においては、多くの「一望監視方式」が、社会のすみずみにわたって見いだされると指摘している。

今日では、すべての効率の良いオフィス、最新式の工場は、一望監視方式の監獄であり、そこで働く者は、機械の内部にいるという意識にさいなまれている。………二十世紀において、軍隊は多くの「一望監視方式」のひとつにすぎない。産業、………行政もまた、おなじく統制され、編成されている。(4)

このような近代国家＝パノプティコンというとらえ方。それは、多くの読者にとってすでに常識と化しているかもしれない。彼らは、ハクスリーのエッセイを読んでも、このようなとらえ方をごく当り前のものとしてみなすかもしれない。なぜなら、われわれの多くは、あの「〈知〉の考古学者」ミシェル・フーコーが『監獄の歴史』において、右に記した近代国家とパノプティコンの構造的同一性を議論の核心に据えているのを、すでに読んで知っているからである。が、両者の書かれた年代をここであらためて思い出してみよう。ハクスリーのエッセイが収められた『主題と変奏』が出版されたのは一九五〇年。そして、フーコーの『監獄の誕生』が出版されたのが一九七五年。なんとハクスリーのエッセイは、フーコーの本より二十五年も前に発表されているのだ！　これを知って驚かない読者はいないだろう。ハクスリーは、発想のレベルでいうと、フーコーを先取りしていたのである。

次節では、さらに、「歴史家」ハクスリーの「先駆性」について、彼の歴史物語を例にとって考察するつもりである。そこでは、ハクスリーが、ある宗教的事件にひそむ「演劇性」、および「政治性」（権力の複雑な構図）を、横断的・多角的にとらえている点で、発想・方法論のレベルでいうと、歴史家ミシェル・セルトーを先取りしているという驚くべき事実が明らかにされるはずである。

三　「歴史」を診る　――歴史、政治、演劇――

ミシュレはその著『魔女』の中で、「ルーダンの悪魔につかれた女たち」という章を設けている。それは短いものであるが、グランディエという司祭の人物像、その悲劇、彼を取り巻く十七世紀初頭の政治的、宗教的闘争、彼の悲劇の直接的原因であるルーダンの尼僧院の集団的狂気についてあますところなく記述している。そして、ミシュレは、この事件を「卑劣な笑劇」という言葉で表現している。ほぼ一世紀ののち、ハクスリーは、ミシュレと同様このルーダンの事件に注目する。彼は、ミシュレによって記述された事件の骨組に、事件に関するありとあらゆる資料による肉付けをほどこし、また、この事件を、とりわけ事件にひそむ演劇性を、ミシュレとは比較にならないほどありありと、ドラマチックな筆致でわれわれ読者の前に呈示してみせる。言うまでもなく、『ルーダンの悪魔』(*The Devils of Loudun*, 1952)のことである。

ハクスリーが、歴史記述というものは事実の選択にもとづくフィクションであると考えていたことは、この章の第一節においてすでに述べたが、『ルーダンの悪魔』では、一歩進んで、歴史記述が対象としている事実それ自体が、いかにでっちあげられ、ねじ曲げられたフィクション＝物語であるかということが示されている。ルーダンの尼僧たちの集団的狂気、そしてそれにもとづくグランディエ司祭の有罪という史実、それがいかにインチキでペテンにみちたものであるか、それを、ハクスリーは暴きたてようとしている。歴史とは、書かれる前にすでに捏造された物語なのだということを、彼はわれわれに示してくれる[5]。そしてこの捏造のプロセスを、ルーダンという町を舞台として、叙述＝再‐現前＝上演(represent)してみせるのである。では、このルーダンにおける「劇」とはいかなるものなのであろうか。それを、以下、具体的にみていくことにしよう。

＊

ルーダンにやってきた新任の教区司祭、ウルバン・グランディエ。彼が「劇」の主人公である。この男、眉目秀麗、頭は抜群に良く、ルーダンじゅうの女から好かれている。一方、男からは嫉妬を一身に集め、ひどく嫌われる。そしてさらに、このイエズス会出身のカトリック教の司祭は、元プロテスタントであった修道僧と対立する。また、他所者でありながら、誰もがあこがれる聖ペテロ教会の司祭の職についたものだから、ルーダンの地元出身者からは憎悪の目で見られている。それゆえ、グランディエに敵対する者は、何かとあることないことあげつらって彼を蹴落とそうと試みるが、結果はウラ目、ますますグランディエの人気と力は増すばかり。その間彼は、ルーダンの知事ダルマニャック、検事トランカンら地元の有力者にとり入り、着々と自らの勢力範囲を広げてゆく。

一方、自らの地歩を築くのに用いるのと同じくらいの力をこの男、女遊びにそそぐ。司祭でありながら、次々に女をたらしこみ、征服してゆくドン・ファン的好色。昼は仕事に、夜は女にと、十二分に生活を楽しんでいる。が、この女ぐせ、ついには彼の身をほろぼすきっかけとなる。彼は自分の庇護者トランカンの娘フィリップにまで手を出し、彼女を妊娠させてしまう。ところが彼は、フィリップを他の女と同じく、何の良心の呵責もおぼえずに捨て去って平然としている。トランカンは、はじめ娘の体の変化に気づかなかったが、ある日、娘から妊娠したことを直接知らされ、相手の男がグランディエであることを知らされる。以来、トランカンは、庇護者から転じて復讐の鬼となる。そして、グランディエへの復讐を目的とする「秘密結社」の中心人物となる。この「秘密結社」は、アダムという男の営む薬屋を集会所としており、そこには、グランディエにかねてから怨み、憎しみをいだいていた輩が多数集まってきた。ここに、グランディエと、トランカンを頭にいただく「秘密結社」との戦いが始まり、「劇」は第二幕へと移行する。

「秘密結社」は、グランディエをおとし入れるために、彼の聖職者にあるまじき女性に関してのスキャンダルを暴こうとする。が、その都度、証拠不十分、またグランディエに味方する有力者がいることもあり、訴えた「秘密結社」の側が痛手をこうむった。そしてついには、トランカンは名誉を失い、検事職をやむなく辞任するはめとなる。戦いはグランディエの一方的勝利かと思われたその時である。「秘密結社」側は、グランディエを破滅に追いやるような、ある決定的な情報を聞きつける。が、それについて述べる前に、『ルーダンの悪魔』という「劇」のヒロインである尼僧院長ジャンヌについて少し述べておく必要があるだろう。

顔立ちの美しいジャンヌは、グランディエ司祭を狂ったように恋していた。彼を神とあがめ、日ごとに夢想はつのっていった。が、いざグランディエと会ってみると、彼は全く彼女のことを気にもとめていない。その時、グランディエへのはげしい恋は、転じてはげしい憎悪となった。それ以来、彼女も反―グランディエ派となり、「秘密結社」の側につく。彼女は、「秘密結社」の一員、トランカンの甥であるミニョンを自分の告解聴聞僧にし、グランディエへの憎悪を語る。これを知ったミニョンは、同時に、尼僧院での悪霊騒ぎを耳にする。そして、それを「秘密結社」のメンバーに伝えるのである。「秘密結社」の人々は、ここで或ることをでっちあげる。それは、尼僧たちが悪魔にとりつかれているのは、グランディエが魔法を用いているからである、という噂である。彼らは、この噂を四方八方に伝えた。が、肝心の証拠がない。それは捏造するしかない。そこで、「秘密結社」とジャンヌはぐるになって大芝居をやってのける。ミニョンは、主任司祭のバレと共に悪魔祓いの儀式を人々の前で行い、その儀式の対象になったジャンヌが、悪魔はグランディエであると叫ぶ、という芝居を。

ここから「劇」はダブルプロットになる。一つは、「秘密結社」の、「事実」と「証拠」捏造のプロット（筋＝陰謀）。そして、そのプロットによって生み出される表層のプロット（筋）。これ以降、もはやグランディエは、第一幕でわれわれがみたような、自己の劇を自身で演出してゆくグランディエではない。彼は、「秘密結社」側のプロット（陰謀）によって生み出されるプロット（筋）の中で、ある役割を演じさせられる。すなわち、「魔法使いグランディエ」という役を。「魔法使いグランディエ」の演じさせられる「劇」のダブルプロットとは、繰り返して言えば次のようなものだ。「劇」の表層のプロット、それは、グランディエが悪魔を操って尼僧たちを集団的狂気におとし入れたというプロットである。このプロットを生み出すために、「秘密結社」の人々が使う手管、それは、偽証、いいかげんな解釈、いんちきな悪魔祓いの儀式のとり行い、などペテンにみちたプロット（＝陰謀）である。このように、第二幕では、「秘密結社」の人間たちが演出家となって、グランディエ、あるいはジャンヌおよび他の尼僧などの〝役者〟を操っているのである。しかしながら、「劇」はそれよりさらに複雑である。なぜなら、これら演出家たちも、実のところ、ある「演出家」によって操られている〝役者〟にすぎないからである。その「演出家」とは誰か。それは、国家である。正確に言うと、フランスという国家の中枢にいる権力者たちである。ここで「劇」のプロットは、トリプルプロットとなるのであり、「劇」は第三幕に移行する。

ルーダンの事件が起こった十七世紀、それは、フランスにおいて中央集権国家が出来あがり、ルイ十四世を頂点とする絶対王政が築かれつつあった時代である。リシュリューをはじめとする時の権力者たちにとって、何よりも大切であったのは、権力を中央に集中させ、ユグノー（フランスの新教徒）の力を弱めてカトリック中心の国家を築くことであった。そんななか、ルーダンという町は、地方の封建貴族が有力であり、中央に対する強い自治権をもっており、また、プロテスタントの牙城でもあった。このようなルーダンの町は、中央の権力者にとって大きな障害となっていたのである。リシュリュー大枢機卿ら時の権力者らは、そのようなルーダンの町の自治権を弱めるチャンスを虎視眈々とねらっていた。そこに、ルーダンの尼僧院の悪魔憑きの件が舞いこんだのである。これは、三重の意味で国家の権力を拡大するチャンスであった。一つは、教区司祭を有罪にすることによって、教区ルーダンそのものが有罪になるゆえ、プロテスタントの力をそぎ、国教としてのカトリックの力を強めることができること。二つ目に、グランディエと「秘密結社」の戦いにおいて、ルーダンの知事ら地方有力者がグランディエ側についているため、グランディエを有罪にすることは、地方の権力に打ち勝つことでもあること。三番目は、二つ目と表裏一体であるが、今度のグランディエの件に国家（国王）が深く介入し、国家によって断罪することによって、人々の前に国家（＝国王）の権力を誇示することができるからである。このような意味において、ルーダンの事件は、中央の権力の拡大というプロット（＝企図、筋書き）における重要な事柄として、時の権力者の目にはうつったのである。それゆえ、このようなプロットの中に、前に述べたようなダブルプロットは組みこまれてゆくことになる。この第三のプロットを書いたのは、国王の宰相であるリシュリューであるが、実際にそのプロットにもとづく「劇」を演出するのは、イアーゴーのような悪賢い策士、ローバルドモンという国家議会のメンバーであり、国王勅使である。

ローバルドモンは、国家権力拡大のプロットを押しすすめるため、グランディエを有罪にするべくありとあらゆる汚い手を使う。グランディエ憎しで凝り固まっている「秘密結社」をあと押しして、その憎悪、ルサンチマンを利用し、組織し、また、民衆の面前で尼僧らの悪魔祓いの儀式をするよう促し、悪魔にとりつかれている尼僧らを、ルーダンばかりでなくフランス中から人々が見に来るような「見世物」に仕立てあげ、グランディエが魔法使いであることを人々に喧伝する。グランディエ側がパリ高等法院に訴え出ようとしても、それをローバルドモンは死力を尽くして妨害し、ついには、グランディエの一番の味方であるダルマニャックをも、国王の強大な権力を見せつけることによって服従させる。このように、策士ローバルドモンは、ルーダン内部の対立、ルサンチマンをたくみに利用し、悪魔憑き現象の演劇的効果を利用しつつ、さきほどの第三のプロットを着実に実行に移してゆくのである。

そして、ついにグランディエは孤立無援になり、ローバルドモンが勝手に選んだ陪審のもと、有罪宣告を受け、死刑に処せられることになる。演出家ローバルドモンに残された仕事はあと一つ、仕上げを残すばかりである。それは、ルーダンの町で、公衆の面前でグランディエを火刑に処すことであり、この「見世物」を通じて、国家（＝国王）の権力を群衆に見せつけることである。それが、「劇」の第四幕である。

ハクスリーは、この火刑のシーンを、一つの演劇的空間として描き出している。何よりも劇的なのは、この身体刑という「見世物」のカーニヴァル的特性である。彼は、当時の公開処刑について次のように記している。

現在、公開の処刑見物をして楽しむなどと考えるものはいない。だがそうしたやさしい気遣いに得意になる前に、われわれは次のことを考えなければなるまい。……処刑が公開だった時代には、絞首刑ならば、パンチとジュディの大道人形芝居ほどの人気で、火あぶりの刑ならワグナー・バイロイト音楽祭かオーベルアムメルガウの受難劇とおなじくらい人気があったこと、長い道のりをわざわざ金をかけてやってくるだけの価値のあるできごとだったということを、である。(6)

処刑当日のルーダンは、まさしく「劇場」そのものであった。

サント・クロワ広場には、六千人を越える群衆がつめかけていた。その半分でも窮屈な広さだった。窓際はすべてが有料見物席に早変わりし、屋根は黒山の人だかり。教会堂の水落とし口まで人が埋めつくした。陪審員とローバルドモンが招いた知人友人には特別席が設けられていたが、群衆が占拠していた。警備隊が槍を突きたてて、やっとの思いでこの席をとりもどす始末だった。

最高位の人たちは、前面の席につくのが一苦労だった。囚人が処刑台までの百ヤードを進むのに半時間もかかった。警備兵は一歩進むごとに群衆とはげしくやりあい、道を開けさせなければならなかった。(7)

このカーニヴァル的空間の中心に、十五フィートほどの柱が立っており、根元には丸太や藁が積み上げられている。ここでグランディエは火刑に処せられるのだが、そのシーンはおぞましく、グロテスクなほどリアルに描かれており、グランディエの悲劇的で崇高な最期が克明に描かれている。引用を続けよう。

……ラクタンス神父は、積みあげた藁に持っていた種火を投げ入れた。まぶしい昼下がりの太陽ではっきりはみえなかったが、炎が燃えあがってなめるように広がった。火がまわり、つけ木の束に燃え移った。………

囚人の耳にもはじける音がきこえた。目をあけると威勢よく炎が踊っている。………

聖水は燃えさかる炎にまかれ、ジュージューと音をたてて蒸気に変わった。炎の壁のむこうで断末魔の悲鳴がきこえた。………

悲鳴がやんだ。こんどは咳きこむのがきこえる。………

祈りが功を奏したのか、咳がとまった。そしてもう一度悲鳴がきこえた。そして静かになった。ラクタンスやカプチン僧たちに、突然炎の中央の黒い影がよびかけてきた。「主よ、わが主よ、あわれみ給え（デウス、メウス、ミゼレーレ、メイ、デウス）」。つづいてフランス語で「彼らを許したまえ、わが敵を許したまえ」というのがきこえた。

もう一度咳きこみの発作。それから囚人を杭にしばっていたロープが焼け焦げ、体が真っ赤に燃える薪の上に、横倒しに崩れた(8)。

これが、ルーダンの教区司祭ウルバン・グランディエの最期である。時は一六三四年八月一八日。「古典主義時代」の幕開けである。ミシェル・フーコーは、身体刑は、「君主権を完全な華々しさのなかで顕示しつつ、それを復活させる」（『監獄の誕生』）という政治的機能を有している、と述べているが、まさしく、グランディエの火刑も、このような政治的機能を有していたと思われる。そのような意味において、ルーダンという地方都市における一エピソードは、太陽王ルイ十四世を頂点とする、フランス絶対王政への道程をうつしだす「鏡」であったと言えよう。

＊

ここで、ふたたび、この節の冒頭でとりあげたミシュレの『魔女』に話を戻そう。ミシュレは、ヴィーコの影響のもと、歴史上の事件は繰り返されるという歴史観をもって『魔女』を書いた。それゆえ彼は、「ルーダンの悪魔につかれた女たち」について書く時も、それが、一六一〇年に起こったプロヴァンス地方のラ・サント＝ボーム事件の繰り返しであり、また、ルーダンの事件は、一六三三―四七年のルーヴィエの事件において繰り返されると述べている（「この三つの事件は実は一つのものであり、同一のものである」）。

ハクスリーがこのルーダンの事件をとりあげた時、彼は、それをどのような観点からとりあげているであろうか。ミシュレと同様、ハクスリーは、それを「反復の相」のもとにとらえていた（彼は、ミシュレのように「歴史の題材と一体化」（エドマンド・ウィルソン）したり、「歴史を病んだ」（ロラン・バルト）りはせず、あくまでも、「歴史」を医者のように冷静に分析的に診ている〔そういえば、彼は、若い時医者を志していた〕という違いはあるが。）。彼は、それを、形を変えて現代において繰り返される事件であるとみなしている。国家の権力の強化、拡大、正当化のために、国家の内部のある人間を断罪し、排除するという構造、集団的狂気、陶酔という非合理的なものを利用するという政治のテクノロジー、それは、ドイツやイタリアやソ連の全体主義国家においても見いだされる（「反復」される）と述べている（もちろん、『ルーダンの悪魔』が書かれた時期のアメリカの「赤狩り」においても、ルーダンの事件は「反復」されている、とハクスリーは考えていたのであろう）。

すなわち、ハクスリーは、二十世紀の歴史を見すえつつ、現代的観点からルーダンの事件をとらえているのである。その意味において、『ルーダンの悪魔』は、十七世紀フランス史であると同時に、二十世紀の歴史について書かれた書物なのである。クローチェは、「歴史とはすべて現代史である」と言い、また、ベンヤミンは「歴史という構造物の場を形成するのは、〈いま〉によってみたされた時間」であると言ったが、『ルーダンの悪魔』という歴史物語も、このような「歴史哲学テーゼ」によって支えられていると言える。

【注】

（1）Aldous Huxley, "On the Charms of History and the Future of the Past", in *Music at Night* (London: Chatto & Windus, 1931), p.139.

（2）ルカーチは、ハクスリーのエッセイが書かれた約十年後、『歴史小説論』の第一章、冒頭部分で、彼と同様、「歴史についての歴史」を記しているが、その中でナポレオン没落後の、「王制復古」の時代における〈中世〉への回帰について詳しく考察している。その一部を参考のために引用しておこう。

いまや歴史は新たに書き換えられねばならなくなった。シャトーブリアンは、古代史を修正して、ジャコバンやナポレオン時代に古代に仰いだ革命的な理想像の価値を下落させることに腐心した。そして彼および反動の似非歴史家たちは、比類なく調和した中世社会の牧歌的な像という虚偽の像を描き出した。（伊藤成彦訳）

（3）Aldous Huxley, "Variations on the Prisons", in *Themes and Variations* (London: Chatto & Windus, 1950), p. 194.

（4）*Ibid.*, p.196.

（5）歴史記述における「対話性」（バフチン的意味での）に注目するドミニク・ラカプラの言葉は、この考え方をより適切に、明確に言い表わしていると思われる（「過去の人間たちがすでに物語《ストーリ》を生き、語り……史料そのものが、歴史家がそれを手に入れる前に、すでに、必ずテクスト的に処理されている。」前川裕訳、『歴史と批評』）

（6）Aldous Huxley, *The Devils of Loudun* (London: Granada, 1979, First Published by Chatto & Windus, 1952), p.195. なお、『ルーダンの悪魔』からの引用文の邦訳は、中山容・丸山美千代氏の訳業を使用させていただいた（以下同様）。

（7）*Ibid.*, pp. 212-213.

（8）*Ibid.*, pp. 215-217.

第三章　ヘンリー・アダムズのみた「ダイナモ」

アメリカの自伝文学の白眉『ヘンリー・アダムズの教育』のなかで、第二十五章「ダイナモと聖母」は、研究者・批評家によってしばしば言及され、引用されてきた。とくに、一九〇〇年にパリで開かれた万国博覧会でアダムズがみた「ダイナモ」（発電機）は、アダムズ文学の核心部分をなすもの（象徴）とみなされてきた。

私も、こうした「ダイナモ」の重要性を知りつつ、「ダイナモ」にかんするアダムズの描写を何度も読み返してきた。そして、「ダイナモ」との遭遇によって、彼が従来のテクノロジーとは違う全く「新しい力」を感じ取り、それを来るべき二十世紀の象徴、人知を超えた機械文明の恐るべき（不気味な）象徴とみなしていることは十分理解できた。ここまでは、どの文学史、研究書をひも解いても記されている基本的な知識である。

しかしながら、「ダイナモ」の記述をより詳細に読んでゆくと、いまだ不分明な箇所があるように思われた。これまで、博物館等で、ダイナモの展示をいくつか見てきたが、多くの場合、発電機が単体で展示されている場合が多く、それほど巨大なものではなかった。それゆえ、アダムズの、怪物を思わせる「ダイナモ」の描写は、いま一つ具体的なイメージが浮かばなかった。また、作品中に描かれる「ダイナモ」は、「四十フィート」もあり、私の見たダイナモとは大いに異なっていた。「ダイナモ」の「大きな車輪」という記述に至っては、アダムズのあいまいなシンボリカルな記述も相俟って、ますます具体性を欠くものであった。さらに、「ダイナモ」という「新しい力」の侵入が、歴史（あるいは時間）の連続性（因果的な連鎖の記述の自明性）の観念を打ち壊し、寸断するような「事件」であったばかりか、それによりアダムズが、「歴史家としての首をへし折られ、横たわっている自分自身を見いだす」ほどの衝撃をうけたという記述にいたっては、ますます明確なイメージが浮かばなかった。

こうした素朴な疑問を抱きつつ、さまざまな推測をめぐらしていたとき、たまたま以下のような国会図書館のウェブ・サイトを見つけた。タイトルは「博覧会―近代技術の展示場」（http://www.ndl.go.jp/exposition/index.html）。第一部が「一九〇〇年までに開催された博覧会」。第二部が「出展品からみる産業技術の発達」。そして第三部が、「出展品からみる明治日本の産業」となっている。それぞれが充実した内容を有しており、とても興味深いものであったが、私はアダムズと関係のありそうなセクションを開いてみた。

まずは、『ヘンリー・アダムズの教育』の第二十二章のテーマとなっている、「シカゴ万博」（一八九三年開催）について。前述のサイトの第二部の「電気エネルギーの利用」というセクションの中には、シカゴ万博の電気館に設置された蒸気機関アリスエンジンとそれによって回転する発電機の写真が掲載されている。そこには、発電機を回す巨大な水車のような「車輪」（三〇フィートのはずみ車）がうつっていた。これは、一九〇〇年のパリ万博の写真ではないが、アダムズの「ダイナモ」を具体的に描き出すのにおおいに参考になった。それも、アダムズが「ダイナモ」という場合、発電機単体ではなく、発電装置、システム全体を「ダイナモ」という言葉で表していることは大体想像することができた。また、このセクションに掲載されている、同じくシカゴ万博に展示された、「直流発電装置」（Siemens & Halske社）は、ホールの天井付近までそびえたつ巨大なものであった。これらから推測するに、アダムズの「ダイナモ」が四〇フィートというのは、なんら誇張ではなく、実物大であると思われる。そして、「ダイナモと聖母」の章に描かれる「ダイナモ」の巨大さも、具体的にイメージすることができ、また、アダムズがそれに圧倒されているという記述も、十分得心がゆくものであった。

さらに「博覧会」のサイトを開いてみた。すると、ありがたいことに、ここには一九〇〇年のパリ万博の詳細な説明がのっているばかりか、豊富な絵や写真が掲載されていた。さらには、ズバリ「フランスの発電機展示ギャラリー」と題したセクションがあるではないか！　私は、少々興奮気味に、そのセクションを開いてみた。「百聞は一見に如かず」とは、まさにこのことであった。この写真の細部に至るまで、アダムズの記述はじつに正確であった。

写真にうつっている展示場の名は、「機械展示ギャラリー」。アダムズが作品中で「機械展示ギャラリー」と記しているのは、この展示場のことである。巨大なアーケードのようなホールの中に、巨大な「ダイナモ」が多数展示されている。写真に付された説明書きは、次のようになっている。「これらの蒸気機関駆動発電機は機械展示場に配置された。三十二機で合計五千五百馬力あり、博覧会場全体に動力と照明を供給した」。数十フィートもある「ダイナモ」がなんと三十二機。しかも全部で五千五百馬力。また、写真から想像するに、展示場を見て回る人々の何倍もある巨大な「車輪」！　これらが同時に、鈍い音をたてて作動しているのであるから、そこを歩く人々に、言い知れぬ恐怖をよびおこすほどの威圧感をあたえ、未知のエネルギーの不気味なまでの力の存在を感じさせたことであろう。まさしく、「怪物」と言ってよい……。

アダムズが、『ヘンリー・アダムズの教育』のなかで、「ダイナモ」が人生観・世界観を一変させるほどの「衝撃」をもたらしたと言っているのは、この写真を一目見れば、想像に難くないことである。その「衝撃」が、「歴史家の首をへし折る」ほどすさまじいものであったという記述。それは、誇張でも何でもなく、アダムズの「新しい時代」にたいするリアルな感覚・印象なのだということを、このとき私は、具体性と迫真性をともなって実感したのであった。

【付記】　この小論を書いた後、私は平野暁臣著『図説　万博の歴史　一八五一―一九七〇』（小学館、二〇一七年）を読んだ。その一九〇〇年のパリ万博にかんする写真のなかに、機械展示ギャラリーを、前述の写真とは別のアングルからうつしたものがあった。そこでは、巨大な「ダイナモ」のそばを歩いている人がいかに小さいかということが、さらに明確に示されている。「ダイナモ」の、人間たちを押しつぶすような怪物のごとき「力」が、非常によく表現されていると思われた。

第四章　アダムズとピンチョン
―横断する知性―

ミュンヘンには、「ドイツ博物館」という、科学の歩みを一望できる博物館がある。ここには、古代から現代に至るまでのテクノロジーを代表するような展示品が数多く陳列されている。グーテンベルクの印刷機、ワットの蒸気機関、リリエンタールの飛行機の模型、等々。なかでも注目すべきは、大型の実物大の展示品がとても多いということだ。たとえば、実物大の「Uボート」が、博物館のフロアを横断するように展示されている。

私は、ドイツ博物館を訪れた際、こうした大型の実物大の展示品（鉄道車両、船舶、自動車、飛行機など）を入念に見て回った。そのなかでも、二種類の展示品にとくに興味をいだいた。

一つは、「ダイナモ」（発電機）の展示である。展示室には、初期のジーメンス社の素朴で簡単な「ダイナモ」から、十九世紀末の、高圧電流を遠方まで送電できる大規模な「ダイナモ」にいたるまで、多種多様な型が展示されていた。アメリカ文学を研究している私は、こうした「ダイナモ」を見学していたとき、ある一人の作家を思い浮かべていた。それは、ヘンリー・アダムズである。彼は、自伝文学の傑作『ヘンリー・アダムズの教育』の「ダイナモと聖母」と題した章において、「ダイナモ」を二十世紀の「機械文明」を象徴する「力」とみなし、未知の「力」、その「力」が支配するであろう二十世紀にたいして、恐怖と不安感を表明している（そのことは、前章ですでに述べた通りである）。そうした「力」が歴史を捻じ曲げ、寸断し、人間を蹂躙し、支配するであろうと予告している。同時に、『ヘンリー・アダムズの教育』の第三十三章「歴史の力学的理論」において、歴史を動かしてゆく「力」について考察している。また、このような「力」の理論を、中世史にも応用し、『モン・サン・ミシェルとシャルトル』においては、歴史を動かす「力」として「聖母マリア」を核心に据えている。つまり、一見何のつながりもない「ダイナモ」と「聖母」は、アダムズの中では共通性を有するものとして表象されているのである。

もう一つは、「V2ロケット」の実物の展示である。Uボートは、フロアを横断していたが、この「V2ロケット」は、らせん階段に沿って、博物館の建物の天井部分にまで達するほどの巨大なものである。周知の通り、「V2ロケット」は、ナチスドイツが兵器用として開発したロケットであり、第二次世界大戦中、ヨーロッパ諸国に対して甚大な被害を与えた。ロンドンの爆撃に使われたことはよく知られているが、実は隣国ベルギーに最も多く発射されており、「V2ロケット」の説明に添えられた写真には、被弾し破壊されたアントワープの町の一部分の悲惨な状況がうつっていた。その写真をみると、この巨大な展示物の非人間的な破壊的な「力」、前述の「ダイナモ」の象徴する機械文明が有する破壊的な「力」を、まざまざと思い知らされる。私は、グロテスクなまでに巨大な「V2ロケット」を見上げているうちに、ある一人のアメリカ作家を想起していた。それは、現代の「メガトン」級作家、トマス・ピンチョンである。ピンチョンは、現代文学の最高峰として名高い『重力の虹』において、「V2ロケット」を文学的想像力の核にすえ、百科全書的な世界を創出している。そこでは、巨大な「力」として、人類を支配し歴史をうごかす現代のテクノロジー（＝V2ロケット）が、「解剖学的」に追究されている。

これら二つの展示を同時に見ていた私にとって、アダムズとピンチョンという二人の作家は、重なり合ってクローズアップされてきた。たとえば、両者とも科学と文学の境界をのりこえる「横断的知性」である。とりわけ、彼らは、エントロピーをはじめとする物理・化学の概念を、おのれの文学的な（あるいは歴史的な）想像力にとりこんでいる。アダムズは、『ヘンリー・アダムズの教育』において「ダイナモ」と「聖母」を横断し、『モン・サン・ミシェルとシャルトル』において、「聖母」を「ダイナモ」のような原動力としてとらえており、また、ピンチョンは、短編「エントロピー」において、「熱平衡」や「熱死」の理論、「カオス」理論を作品のインスピレーションとしている。

アダムズとピンチョンの関係についてては、すでにピンチョン自身が『スロー・ラーナー』の序文において書き記している。そこでピンチョンは、短編「エントロピー」を書くにあたって、『ヘンリー・アダムズの教育』に大きな影響を受けていると明言している。

たしかに、短編「エントロピー」のノイズにみちたカオス的な状況、熱力学の第二法則に示された「熱平衡」、「熱死」（ヒートデス）への不可逆な方向性は、『ヘンリー・アダムズの教育』のテーマ（「混沌は自然の法則であり、秩序は人間の夢であった」（第三十一章））を、一九五〇年代のアメリカ社会を舞台として変奏したものであると言えよう。また、「エントロピー」の登場人物カリストの口述部分を記す文体は、多くの学者、批評家が指摘するように、明らかに『ヘンリー・アダムズの教育』の文体のパロディーである。

さらには、長編『V.』の中心人物であるステンシルが自分のことを語るときに、「私」ではなく、三人称「ステンシル」をもちいる構造（それは、アイデンティティーの不安定感をひきおこす文学的な効果を持っている―自分のことを他人事のようにかたるわけだから）は、言うまでもなく、『ヘンリー・アダムズの教育』という自伝の語りの人称（自伝であるが、「私は」という一人称を使わず「アダムズは」という三人称を用いている）に影響を受けていると思われる（このことも、多くの学者・批評家がすでに指摘している）。また、多様性と複雑性に満ちた、謎の「闇」、「カオス」に向き合い、「無知」のなかで必死に「秩序」を求めようとする認識論的な旅、解釈行為は、『ヘンリー・アダムズの教育』と構造的相同性を有している。

『V.』にみられるような認識論的な旅、解釈行為は、ピンチョンの続く長編『競売ナンバー49の叫び』においてさらに複雑化する。この作品は、主人公エディパ・マースが、ピアス・インヴェラリティという大富豪の資産の遺言執行人として、さまざまなことを調べているうちに、謎の郵便配達組織「トリステロ」の存在の可能性を知り、次第に巨大な歴史の闇、「カオス」のような謎に遭遇し、さらにはその謎を解き明かそうとする（しかし最終的な答えは出ない）物語である。これは、歴史の「カオス」に遭遇しては、ありとあらゆる知識を頼りにそれを解明しようとし、結局は「秩序」よりも「カオス」を発見し、先ほどのテーマに帰着する『ヘンリー・アダムズの教育』のプロセスを想起させる。

　さらに、ピンチョンはこの作品で、「情報エントロピー」の概念を中核に据えている（作品中には、情報エントロピーについて言及した箇所がある）。情報エントロピーを定式化したクロード・シャノンは、「情報エントロピーというのは、どの事象がおこるのか予測がまったくつかない場合に最大値をとる」こと、「情報エントロピーが大きい状態とは、結果の予測がつかないということであり、情報として曖昧である」状態であることを証明した（高岡詠子『シャノンの情報理論入門』、講談社ブルーバックス、二〇一二年）。『競売ナンバー49の叫び』という作品は、シャノン流に言えば、「情報エントロピーが大きい状態の中におかれた受信者エディパ・マースが、手がかりになる情報を求めて解釈行為（コードの解読）をくりかえす認識論的な物語である」。また、エディパ＝視点人物をとおしてテクストを解読する読者にとって、予測が不可能である故、謎が謎を呼び、解読行為が多様化・複雑化し、豊饒になるのである。このような豊饒なテクスト『競売ナンバー49の叫び』は、視点人物の設定による美的統一性、細部にわたるメタファーとアレゴリーの多様性と緊密な連関性ゆえに、現代アメリカ文学では、『グレート・ギャツビー』に匹敵する完璧な小説になり得ている。

　こうした『競売品ナンバー49の叫び』における、「情報エントロピー」の観点からみたエディパの探求は、『ヘンリー・アダムズの教育』におけるアダムズの探究との共通性を、よりいっそう想起させる。なぜなら、『ヘンリー・アダムズの教育』も、「予測不可能性」との遭遇の繰り返しからなる作品であり、「情報エントロピー」が次第に増大してゆく物語として読むこともできるからである。

その他、こんな比較対照も可能であろう。アダムズは、『ヘンリー・アダムズの教育』の第三十一章「科学入門」において、ポアンカレが「科学的に予測不可能な現象」を発見したことを重大な事件として受け止め、自分の「カオス」との遭遇と重ね合わせている。周知の通り、ポアンカレは、「数式の操作によっては決して解を求めることができないようなきわめて複雑な……カオス運動」が生じることを発見した「カオス科学の先駆者」である（蔵本由紀『非線形科学』、集英社新書）。アダムズは、ポアンカレの洞察に促されるように、歴史や自然は、古典力学のように、予測どおりに因果律にもとづいて動き進行することはなく、「乱流」のように、複雑でランダムな様相を示すという認識にたどり着く。数学的に言うなら、近代の「線形理論は、その本質において『秩序』の探究であり、その精緻な体系は『複雑性』に犯されない小宇宙を構成してきた」が、「現代のさまざまな問題は、秩序の領域にこもる科学の妥当性に根本的な疑問を投げかけている」（吉田善章『非線形とは何か―複雑系への挑戦―』、岩波書店）ことに気が付いたのである。こうした、アダムズの「カオティック」で「非線形的」な世界は、ピンチョンの世界そのものであるといってよいだろう。「ヨーヨー」のようにめまぐるしく変転する「カオティックで非線形的」な『V.』。右で述べたように、「カオス」にみちた「予測不能」な『競売ナンバー49の叫び』。そして、ノイズにあふれた、ランダムウォーク的構造を有し、崩壊のすさまじさが逆説的に豊饒な世界を創造し、「情報エントロピー」が極大値を示し、それぞれの要素が断片的でありながら、マンダラ的で百科全書的な、濃密な「複雑系」を形成するような『重力の虹』。それは、アダムズの世界を、メガロマニアックに拡大したような（さらにいえば、ブリューゲル＝ボス的な細密なカーニバル的彩色をほどこした）

文学ワールドであると言ってよいであろう。

以上、ピンチョンのいくつかの作品を例にとって、アダムズとピンチョンの影響関係について、ごく簡単に述べてきた。これらは、周知のように、なんら私の独創的な見解ではなく、ピンチョン自身が述べている言葉の再解釈にすぎないものであり、また、数多くのピンチョン研究者がすでに明らかにしてきたことを、私なりに整理し、敷衍したものにすぎない。しかしながら、冒頭に記した、ドイツ博物館での私のとりとめもない想念を、より具体的で明瞭なかたちにすることは、ある程度—といっても、ほんのごく一部であり、不完全なままではあるが—できたのではないか、と思っている。

【補記】これまで、アダムズとピンチョンの影響関係について書かれた、ピンチョンの研究書、注釈書はかなりの数にのぼっている。アメリカ文学研究の中で、とくにピンチョン研究は、ありとあらゆることがすでに論じられており、我々は、膨大な文献の集積を前にして、時として打ちひしがれ、絶望感すらいだく。とりわけ、ピンチョン研究においてアダムズにかんして言及することは、いまや常識と化している。

その中でも、一般読者にとって最もわかりやすいのが、「トマス・ピンチョン全小説」全十二巻（新潮社）に付せられた、「解説・注釈」である。そのなかでは、アダムズとピンチョンの影響関係について、随所で解説がほどこされている。私がこのエッセイで述べたことの大半は、すでにこの

「解説・注釈」に書かれている。その他の一般読者向けの書としては、麻生享志＋木原善彦編著『トマス・ピンチョン』（現代作家ガイド7、彩流社、二〇一四年）をあげたい。その冒頭部分にある「トマス・ピンチョン／スタータースキット」には、「アダムズとピンチョンの関係」について触れた箇所がある。『競売ナンバー49の叫び』における「情報エントロピー」にかんする解説部分は、私の印象的な説明より一層正確で、厳密である（「熱力学でいう熱死状態が、情報系による意味の不確かさ、すなわち表現の可能性やその多様性を表す」）。さらには、ピンチョンの文学的世界を総覧した研究書として、木原善彦『トマス・ピンチョン―無政府主義的奇跡の宇宙』（京都大学学術出版会、二〇〇一年）をあげたい。この書の第二章の「エントロピー的世界観」というセクションでは、ピンチョンの『V.』とアダムズの作品の関係性について、鋭い指摘がなされている（「一二世紀の『ヴァージン』信仰カルトを起源とする人間の創造的努力が逆転して、二〇世紀の破壊的『ダイナモ』信仰になったというアダムズの論が、V. の女の創造性と破壊性という両価性に反映されていると考えることができる。」）。

また、「アダムズとピンチョンの関係」について言及した、英語で書かれた研究書（論文）のなかから、ごく一部（主として単行本）を参考のため以下に列挙しておきたい。とくに、文献の後に記した簡単なコメントは、「アダムズとピンチョン」にかんする研究の紹介・入門書的役割を有しているので、その部分だけでもお読みいただければ幸いである。

【参考文献】

・Cooper, Peter L. *Signs and Symptoms: Thomas Pynchon and the Contemporary World*. Berkeley and Los Angeles: Univ. of California Press, 1983. アダムズの『教育』において示される、「聖母」が「ダイナモ」に変化してゆくプロセスが、V. という女性が「機械」（「グロテスクなオートメーション」）へ変化するプロセスとパラレルであると述べている。

・Cowart, David. *Thomas Pynchon: The Art of Allusion*. Calbondale and Edwardsville: Southern Illinois Univ. Press, 1980. アダムズとピンチョンの作品の「聖母」イメージを比較対照している。『V.』では、聖母のイメージが次第にゆがめられ「暗黒の恐怖に満ちた」像に変容する過程が描かれているという。

・Cowart, David. *Thomas Pynchon and the Dark Passages of History*. Athens: The Univ. of Georgia Press, 2011. アダムズは、「西洋が文化的統合からカオスへとむかう」と考えたが、この思想はピンチョンの小説に受け継がれ、「V. が無慈悲なエントロピー的な衰退を体現している」とする。

・Dalsgaard, Inger H, Herman, Luc and McHale, Brian ed. *The Cambridge Companion to Thomas Pynchon*. Cambridge: Cambridge Univ. Press, 2012. この書の中でハーマンは、『教育』が『V.』にインスピレーションを与えた経緯を、『V.』のタイプスクリプトと最終版を比較しつつ説明している（タイプスクリプト版ではステンシルの語りは一人称であるが、最終版では三人称に変更された）。『教育』で述べられているような、二十世紀の「多様な」世界に向き合うため、ステンシルが「多様な」人格に自己を投影しているとも述べられている。

・Eddins, Dwight. *The Gnostic Pynchon*. Bloomington and Indianapolis: Indiana Univ. Press, 1990. この

書は、全体にわたってアダムズへの言及が多く見られる。とくに、アダムズのピンチョンへの影響を、「エントロピー」、「歴史」、「形而上的な枠組みの構造」、「語りの人称」、「マリア」などについて検証している。

・Mackey, Douglas A. *The Rainbow Quest of Thomas Pynchon.* San Bernardino: The Borgo Press, 1980.『V.』において、『教育』の「聖母とダイナモ」の両者は統合され、謎の女性V.は、「機械化された存在、エントロピー的な衰退、崩壊へと導く力」として表象されている、と述べる。

・Malpas, Simon and Taylor, Andrew. *Thomas Pynchon.* Manchester:Manchester Univ. Press, 2013. アダムズの作品に示されたエントロピーの概念が、ピンチョンに影響を与えたことを述べ、短編「エントロピー」の、秩序を志向するカリストとエントロピー増大へと向かうマリガンという二重構造を鮮やかに分析した書。

・Moore, Thomas. *The Style of Connectedness*: Gravity's Rainbow *and Thomas Pynchon.* Columbia: Univ. of Missouri Press, 1987. アダムズの「マリア」は「統一性」の建築家であるが、ピンチョンの「マリア」は「カオス」の建築家であるとしている。

・Newman, Robert D. *Understanding Thomas Pynchon.* Columbia: Univ. of South Carolina Press, 1986.『V.』において、ピンチョンがアダムズに習い、「エントロピー」の概念を文化的なコンテクストに適合させていると述べている。

・Schaub, Thomas H. *Pynchon: The Voice of Ambiguity.* Urbana, Chicago, London: Univ. of Illinois Press, 1981.『ヘンリー・アダムズの教育』でテーマ的にも文体論的にも示された「不確かさ」、「不透

明さ」、「統一性の欠如（多様性）」が、ピンチョンの作品のテーマ、スタイルに大きな影響を与えていると述べている。

・Smith, Shawn. *Pynchon and History: Metahistorical Rhetoric and Postmodern Narrative Form in the Novels of Thomas Pynchon*. New York &London: Routledge, 2005. ピンチョンの『V.』において、ステンシルが「カオス」的な現実の歴史に「秩序」をみいだそうとする「格闘」が、『教育』におけるアダムズのそれと相似していることを指摘している。

・Sperry, Joseph Putnam. *Henry Adams and Thomas Pynchon: The Entropic Movements of Self, Society and Truth*. The Ohio State University, ProQuest Dissertations Publishing, 1974. エントロピーの概念を中心に、ピンチョン文学における「自己」、「社会」などさまざまな問題を包括的に論じた博士論文。これまでアダムズとピンチョンを比較した研究では、最も詳細なものである。

・Tanner, Tony. *Thomas Pynchon*. London and New York: Methuen, 1982. ピンチョンの短編「エントロピー」が、ヘンリー・アダムズとギブズの考えに依拠していることを、作品中の細かい要素（たとえば「小鳥」の描写）にいたるまで読み解いている。

以上、アダムズとピンチョンの関係を論じたいくつかの研究を紹介してきた。これらを概観して気づくことは、多くの研究者が、「エントロピー」の概念を中心に、ピンチョンの初期作品を対象に比較を行っていることである。とくに、『教育』と『V.』の構造的相同性についての言及が多いことが分かる。

第五章　「コルテスの海」、あるいは「複雑系」の海

──スタインベック再評価──

アメリカ文学の「総体」と言った場合、小説、詩、劇という三つのジャンルのみをさしているわけではない。狭義の意味の「アメリカ文学」に限定しなければ、それは実に広がりをもった豊饒な世界である。アメリカ文学の「総体」とは、右の三つのジャンルの他、自伝、日記、伝記、歴史書、ドキュメンタリー、旅行記など、実にさまざまなジャンルから多元的に構成されているからである。

本章では、そのなかでも「旅行記」のジャンルから、代表的な作品を一編とりあげて、簡単に紹介してみたい。それは、スタインベックの『コルテスの海航海日誌』（*The Log from the Sea of Cortez*, 1951）である。

＊

『コルテスの海航海日誌』は、スタインベックと彼の友人である生物学者エドワード・F・リケッツを中心とする七人のメンバーによって行われた、「コルテスの海」（とかつて呼ばれていた）＝カリフォルニア湾をめぐる航海の記録である。モンテレー港を出航した「ウェスタン・フライヤー

号」が、カリフォルニア半島を南下し、一ヶ月後、ふたたびモントレー港に戻るまでの航海日誌である。航海の目的は、無脊椎動物の採集、および、その分布状況の調査である。

《わたしたちは小さな港や不毛な海岸の近くに停泊し、潮間帯に生息する海洋性無脊椎動物を採集し、保存した。この航海の目的の一つは、……無脊椎動物の分布を観察し、その種類と数を確認し、その共生の実体や食べもの、および繁殖の仕方などを観察して記録することだった。（一頁）》

『コルテスの海航海日誌』は、航海の準備、カリフォルニアの原始的活力みなぎる自然、豊饒で美しい神秘的な海、そして、各ポイントで行われる無脊椎動物の採集について実に詳細に記録しており、われわれ読者も、ウェスタン・フライヤー号の八人目の乗員になったように感じるほど、事物がリアルに描かれている。たとえば、サリー・ライトフットという名の生物についての描写。

《サリー・ライトフットについては多くの人が詳細に語っている。実際このカニを見たことのある人はみな気にいっている。呼び名そのものにいかにも喜びが反映している。この小型のカニは鮮やかな有線七宝の甲殻をもち、抜き足さし足で歩く。特異な目をしていて、反応がものすごく速い。サン・ルーカス岬の岩の上に群がっており、カリフォルニア湾の内海でも多少は見つかる。捕獲は極めて難しい。四方どちらの方向へも自由自在に走れるし、そのうえ何よりも捕獲者の心理を読むようだ。とにかく、反応が素早い。たも網のくる方向を察知してうまく逃げる。捕獲者がゆっくり歩けば、その前方を群れをなしてのんびりと歩く。捕獲者が急げば、やつらも急ぐ。捕まえようと突進すると、小さな青い煙をプッと吹き上げて雲隠れの術だ。（五二―五三頁）》

ユーモラスな筆致で書かれた、博物誌スタイルの文章である。『コルテスの海航海日誌』は、全編このようなリアリズムで書かれており、ルナールの『博物誌』とファーブルの『昆虫記』とダーウィンの『ビーグル号航海記』のアマルガムのような作品である。

＊

このような生き生きとした旅行記である『コルテスの海航海日誌』。それは、単なる旅行記であるにとどまらない。この作品は、旅の記録であると同時に、旅に際しての作者の哲学的瞑想、思索の記述である。この哲学性、思想性こそ、この作品を傑作たらしめている要素であるといえる。

それでは、『コルテスの海航海日誌』で示されている「哲学、思想」とはいかなるものなのか。それは、一言でいうならば、「複雑系」の哲学、思想である。この作品は、「複雑系」の哲学、思想が、具体的事象をつうじて検証されてゆく過程を描き出している。では、この作品における「複雑系」の哲学、思想、およびその具体例とはどのようなものなのか。その問に答える前に、まずわれわれは、そもそも「複雑系」とはいかなることなのか、少し考えてみなくてはならない。

＊

幸い、昨今の「複雑系」の科学のブームも手伝い、われわれは、「複雑系」関連の書物（とりわけ入門書）を入手することが容易になっている。そのなかから、数冊とりあげて、「複雑系」なるものの概略をしるしてみよう。

吉永良正著『「複雑系」とは何か』（講談社現代新書）では、「複雑系」は以下のように定義されている。

《無数の構成要素から成る一まとまりの集団で、各要素が他の要素とたえず相互作用を行っている結果、全体として見れば部分の動きの総和以上の何らかの独自のふるまいを示すもの》

この定義だけでは、具体的なイメージが浮かびにくいと思うので、さらに吉永の説明を引用しよう。

《がんの発生にはがん遺伝子、がん抑制遺伝子など多数の遺伝子の相互作用が関与している。また、その拡大にしても、がん細胞同士、さらにはがん細胞と正常細胞との間の無数の相互作用が働いている。実際、がん化や転移にとって本質的なのは、個々の細胞で独立におこるがん原遺伝子の突然変異ではなく、周囲の細胞の密度の高さとそれらの相互作用であるという見方もある。その意味では、がんも一種の複雑系の病なのである。》

また、アリの行動について吉永は次のように言っている。

《アリたちはどのようにして整然とした行列を形成し得るのか。フェロモンに導かれて、というのも一つの答えではあろう。しかし、それが答えのすべてとはいい難い。アリの一匹一匹は手近なフェロモントレイル（フェロモンの痕跡）に反応して機械的ではあるが独自の行動をとっている。行列全体を統率するトップダウンの命令といったものは、そこにはない。個々のアリが、局所的な相互作用を通して行列という大域的な現象を出現させているのである。》

《これは社会性昆虫にかぎらず、鳥の群れや草食動物の集団など、多くの生きもののシステムに共通して見られる性質だ。個々の反応は決定論的で単純な規則にしたがっていても、全体として

はそのような部分の和には還元できないふるまいを示す現象、それが複雑系の驚くべき特徴の一つなのだ。》

たとえば、生態系は「複雑系」の一つであろう。また、うつろいやすい天気（気象）も「複雑系」の一種であろう。生物の進化も「複雑系」の一現象であろう。吉永は、さらに、「複雑系」の特性を、以下のようにまとめている。

・開かれたシステム。

・構成要素間の局所的な相互作用が系全体の大域的構造を生成する（創発）。

・非線形性。
・還元論への徹底した反省（反―要素還元論）。
・反―機械的因果律。非―目的論。

また、J・ブリックス＋F・D・ピート著『鏡の伝説』（高安秀樹・高安美佐子訳、ダイヤモンド社）では、「複雑系」の哲学の史的意義が詳しく述べられている。

《還元主義の究極的な夢は、自然を人知によってコントロールすることです。この夢は、明白な反例に直面しているにもかかわらず、いまも信仰されています。複雑な体系を部品の集合体とみなし、体系から切り離して解析する方法は工学と結びつき、いま世界を支配しています。しかし、一方でその副産物である公害、オゾン層の破壊、温室効果などによって、生態系の秩序が失われ、人類の滅亡すら現実の問題となってきているのです。それでもなお、還元主義的考えに固執しているのです。……

このような傾向に対抗するのがカオスや全体性に関する研究です。この新しい科学の分野では、物事の複雑な関係をそのまま理解しようとしたり、自然が本質的に予測不可能であることを考えたり、科学記述そのものの限界を問題とするのです。》

そしてこのような「新しい科学」の態度は、「自然との共存」を目指していると記されている。また、「相互関係、相互依存によって自然が成り立っているという直感」に依拠し、「細胞から個体、そして生態系にいたる生命の形態に潜む相互連結性を求める」点で、全体論的傾向が強くあらわれていると述べられている。

「複雑系」としての生命を考察した名著『生命を捉えなおす』（中公新書）のなかで、清水博は、「複雑系」としての「生きている自然」について、次のように述べている。

《ここで、人間と自然との調和を考える上に重要なものは、人間もその一員に加えた生きている自然の全体像です。つまり、問題は人間だけでも閉じないし、また自然だけでも閉じません。両者のからみあい、影響のしあいを含めて、全体像をつくり、それがどのような条件のもとでどう変るかと、未来を予測することが大切です。この際、生きている自然を対象にするというところがキーポイントです。》

ここでも、要素還元主義ではなく、全体論的アプローチの重要性が強調されている。

その他、「複雑系」関連の書物から、三つほど「複雑系」の特性について書かれた箇所を引用し、さらに「複雑系」のイメージを明らかにしてみよう。

《種や個体がさまざまな方法で相互作用しているような複雑な系》（プリゴジン、スタンジェール

『混沌からの秩序』（みすず書房））
《カオスをふくんだ非線形的な世界》（松岡正剛「複雑な世界を見るにあたって」（『複雑性の海へ』NTT出版、所収））
《我々が何であれ、モデルを作ろうとすると、どうしても全体というものを設定する必要がある。全体というのを仮に文脈、コンテクストであると考えると、コンテクストからやってくる原因が当然考えられます。……従来、因果律というのは原因を全て個別レベルに与えて来ましたが、コンテクストレベルに原因をおいてみたら一体何が起きるのか、というのがここでの関心事です。》（松野孝一郎「複雑系のシナリオ」（『カオス』青土社、所収））
以上、予備的考察が大分長くなったが、「複雑系」なるものの大ざっぱなイメージは浮かびあがったと思う。続いて、このような「複雑系」の哲学が、『コルテスの海航海日誌』でどのように示されているか、つぶさに見てゆくことにしよう。

*

まず、『コルテスの海航海日誌』の序章。そこでは、航海の目的（無脊椎動物の採集）について書かれているが、これは単なる旅行記の序文ではない。それは、航海の「方法序説」とでも呼ぶべきものだ。そこでは、航海において目指したものは、自然の客観的な観察、対象化、標本化ではなく、人間も含めた「生きている自然」の現象学的記述であると表明されている。
《目を大きく見開いて出かけよう。目に映るものは何でも観察し、見つけたものを記録し、従来の科学的見解に惑わされないように気をつけよう。とにかく、コルテスの海を申し分なく客観的に観察することは不可能なんだ。あの荒涼とした人も住んでいない湾内に足を踏み入れたとたんに、そこは船とわたしたちが入ることで一変してしまうからだ。（二頁）》

この作品は、全編、スタインベックらとカリフォルニアの海の生物のかかわり、「生きている自然」の描写にあふれている。

そして「航海」。それは、如実に「複雑系」を示している。スタインベックは、「航海」の非線形性について、きわめて意識的に記述している。

《もし万一数学的見地からみて完璧に舵を取るならば、航跡は一直線になるはずである。そんなことはもちろん起こりえないだろう。だが、たとえ真っ直ぐな線が引けたとしても、海流や潮のせいで歪み、せっかくの努力も水泡と帰すだろう。他のすべての場合と同様に、航海術にも有効な統一場仮説があるにちがいない。内的な要因は、船と操業装置とエンジンと乗組員になるだろう。だが、何よりもまず船長の意志と意図が重要であり、次いで重要なのが船長の判断の基盤となる経験、つまり彼の体験した悲しみや野望や喜びということになるだろう。外的な要因は大海原とそれを取り囲む陸地、そして波や潮流や風だろう。これら諸々の要因が舵に働きかけたり逆らったりして絶えず影響力を与え、舵の力が修正されることになるのだ。（三二頁）》

このような「生きている自然」の探究、「複雑系」を示す「航海」のプロセスにおいて、スタインベックは、次のような「複雑系」のテーゼに思いいたるのである。

《あらゆるものが他のあらゆるものに影響を与え、ときには極端に異なる組織体にまで入り込ん

でいく。たとえ微小であったにしてもである。いったい真の「閉鎖系」などありうるのだろうか。（二一八頁）》

また、群れ（全体）と個体（部分）について次のようなテーゼを記している。

《この大きな一匹の動物である群れは、それ自身の性質と衝動と目的をもっているように見え、単なる個体の総和ではなく、総和以上の何物かなのである。（一九九頁）》

ここで、先ほどあげた、吉永の「複雑系」の定義をもう一度引用してみよう。

《無数の構成要素から成る一まとまりの集団で、各要素が他の要素とたえず相互作用を行っている結果、全体として見れば部分の動きの総和以上の何らかの独自のふるまいを示すもの》

そう、スタインベックが「コルテスの海」で発見したもの、それはまさしく「複雑系」であったのである。そのことをさらに明確にするために、スタインベックの「複雑系」に関する記述をいくつか引用してみたい。

まずは、カラフトライチョウとタカの関係について記した箇所。そこでは、単純な因果律が批判されている。

《かつてノルウェーの重要な狩猟鳥であるカラフトライチョウが目に見えて絶滅の危機に瀕したため、保護条例が設けられることになった。そこで、カラフトライチョウを捕食することで知られている天敵のタカに懸賞金がかけられたのである。だが、この抜本的な対策で数多くのタカが駆逐されたにもかかわらず、実際にはカラフトライチョウは以前にも増して急激に消滅していった。……このような状況のさまざまな関連性を生態学的に分析したところ、コクシジュウム症という寄生虫による病気がカラフトライチョウに蔓延していることが明らかになったのである。この病気の初期症状の段階では、カラフトライチョウの飛行速度が著しく低下するので、発病したばかりの鳥たちがタカの格好の餌食となっていたのだ。（一二〇頁）》

つまり、タカは、病気のカラフトライチョウを捕食することで、病気のひろがりを防いでいたことになり、その意味では、天敵どころか益鳥であったのである。ここでスタインベックは、狩猟鳥を保護するために天敵を駆除するべきだという単純な因果律を批判しており、自然界の「複雑系」を考慮に入れた全体論的思考の重要性を力説しているのだ。また、スタインベックは、エコロジーの観点で自然界の「複雑系」に言及している。

《平凡な、どこにもいる無数の生き物たち、海に散乱する赤い遊泳性のエビや無数のヤドカリや潮だまりの掃除屋たちが餌を求めて移動することで、彼らの生活圏が広がっていき、その地域全体に影響が及ぶのである。プランクトンは顕微鏡でしか見えない微小な生物だが、もしもプランクトンがなくなると生態系のバランスが大きく崩れて、地球上のすべての生命が消滅するまでにはいたらなくても、海のすべての生物たちがたちまち消滅し、人間の生活そのものも変化してしまうだろう。（一七八頁）》

ここには、自然界の「複雑系」に対する盲目によって生じうる人類の危機に対する警告が読みとれる。

個体と群れ、部分と全体の関係については、ホヤの例で説明されている。

《手袋の指のような形をした遊泳性のホヤの群体がある。群体の各構成要素はそれぞれ一個の動物なのだが、群体そのものは別個の生き物であり、単に個々の動物の集合体ではない。群体の構成要素のあるものは、開いた先端を包み込み、それぞれ筋肉の動きに似た脈動の能力を発達させている。群体の他の部分は食べ物を集めて配給する。手袋状になった外側の部分は何かに接触すると堅くなって防御体制をとる。（一三六頁）》

また、魚の回遊について以下のようにスタインベックは記している。

《群れのなかの個体の役割は、未だ解明されていない何らかの方法で、まるで群れが一つの単位であるかのようにコントロールされている。……魚群を個々の魚の総和として見るよりも一匹の動物として観察すれば、特定の集団が特定の機能を割り当てられていることがわかるだろう。（一九九頁）》

最後になるが、スタインベックは、以下の文章で「複雑系」のヴィジョンを集約的に示している。

《種の一つ一つはピラミッドの頂点であると同時に底辺となり、すべての生命体が互いに関連し合っていて、アインシュタインの相対性理論もそこから現れるように思える。（中略）一つの個体が他の個体に溶け込み、群れは生態学的な群れのなかに溶け込んで、ついには生命体が非生命体とおぼしきものに出会ってそれに入り込む。たとえば、フジツボと岩、岩と大地、大地と木、木と雨と空気のように融合するのである。そして個は全体のなかにしっかり入り込み、それと不可分になる。（一七八頁）》

スタインベックの「複雑系」の哲学は、ここでは詩的に昇華され、コーダのように鳴りひびいている。

＊

本章では、『コルテスの海航海日誌』について、「複雑系」という観点から論じてきた。スタインベックという作家は、『怒りのぶどう』、『エデンの東』などの作品でよく知られており、一時は、ヘミングウェイ、フォークナーと並ぶアメリカの文豪として評価されたが、現在、以前ほどは読まれなくなり、二、三の作品を除いて文学的評価は低下している。しかしながら、その「複雑系」の哲学に光を当ててみると、きわめて斬新で先駆的な作家として映ってくる。二十一世紀の思想と言われる「複雑系」の哲学に、今から五十年以上も前に到達していたことは実に驚くべきことである。今後、近代科学の枠組に対する反省がすすむにつれて、あるいは、地球環境がますます破壊され、「エコロジー」、「共生」の問題が重要になるにつれて、スタインベックが『コルテスの海航海日誌』で提起した問題の現代性と重要性が増してくることだろう。スタインベックらの「コルテスの海」への船出、それは、二十一世紀への船出だったのかもしれない。

【参考図書】

吉永良正は、『「複雑系」とは何か』の巻末に、入手が容易でかつ日本語で読める、「複雑系」関連の書物をリスト・アップしている。ここでは、その中から数冊選んで列挙しておく。

・『複雑系のカオス的シナリオ』（金子邦彦他著、朝倉書店）
・『複雑さを科学する』（米沢富美子著、岩波書店）

・『複雑系』（M・ミッチェル・ワールドロップ著、田中三彦他訳、新潮社）
・『複雑性の科学』（ロジャー・リューイン著、福田素子訳、徳間書店）
・『カオスとフラクタル』（山口昌哉著、講談社）
・『カオス』（ジェイムズ・グリック著、大貫昌子訳、新潮社）

＊なお、本稿における『コルテスの海航海日誌』の引用の頁数は、ペンギン版（*The Log from the Sea of Cortez*, Penguin Books, 1995）に基づいている。また、引用箇所の邦訳は、仲地弘善氏の訳業を使わせていただいた。

第六章　『潮風の下に』、あるいは「海の交響詩」

―レイチェル・カーソン―

レイチェル・カーソンは、海洋学を専門とする科学者であり、日本では『沈黙の春』の著者としてあまりにも有名である。彼女の著作は、科学的な洞察を示しているとともに、文学作品としても第一級のものである。たとえば、『沈黙の春』は、詩的なプロローグ（牧歌的な光景が悪夢のような光景に変容するような、戦慄を与える詩的散文）ゆえに、アメリカのみならず世界中の読者に衝撃を与え、環境破壊やエコロジーに対する自覚を促したのだと言えよう。なかでも、カーソンの「海の三部作」である、『潮風の下に』、『われらをめぐる海』、『海辺』は、現代における海洋文学の傑作である。『潮風の下に』は、「海の交響詩」であり、『われらをめぐる海』は、「海の百科全書」であり、また『海辺』は、『潮風の下に』で奏でられているテーマが壮大な規模で展開される、「海の一大シンフォニー」である。

本章では、この「海の三部作」のなかから『潮風の下に』（*Under the Sea-Wind*）をとりあげて、感想めいた文章を記してみたい。

『潮風の下に』は、「エコロジカルな海」を「詩的に」記述した書物である。ここでは、「エコロジー」＝「科学」と「詩」＝「文学」は別々のものではない。海における食物連鎖のエコロジカルなドラマにおいては、海の（そして海に集まってくる）生物らが、時にむすびつき美しい和音を奏で、時にぶつかりあい不協和音を発している様子は、詩的言語が相互に関連しあい、さまざまなリズムを奏でている様を思い起こさせる。「エコロジー」を「詩的」に記述しているだけでなく、「エコロジー」の「複雑系」の構造を、複雑な「詩的言語の網の目」にごく自然に移し変え、また、「詩的言語」のリズム自体によって、読者に「エコロジー」の網の目を感覚的につたえているのだ。このように、「科学」と「文学」を自由自在に行き来する想像力こそ、カーソンの天才を物語ると言えよう。彼女は、「文学的な」科学者ではなく、「科学」＝「文学」者なのである。

このような、「科学」＝「文学」者カーソンが著した『潮風の下に』は、三部構成となっている。第一部は「海辺」、第二部は「沖」、そして第三部は「川と海」である。この交響詩の主題は「海」であり、それぞれの楽章で「海」が変奏されてゆく。

第一部は、海と陸の「境界」である「海辺」における生物らの「生存競争」のドラマである。具体的な生物の生態をリアルに語ると同時に、「生命の豊穣さ」や「生命の永遠のリズム」をシンボリックに物語る詩である。また、「生存競争」のドラマは、音楽的な構造を示している。食物連鎖のプロセスはフーガのように奏でられ、それらフーガは円環的な構造をつくりだす。たとえば、スナガニはハマビトムシを食べ、スズキはスナガニを食べ、スズキはサメに食べられ、そしてスズキの体の残った部分はハマビトムシによって食べられる、といったふうに。また、生存競争のすさまじいドラマは、対位法的に示され、劇音楽のようなポリフォニーを奏でている。それは、シベリウスの「フィンランディア」の闘争のファンファーレのようでもあり、ストラヴィンスキーの「春の祭典」の原始主義的なたたきつけるようなリズムを想起させ、「生命のエネルギーとざわめき」を象徴的にあらわしている。そして、海。それは、ドビュッシーの海のように印象主義的であり、絶えまなく変化し、海の神秘、太古の記憶を呼び覚ます（カーソンは、実際ドビュッシーの『海』のアルバムの解説を書いているそうである）。ひとときとして生物たちの奏でる「和声」は止まず、微生物から大きな魚にいたるまでの各生物が、海の流動性のリズムのなかで一体化し、溶け合い、印象派のような音楽を奏でている。『潮風の下に』の第一部は、一言でいうなら、「海」という第一主題、そして「海辺」という第二主題を中心に奏でられる、「生命の賛歌」である。

『潮風の下に』の第二部「沖」は、「海辺」から「外海」へ、そしてふたたび「外海」から「海辺」へと戻ってくる円環的旅の記述であり、スコンバーというサバの幼生の発生学的な記述、冒険譚を中心に語られる。そればかりか、スコンバーが旅の途中で出会うさまざまな海の生物の生態学的な記述である。クラゲ、カニ、イワシ、ニシン、マグロ、サメといった具合に、スコンバーはつぎつぎに見知らぬ生物に遭遇して行く。カーソンは、この旅の物語を、小説のように、スコンバーを「視点人物」ならぬ「視点魚」として語っており、われわれ読者に、想像世界においてサバの視点を共有させることに見事に成功している。そして、スコンバーが、死の危険に遭遇してはそれを奇跡的にくぐり抜け、さまざまな海の生物に出会ってはまた別れてゆくプロセスは、まさに―キャロル・ガードナーが『レイチェル・カーソン』のなかでいみじくも評したように―「ピカレスク小説」的である。また、「海辺」から始まり、ふたたびまた「海辺」にサバが産卵のために戻ってくるという円環的構造自体が、ピカレスク小説の円環的構造と相似する。

第三部「川と海」は、「川」から「海」、そして「外洋」、「深海」、そしてふたたび「深海」から「川」へと遡行する生態学的記述であり、『潮風の下に』という作品の中で、最も時間的、空間的に広大なドラマがくりひろげられる。ここでは、手法はメルヘンさながらファンタスティックで牧歌的であり、アンギラという名のウナギの、海への旅、そしてそのアンギラの産んだ幼生たちの川への帰還を中心に物語が進められる。この第三部では、四季がめまぐるしく変わり、物語の時間は神話のように反復的、普遍的となり、地球の歴史の中で永劫回帰する時間のように表象されている。主人公アンギラは、この永遠の時間のなかで、しだいに太古の記憶を呼び覚まされ、ウナギのミクロコスモスは、地球のマクロコスモスと照応し合うのだ。また、第三部では、アンギラの出会うさまざまな生物の生態も同時にしるされている。マス、ロブスター、アンコウ、タコ……。そして、これら生物たちと遭遇しながら続けられるウナギの旅は、地球的規模にひろがり、深海に潜るにつれて、地球の地質学的時間を太古のほうへとさかのぼってゆくのだ。この物語のクライマックス、それは、ウナギの幼生が、いまだ見たこともない、親の棲んでいた川へと間違いなく帰ってゆくという「神秘」である。この箇所は、レイチェル・カーソンの著作のタイトルを借りるなら、まさに「センス・オブ・ワンダー」としか言いようのない部分である。

以上が、『潮風の下に』のラフ・スケッチである。カーソンの反‐人間中心的なグローバルな思想は、この後も、『われらをめぐる海』、『海辺』において、さまざまな形で展開されてゆく。『われらをめぐる海』では、時間的にも空間的にも、さらに壮大なシンフォニーが鳴り響く。そして、『海辺』においては、陸と海の「境界」に顕著にみられる、「流動性」のただなかにある生物らのドラマに注目することで、カーソンはみずからの哲学―ヘラクレイトスにはじまり、ニーチェ、ベルクソン、ミシェル・セール、ジル＝ドゥルーズへといたる「生成の哲学」―を、明確に打ち出してゆくことになるのである。

第4部

アメリカ文学アラカルト

第一章　『老人と海』の「クラゲ」

最近、私は、ヘミングウェイの『老人と海』（*The Old Man and the Sea*）を英語の授業でとりあげた。そこで、ある学生から、テキストの中のある言葉に関して、つぎのような質問を受けた。

「わたしはスペイン語を履修しているのですが、このスペイン語は、スペイン本国では○○○○という意味で、南米では○○○○という意味になり、また、カリブ海では○○○○という意味になると辞書には出ています。ここではどの意味に当たるんでしょうか。」

私は英語に関する質問については、即答することに努めているが、スペイン語に関しては、昔ラジオ講座で半年ほど基本をかじっただけだったので、このような細かい質問にはすぐに答えることができなかった。教科書には注釈がついていたので、そこに書かれている通り、スペイン語では「一般的に」かくかくしかじかの意味であるというようなもっともらしいことを言ったと記憶している。

しかしその後、授業回数を重ねるうち、『老人と海』には頻繁に、それも重要な場面にスペイン語が記されているということにあらためて気がついた。そこで私は、「これは英語の授業であるが、スペイン語についても複数の辞書を参照して正確に調べていかなくては、テキストとして十分読みこなし、学生に対し十分説明したことにはならない」と自覚するようになった。そういうわけで、家の書斎で「眠っていた」スペイン語の辞書を引いたり、図書館でスペイン語の大辞典を参照したりして、授業にのぞもうと決めた。そのなかでも、ここでは、例として二つの言葉だけをとりだして、私の「奮戦記」をしるしてみたい。

一つ目は、'agua mala'という言葉。手元にある小学館『西和中辞典』（第二版）によると、aguamalaとは「クラゲ」という意味である。その他の多くの辞書でも、「クラゲ」という意味が記してある。しかし、ほとんどの辞書では、「クラゲ」はaguamalaと一語で記されており、agua malaと二語では表記されていない。それはなぜか。そこで、さらにスペイン語の大辞典をいくつか調べてみた。すると、そのなかでも唯一、つぎのような説明をしている辞書があった。

Aguamala (con la grafía **agua mala**) [*Diccionario del Español Actual*]

この辞書の説明によると、aguamalaはagua malaとも表記するということである。一般的には一語で表記するが、二語で表記する場合もあることがわかる。

ようやく私の疑問も氷解したのであるが、ここで次のような疑問が起こってきた。多くの辞書が示すように、ほとんどの場合一語でaguamalaと表記するのに、なぜヘミングウェイはあえてagua malaという表記法をとっているのか。これは単なる表記法の選択の偶然性として、単純に片付けていい問題であろうか。

そこであらためて素朴に考えてみた。何かヘミングウェイは、二語にすることである意味を伝えようとしたのではないだろうか。そう考えた後、私は、agua と mala を別々に考えてみた。すると、agua mala という言葉が、単に「クラゲ」ではなく、別の意味作用をもっていることに気がついた。agua には、「水、液体、分泌液、海」という意味がある。そして、mala には、「悪い、邪悪な、有害な」という意味がある。つまり、agua mala を文字通り訳せば、「悪い（邪悪な、有害な）水（液体、分泌液、海）」ということになる。このような文字通りの訳は、この言葉が出てくる場面では実にふさわしい。老人は「クラゲ」に対し、ののしり、怒りをあらわにしている。クラゲは有害な毒液を持っており人を刺す。老人がそうしたクラゲ（の生態）をひどく嫌っていても不思議はない。

また、象徴的に考えれば、この物語は「海の物語」であり、「海」は作品のなかで、美しくもあり、また同時に怒れる邪悪なものとして両義的に描かれている。この場面では、太陽光を受けて美しく輝く「海」が描かれたあとに、「海」がなにか不吉なものとして描かれる。明と暗のコントラストの中にある「海」が描かれており、「クラゲ」は、「暗い（邪悪な）海」の象徴としても考えられるのである。すると、agua mala は、「クラゲ」であるばかりか、「邪悪な水＝海」とも訳せるのだ。そうなると、ヘミングウェイがある意図をもって agua mala と二語で書いたという推測も、あながち牽強付会とも言えないであろう。

次の例は、bodega である。老人が新聞を bodega で買い受けるという場面である。

初歩的な辞典を調べてみると（『プログレッシブ　スペイン語辞典』第二版、小学館）、bodega

は「（一）酒蔵、ワインセラー（二）〔ぶどう酒の〕醸造所、酒屋（三）【海事】船倉（四）〔ある年、地域産の〕ぶどう酒」となっている。しかし、どれも小説の場面にはふさわしくない。そこで、いくつかのスペイン語中辞典を調べてみた。すると、bodega には、確かに、「ワインの貯蔵室、酒屋」という意味が主としてあるが、ラテンアメリカでは別の意味を持っていることがわかった。「（ラ米）（一）飲み屋、飲食店（二）〔カリブ、ベネズエラ、ペルー〕食料雑貨店」（『西和中辞典』小学館）。私は、（二）の意味を知って「これだ！」と思った。さらに検証するために、いくつかの辞書を調べてみた。

(S.A.) grocer's shop [*Cassell's Compact Spanish-English English-Spanish Dictionary* / (esp S.Am) bar, tavern; restaurant (Cu, Per, Ven) grocery store [*Collins Spanish-English English-Spanish Dictionary*] / (Puerto Rico) grocery store [*Random House Latin-American Spanish Dictionary*] / (Cuba) Abaceria（＝食料品店）〔*Real Academia Española Diccionario de la Lengua Española*〕

これらの語義を見れば、説明するまでもないだろう。舞台はキューバであり、また老人が新聞を受け取るという設定なので、正しい訳は「食料雑貨店」であることは明白である。

以上、私の「奮戦記」をしるしてきたが、これはただ、学生に教えられ触発されたことをもとに、私なりに調べてみたレポートにすぎない。また、質問した学生は、一年間の授業が終わったあと、次のように語った。

「スペイン語が分かることで、英語がさらに楽しくなりました。」

第二章　自伝的な、あまりにも自伝的な

―トマス・ウルフの「自伝的」という概念―

トマス・ウルフは、「自伝的」な作品を書いた作家であると言われている。しかしながら、どのような意味において「自伝的」であるのか、という問いかけは、ルイス・D・ルービンやC・H・ホールマンなど、一部の学者を除けば、これまであまり真剣になされることがなかった。なぜそのような問題が提起されることが少なかったのか。それは、多くの批評家・学者は、ウルフの伝記的事実と、作品の主人公たちの軌跡の相似的関係を、作品の「自伝的」特性とみなしており、また、その関係は、ウルフの経歴、ウルフについて書かれた伝記、回想録などにより、自明の事柄とみなされてきたからである。

しかし、このような立場から、『天使よ故郷を見よ』（*Look Homeward, Angel*）の序文（「読者へ」）の、「真面目な小説はすべて自伝的だとおもわれる――たとえば、『ガリヴァー旅行記』ほど自伝的な作品は容易に想像できない」という有名な逆説は、どのように説明しうるのであろうか。この逆説を、奇を衒った単なる言葉の戯れ、批評家の非難を予期してのアポロギアと解していいものだろうか。もちろん、作品を定義づける主体は読者の側にもあるのだが、作者が「自伝的」という概念に特別の価値を付与している場合、われわれ読者は、その作品の「自伝性」を考える際、作者の意

図にたいして関心をいだかざるを得ない。それゆえ、「自伝的」という概念が、ウルフの作品、書簡において、どのようなコンテクストのなかで用いられているか考慮に入れ、ウルフの「自伝的」という概念がどのようなものであるのかを明示することは、意義のあることだとおもわれる。

ウルフは、出版社にあてた手紙（一九二八年、三月）のなかで、『天使よ故郷を見よ』で最も「自伝的」な部分は、「隠れた（埋もれた）生（buried life）の絵模様」であると記している。そして同じ手紙の中で、この「隠れた生」とは、「目に見える外部の生」でない生であると述べている。さらにつづけて、ウルフは以下のように記している。

『天使よ故郷を見よ』は、事実よりもっと真実なフィクションです――私の魂の内において完全に消化された生から成長したフィクションです。

表現があまりにも曖昧であるので、この引用を正確に解釈することは非常に困難であるが、「目に見える外部の生」とは「事実」のことで、「隠れた生」とは、「事実よりもっと真実な生」、「私の魂の内において完全に消化された生」を指すのではないかと推測される。もしそうであるとするならば、ウルフは、「自伝的」という概念を「自己の真実を伝える」という広い意味で用いていることになる。また、ウルフの第四長編『汝ふたたび故郷に帰れず』において、トマス・ウルフの分身である主人公ジョージ・ウェバーが自作について加える評言は、トマス・ウルフのそれを代弁していると考えられるが、そこでジョージは、『ふるさとの山々へ』（『天使よ故郷を見よ』の作品中の名）

に対し、つぎのような批評を行っている。

「いや、『十分自伝的』ではないんだ。………そこが僕の失敗したところだからさ。そこが本当の欠点なのだよ。」

『天使よ故郷を見よ』が、十分過ぎるほど、ウルフの伝記的枠組に依拠しており、経験した事実に沿っていることは、それを一読すれば明白であり、それゆえジョージの言葉は逆説めいて聞こえる。「自叙伝」というジャンルに関係した狭義の概念として、右の引用文の「自伝的」という言葉を解する事は困難である。

中川久定は、『自伝の文学』（岩波新書）のなかで、ディルタイの弟子であるゲオルグ・ミッシュの『自伝の歴史』という書について言及している。そのなかで、中川は、ミッシュが「自伝」という概念を、いわゆる「自叙伝」という狭義の概念としては用いていないことを指摘している。ミッシュは、「自伝」という概念を、「自分について語ったもの」という広義の概念として解しているという。このような広義の「自伝」概念は、さきほどのジョージの言葉を解釈する上で有効である。つまり、ジョージも、「自伝的」という言葉を、このような広義の概念を意味するものとして使っているのではないか、という推測が成り立つということだ。また、広義の概念としての「自伝」をふまえて、『ガリヴァー旅行記』ほど「自分について語っている」作品はない、と考えるならば、『天使よ故郷を見よ』の序文の逆説も理解できる。

ウルフの「自伝的」という概念は、このような広義の概念としてとらえることが可能であると思われる。つまり、ウルフによれば、『天使よ故郷を見よ』は、「自分の事実」ではなく、「自分の真実（隠れた生）」について語った小説だということになる。そして、『天使よ故郷を見よ』の副題が、「隠れた生の物語（*A Story of the Buried Life*）」となっているのも、このような観点から、より一層理解することができるのではないかと思う。

第三章　トマス・ウルフ『天使よ故郷を見よ』における「人間的時間」の考察

エドワード・サイードは、その著『始まりの諸相』(*Beginnings*)において、小説における時間の特性について次のような興味深い考察を行っている。それは、十九世紀後半の小説において、時間は、人物の生きる時間(=人物がうみだしてゆく、人物に固有な時間)と、小説を進行させる物語の時間(=人物がそのうちに生きている社会、共同体の歴史的、計量的時間)とに分裂しはじめ、二重性を帯びはじめるということである(1)。

トマス・ウルフの処女作である『天使よ故郷を見よ』(*Look Homeward, Angel*)の時間は、サイードが指摘したような「二重性」を帯びている。人物の生きる内的時間は、社会、共同体の時間(=この物語の年代的時間)と乖離している。人物の内的時間は、物語を進行させる外的時間の秩序(="the sequential order of time in genealogical succession"(2))にとらわれずに、別の運動をくりひろげる。それは、この小説の物語の時間のように過去から未来へと一直線に進むのではなく、過去と未来を往復する。物語の年代的時間は、一八三七年から一九二〇年であり、主として一九〇〇年から一九二〇年のことがこの作品では取りあつかわれている。その間の、ガント家の盛衰、ユージーン・ガントの成長が、物語の骨組みとなっている。一方、人物の内的時間は、物語の時間のように単純ではなく、多様で複雑な相を有している。この小論では、オリヴァー・ガント（通称「ガント」）。以下の論述では「ガント」と略記する）、その息子ユージーン・ガントの二人を例にとり、彼らの生きる内的時間を考察してみよう。

一　オリヴァー・ガントの生きる時間

（一）過去に対する意識

ガントは、運命論的、決定論的考えの持ち主である。彼は過去に自分が行ったこと、過去に経験したことの一つ一つが、因果関係を有し、現在の自分を決定づけているという意識を持っている。そのような意識は、次の二つの引用文で明示されている。

亡霊のような歳月の姿が不気味な行列をつくって彼の脳裏を通りすぎる。そのとき突然、彼は悟った、数珠つなぎの出来事が今までの生活に一本の水路を刻んでいることを。………彼は運命の不思議に打たれて空恐ろしくなった。（六頁）[3]

………（彼は）目に見えぬ一筋の糸でつながれる数々の事件に全生涯がぞっとするほど釘付けにされていたことを、思い出した。（一九頁）

ガントは、「出来事の連鎖」が水路のように自分の定められた運命の道筋をつくっていることを思い、恐怖にかられている。なぜなら、あらゆる過去の瞬間、そして現在の瞬間は、因果の鎖の中にはめこまれており、今となっては、失敗者となった自分の運命を変えようにも変えることができないと考えているからである。

もはや、失敗者としての己の人生を変えることはできないと諦めているガントにとって、「現在」も「未来」もなんら積極的な意味をもってはいない。彼は、「現在」に関与し働きかけたり、「未来」へ向けて希望と期待をいだくことは無益だと考える。それゆえ、彼はひたすら、過去の幸福な時代、まだ己の運命など意識しなかった若かりし時代にたいする郷愁になぐさめを見出している。彼がアルタモントの町にやって来てすぐ後、ウッドスン街につくった家は、彼の生れ故郷ペンシルベニアの肥沃な大地にたいするノスタルジアの産物にほかならない（"For him the house was the picture of his soul, the garment of his will"［一四頁］）。

しかしながら、彼はいつまでも過去に対する郷愁に浸って、己の運命から逃避していることはできなかった。どうしても避けられない運命が、彼の方に魔の手を伸ばしてきつつあったからだ。それは何か。それは、「死」という運命である。

（二）死へとかかわる存在

フランスの歴史家フィリップ・アリエスによれば、西欧中世において、死は日常生活におけるごく普通の出来事とみなされ、人々は死と親しみ、それをオープンに話していたという(4)。しかしながら、近代になると、それは恐るべきものとして人々の目にうつり始める。中世的世界観に取って代わった近代科学的世界観において、死はもはや永遠の生への入り口ではなく、無への解体という生物学的プロセスの一つと化してしまうからだ。また、しだいに進む共同体の崩壊と社会の都市化は、人間をアトム化し、孤独にするため、人々は己の孤独な死をいっそう強く意識するようになる。孤独な死に対する意識は、死をより恐ろしく脅威的なものにしてしまう。死という己の定まった「未来」は、生と対立し、生をおびやかす。

『天使よ故郷を見よ』は、さまざまな人物の死、死にかかわりのある商売（葬儀屋、石材業）、死を扱った文学作品への言及（グレイの『エレジー』など。この作品のタイトルは、死をテーマとしたミルトンの『リシダス』からとられている）にみちている点で、「死」についての本と言えるが、それはまた、右に述べたような近代人特有の死に対する恐怖をとりあつかっている。そして、その「死への恐怖」は、主にガントを通じて示されている。

ガントは、彼の家族のだれよりも死を恐れている。彼の喜劇的で幼児的な仮面の下には、自己の死に対する恐怖でひきつり、ゆがんだ表情が見出される。ガントは、この作品を通じて、己の孤独な死という強迫観念に取りつかれている。例をいくつか引用してみよう。

自分の死期を考えてみるほかは何も手につかなかった。辛い淋しい冬の間、いつ死ぬかいつ死ぬかと思いながら、町々をぶつくさ呟き通るこの北部男《ヤンキー》は、案山子のように痩せ細って、着物ばかりがぱたぱたと風に鳴った。（七頁）

次の引用は、カリフォルニア旅行から帰ってきたガントが、自分の店の看板を見て己の死を連想している箇所である。

> W・O・ガント―大理石、墓石、墓地備品類一式と書いてあるのが目に映る。まるで自分の苗字が悪魔の台帳から自分を睨めつけている地獄の夢のようだ。悼《くや》みに近づいて見ると棺のなかに寝ているのが自分の死骸だとわかったり、首吊りの証人になるつもりで寄ってみると絞首台上の男が自分の姿だとわかったりする死の夢のようだ。（六二頁）

ガントは老化するにつれ、時間を、死へと方向づけられたものとして強く意識するようになる。たとえば、エリザベスという名の女性に天使の像を売った際、彼はそのような時間を感じとっている。

> ガントは仮象の世界の中で、ただわが身だけが死の国へと動いているように感じた。（二二三頁）

この後、ガントは病気になり、自己の死をいっそう切迫した未来として感じとるようになると、彼の死へと方向づけられた時間に対する意識は、ますます強まるのである。『天使よ故郷を見よ』の後半部分では、彼の意識は、「死という未来」にのみ向けられ、彼は「現在」起こっていることがらには、全くと言っていいほど関心を持たなくなるのである。

二　ユージーン・ガントの生きる時間

（一）失われた時

オリヴァー・ガントにとって、「過去」は失われてはいない。それは、「現在」にいたるまで累積し、「現在」を決定づけている。それに反して、ユージーン・ガントにとって「過去」は失われている。この、「過去が失われてしまった」という思いは、作品中で最も頻繁に用いられる「おお、失われてしまった」（'O Lost'）という言葉で表出されている（この言葉は、『天使よ故郷を見よ』の草稿（元原稿）につけられていた表題でもある）。『天使よ故郷を見よ』は、この「失われた時」のテーマ、'O Lost' というモチーフの様々な変奏から成り立つ作品なのである。生まれる前の無時間的な世界の喪失、幸福な幼年時代の喪失、など変奏はさまざまである。時間の流れとともに、あらゆるものが失われてしまうという感覚、'O Lost' という感覚、これが、この作品の主人公であるユージーン・ガンドの時間意識、時間感覚の主要な部分をなす。それは、この作品の随所に記されている。

二度と帰り来ぬ昔をいたむ悲しみが胸にわだかまった。（三九五頁）

暗いヴァージニアの海のほとりで、彼は忘れた顔や、………失せたうつせみの亡霊を、ふと思い浮かべた。………おお、あとかたもない。はるかな、淋しい。おお、どこだろう。（四三六頁）

ユージーン・ガントのこのような時間感覚。それを明示する文章は、この作品では他にも数多く見い出され、枚挙にいとまがないほどである。

（二）見出された時

これまで述べてきたように、ユージーン・ガントにとって「過去」は失われているのだが、ある「特権的瞬間」にそれは再生され回復される。

例として、この作品の最終シーンにおけるユージーン・ガントの幻視体験（ベンの亡霊との対話）をとりあげてみよう。ここでは、ユージーン・ガントの内的時間は、過去に向けて逆流する。そして、彼は、ありとあらゆる過去の瞬間を同時に生きるのである。

そうした走馬灯のなかに、みずからが━或いは息子として、或いは少年として、またあとかたもないみどり児の姿として━噴水を通り抜けたり、重くふくれたズック袋を降ろしてもたれかかったり、うら若い未生以前の曙にちょこちょこ歩いてガントの店角を黒人町へ曲がったりするのが見える。（五一八━五一九頁）

するど広場は、失われたきらきらした物の形でひしめき、失われた時の、ありのことごとの瞬間を寄せ集めて凝り固まった。（五一九頁）

ここでは、ユージーン・ガントの意識の中で、過去の瞬間は今の瞬間と切り離されておらず、今と持続しているのである。この小説の冒頭には、「各々の瞬間はありとある時間の上に開く一つの窓だ」という言葉が記されているが、この最終シーンにおける一瞬の幻も、「ありとある時間の上に開く窓」なのである。

そして、ベンとの対話の場面で示される、「無意志的記憶」による「失われた時」の再生は、単にユージーン・ガントの生きる内的時間意識であるばかりではない。それは、作者ウルフの「書く行為」をも暗に示している。なぜなら、ウルフが、みずからの「失われた時」を、その超人的な記憶力で再生させた結果が『天使よ故郷を見よ』という作品であるからだ。ウルフは、この作品の結末で、この作品の成り立ちを暗示的に語っているのだ。

（三）永遠の現在、聖なる時間

ユージーン・ガントは、ごくまれにではあるが、過去からも未来からも自由な非日常的時間を経験する。それは、時間を超越した一瞬であり、永遠性への戸口がひらくかと思われる一瞬である。彼は、このような非日常的時間を二度経験している。それは、ローラ・ジェイムズという女性との愛においてであり、また、兄ベンの死においてである。まず、前者を考察してみよう。

ユージーン・ガントは、ローラとの山へのピクニック旅行の際、非日常的な時間を経験する。彼は、山を越えてアルタモントの町の向こう側の、楽園を思わせる谷間へ、ローラと共におりてゆくが、この「楽園」で、アルタモントの俗なる世界（時間的な世界）を忘れ、「永遠の今」を生きている。

山の向こうのアルタモントなどは、考えられもしない別世界のことになってしまった。二人はうき世の苦しみといざこざをすっぽりと忘れた。……いつしか時間のないところに来ているのだ。（三七七―三七八頁）

ユージーン・ガントは、ローラと抱き合った瞬間、自分を忘れ、ローラという存在と一体化する。自己の忘却とともに、自己の意識する時間も消滅し、彼は、「現在」が永遠に続いていくような感覚をおぼえる。

いまの言葉を互いに信じて、二人は輝かしいこの驚異の瞬間、鳴りをひそめた魔法の島地で、ひたと寄り添った。……ふたりは若く、死を知らず、これのみがとこしえに続くであろうと思っているのだ。（三八〇頁）

最後の「これのみがとこしえに続くであろう」（"This would endure."）という文は、「永遠の現在」

をユージーン・ガントが生きていることを明示している。

ウルフの作品において、「死」は時間性としてとらえられると同時に、無時間性としてもとらえられる。時間の中においてのみ「死」という現象はおこるのだが、その時間の支配下にある「死」が時間性を超越するという逆説がウルフの作品においては見出される。たとえば、『時と河について』(*Of Time and the River*)における父ガントの死の瞬間は、神の顕現の瞬間であり、短編「死—誇り高き兄弟」("Death the Proud Brother")に描かれる「第三の死」は、永遠なる形相《イデア》の開示である。

ベンの死の瞬間も、このような永遠性の開示の瞬間である。エリアーデの言葉を用いるなら、「聖体示現」(ヒエロファニー)の瞬間であり、「聖なる時間」である。[5] ベンの死に際して、ユージーン・ガントは、家族の皆と一体になり、自己を忘れ、時間を忘れて、現在起こっている事柄(ベンの死)のみに心をかたむけ、祈りを唱える。

彼らは、はたと鳴りをひそめ、彼らの生活のささくれ立った残骸の陰にとびこみ、恐怖を越え混乱を越え、死をさえ越えて、愛と勇気の至上の交流のうちに額を集めた。

　ユージーンの目が、いとしさと不思議さにぼうっとうるんだことは言うまでもない。胸にまき起こる壮大なオルガンの楽の音に流されながら、彼は一瞬間、父母や兄姉をとり戻し、彼らの生活の一分子に還元し、今までの苦悩と醜悪の泥沼からさっと舞い立つのであった。(四六一頁)

ユージーンは分秒の勘定を忘れ、時の刻みを意識せず、ただ、絶えゆく息のかそけきそよぎを、またそれに共鳴りしてみずからの唇を漏れる祈りの声のみを聞いた。(四六四頁)

このようなディオニュオス的合一の瞬間を生きるユージーン・ガントの前に、今まさに死せんとするベンは神的存在として顕現する。

突然、不思議にも、まるで復活と再生に襲われでもしたように、ベンは長く、力強く、ふうっと一息、呼吸をして、灰色の目を開いた。一瞬間、全生涯の幻を走馬燈のように見た恐怖にみたされて、彼は誰の手も借りず。枕からゆらゆらと(—焔のように、燈火のように、後光のように—)たちのぼってゆくように見えたが、それも束の間、地上での彼の淋しい冒険の一歩一歩をじいっと見守っていたあの不気味な物陰の精霊と冥府で合体してしまった。(四六五頁)

これは、ラファエロの「キリストの変容」をおもわせるような、崇高な場面である。

(四)生きられる未来

ガントにとって、「未来」は「死」であった。それに対し、ユージーン・ガントにとって、「未来」は「死」という一点に縛り付けられてはいない。彼の「未来」は、必然的で固定したものではなく、可能性にみちた流動的なものである。彼にとって、時間は「生成」なのであり、己の自由意志によって己の未来を切り開き、創造してゆこうとするのである。精神病理学者のミンコフスキーは、『生きられる時間』において、ベルクソンの思想をふまえつつ、「生命の躍動がわれわれの前に未来を創造する。そしてそれをなすものは生命の躍動だけである」[6]と述べているが、ユージーン・ガントの「未来」の創造も、まさしく、この「生命の躍動による未来の創造」なのである。このような「未来の創造」は、『天使よ故郷を見よ』の後半部にいたってますます顕著になってくる。彼は成長するにつれて、己の内に生命の躍動を感じとり、「過去」よりも「未来」の方へ、前方へ目を向けるようになるのである。生命の躍動につきうごかされて、何事にも積極的に参加し、前向きに生きてゆく。とりわけ、ベンの死後、この傾向は強まる。

春が死を打ち負かしたから、彼は有頂天にのぼせた。………彼は生命の汁と運動で飽和し、まだるっこしく歩いてなんぞいられなくて、跳びはねるのであった。(四八三頁)

生命の躍動をおぼえる彼にとって、時間はもはや無益に流れ去るものではない。一瞬一瞬が未来に向けての跳躍であり、新たな未来を切り拓くための選択の時であるからだ。未来に向けて期待と希望を有している彼にとって、どの瞬間も可能性にみちたものとしてとらえられる。

世界は………まだ逢わぬ数知れぬ壮大な可能性に充ちて、彼に拾われるのを待っている………。(五〇二頁)

ミンコフスキーは、生命の躍動によって開かれる未来のイマージュとして、最もふさわしいのが、「地平」（horizon）という空間隠喩的なイマージュであると言っている。(7) もしそうだとすれば、『天使よ故郷を見よ』の結びの一文は、この作品にとって最もふさわしいものであると言えよう。

彼が、父のポーチの天使たちのそばに、去りがての最後の名残りを惜しんで佇んだとき、広場はもう遠くへ失せたように思われた。――いや、彼は、町を見下ろす丘に立ちながら、「町はすぐそこだ」ともいわずに、遥かかなたに聳える山脈に目を向ける人に似ていた、と言ってもよい。（五二二頁）

【注】

（1）Edward W. Said, *Beginnings: Intension and Method* (N. Y. :Columbia Univ. Press, 1985), pp.142-151.

（2）*Ibid.*, pp.148-149.

（3）Thomas Wolfe, *Look Homeward, Angel: A Story of the Buried Life* (N. Y.:Charles Scribner's Sons).

（4）Philippe Ariès, *Essais sur L'histoire de la mort* (Paris: Editions du Seuil, 1975).

（5）ミルチャ・エリアーデ『聖と俗』（風間敏夫訳、法政大学出版局、一九六九年）、三頁。

（6）E・ミンコフスキー『生きられる時間Ⅰ』（中江育生、清水誠訳、みすず書房、一九七二年）、五〇頁。

（7）同書、一〇三頁。

＊なお、『天使よ故郷を見よ』の引用文の邦訳は、大沢衛氏の訳業（新潮文庫、一九五五年）を使わせていただいた（旧字体は新字体に改めた）。

第四章　『天使よ故郷を見よ』の世界を旅する

―トマス・ウルフの母校を訪ねて―

トマス・ウルフ生誕百年にあたる二〇〇〇年十月のはじめ、私は、トマス・ウルフの生れ故郷である、ノースカロライナ州のアッシュヴィルへ旅をした。その途中、ウルフの母校であるノースカロライナ州立大学を訪ねるため、チャペル・ヒルまで長旅をした（アッシュヴィルから東へ、車で片道四時間かかる）。

『天使よ故郷を見よ』の第三部のはじめには、チャペル・ヒル（小説ではプルピット・ヒルという名に変えられている）についての詳しい記述がある。旅に出た数日間、ウルフのアッシュヴィルの描写が実に正確であることに驚かされたが、チャペル・ヒルについても同様のことが言える。若干の修正をほどこせば、今でも、『天使よ故郷を見よ』におけるチャペル・ヒルの描写は、最良の旅行案内としても十分通用する。以下、ウルフの記述に即しつつ、チャペル・ヒルへ旅することにしよう。

「チャペル・ヒル周辺の田園地帯は………うねるような土地であり、畑や森や窪地になっている。」

まさしく、チャペル・ヒルへ通じる二十マイルほどの道の左右に展開する風景は、ウルフの記述どおりである。

「しかし、大学そのものは、田園地帯のうえに険しくそびえる孤丘《ビュート》に位置し、牧歌的な未開の大自然のなかに埋もれていた。」

現在は、大学周辺に人家も数多くあり、ひらけているため、この記述から「牧歌的な未開の大自然」という表現を削除すると正確な描写になる。

「村道を彷徨うように進んでゆくと、丘の上で突然道はとだえ、曲がりくねった道が一マイル、町の中心と大学までつづく。」

まったく正確な記述である。「町の中心と大学」と並列しているところに注意してほしい。町の中心に大学があるのではなく、大学が町の中心そのものなのである。町の中心と大学がぴったり重なりあう「大学町」なのである。大学が町の中に発展したのではなく、町が大学の中に発展したのだ。

「中央キャンパスは、ゆるい傾斜のところに位置するゆたかな芝生であり、年を経た荘厳な木々が立ち並ぶ。」

これは、ノースカロライナ大学の案内所で訪ねたところ、フランクリン・ストリートに面する中央キャンパスの真ん中にある、「マコークル・プレイス」であることが判明した。ウルフの言うとおり、「荘厳な」という形容詞がじつにふさわしい。

「中央キャンパスのいちばん奥、ゆるやかな傾斜をのぼったところには、革命後期の、風雨にさらされたレンガ造りの建物が立ち並んでいる。」

この建物は、一七九〇年ごろに建てられた東の「オールド・イースト棟」、西の「オールド・ウエスト棟」、そして「サウス棟」という三つの校舎のかたちづくる方形であることがわかった。

「この大学の中心となる一群の校舎の向こうのほうには、より新しい、いかにもわざとらしい、悪趣味な、衒学的な、ネオ・グリーク様式の建物が散在している。」

はて、ここで私は困った。なぜなら、「一群の校舎の向こうのほうには」――「わざとらしい、悪趣味な、衒学的な」という形容詞は、ウルフの審美的基準、個人的見解であるので、これは除外するとしても――「ネオ・グリーク様式」（十九世紀中ごろの新古典主義のなかにみられる新ギリシャ的な様式）の建物が見当たらないからである。「一群の校舎」の西側には、「メモリアル・ホール」とよばれる、ギリシャの神殿風の柱をそなえたジョージアン様式の建物があるが、これは一九二九年に建てられており、ウルフが『天使よ故郷を見よ』であつかっている時期よりも後なので、ウルフが記述している建物ではないようである。そこで私は、大学図書館所蔵のコレクションの学芸員の方に、ウルフの在学していた時期、「中央の一群の校舎の向こうのほう」に、「ネオ・グリーク様式の建物」はあったかどうかたずねてみた。すると、学芸員の方は親切にも、当時の建物を記録した写真を見せてくれた。そして、「一群の校舎の向こうのほう」には、確かに「スミス・ホール」と呼ばれた「ネオ・グリーク様式の建物」が建っており、いまでは「バイナム棟」と名を変え、ギリシャ的な柱はすでに取り壊されているということを教えてくれた。

さて、ウルフのノースカロライナ大学にかんする最後の記述である。それは、次のようなものだ。

「さらにその向こう側には、森が荒野のように鬱蒼と茂っていた。」

私は、実際に「その向こう側」まで歩いてみたが、「鬱蒼と茂った森」などまったく見当たらなかった。あるのは、体育施設と医療施設のみであった。

ウルフの記述の正確さをたどる私の旅もここまでか、と思って、なにげなく図書館を歩き回っているると、ちょうどウルフ生誕百年を記念して、「トマス・ウルフ展」がおこなわれていた。そこには、「ウルフ六歳のときのサンタへの手紙」、「ノースカロライナ大学時代のウルフの論文」、「ウルフが大学時代に自作自演した劇のポスター」など、貴重な資料がたくさん展示されていた。なかでも、私の目をひいたのが、一九〇七年当時のノースカロライナ大学を描いた一枚の絵であった。絵の下の方には、「この絵は、ウルフの在学していた時期の大学の風景とほぼ同じである」と記されていた。

私は、この絵に描かれたキャンパスの入口から、しだいに、南のほうに目をうごかしていった。たしかに、「スミス・ホール」が、「ネオ・グリーク様式」のポーチをそなえていることを確認した。そして、さらに、その向う側には…………。

体育施設も医療施設も何もなかった。ただ、「鬱蒼と茂った森」が、「荒野のように」はてしなくつらなるばかりであった。

第五章　ノーマン・メイラーの「肖像」

ワシントンDC近郊にあるモンゴメリー・カレッジ。ここで、フィッツジェラルド学会が開かれたが、その第一日目の夜、フィッツジェラルド賞の授賞式が盛大にとりおこなわれた。二〇〇〇年度の受賞者は、アメリカ二十世紀後半の最大の作家の一人であり、なかでも、『裸者と死者』の作者として知られるノーマン・メイラーであった。

作家が壇上に姿をあらわすと、ホールに集まった聴衆は総立ちになり、万雷の拍手をおくった。賞のプレゼンターである下院議員のコンスタンス・モレア氏が、スピーチをはじめようとしても、拍手は鳴りやまず、聴衆は一人として座ろうとしなかった。

ようやくモレア氏がスピーチをはじめたとき、私は、それまで聴衆にかくれて見えなかった作家の姿を見ることができた。

ノーマン・メイラーは、宰相の肖像のように、重々しく、微動だにせず、スピーチに聞き入っていた。大きな杖の上に両手をのせ、堂々とソファに腰をおろしている姿は、さながらユダヤの族長かラビを想起させた。しかしながら、モレア氏が、一九七一年にメイラーとフェミニストの間で行われた公開討論会（当時、ウーマン・リブ運動のさなか、メイラーは、フェミニストたちに男性優位主義の権化とみなされ、敵視されていた）について言及すると、メイラーは急に表情をゆがめ、苦笑いをうかべた。とりわけ、フェミニストに批判されたメイラーが、「女性」議員によって賞を贈呈されるというアイロニーをモレア氏が強調すると、彼は参ったと言わんばかりの表情をのぞかせ、会場は大いに沸いた。

賞の贈呈式がすむと、メイラーの自作の朗読がはじまった。それは、彼のノンフィクション・アンソロジー『われらの時の時』（彼の序文によると、アンソロジーの形式をとった「アメリカ社会史」）から選んだ、二つの小品の朗読である。

一つは、「ドロシー・パーカー」。ドロシー・パーカーは、多くの作家との情事で浮名をながしたアメリカの女性詩人・作家であるが、この小品では、彼女がある人物をその面前では褒め称える一方、その人物が姿を消すやいなや、悪口雑言の限りをつくしたというエピソードが紹介されている。また、彼女の愛犬とメイラーの愛犬が出会ったとき、彼女の愛犬が小便をしたため、メイラーの愛犬が怒り狂い吠えまくったという笑話がしるされている。が、内容もさることながら、会場を爆笑の渦に巻き込んだのは、メイラーの朗読の仕方である。パーカーが、まずいものを吐き出すように人物をののしる言葉を、メイラーが再現し、また、メイラーが彼の犬を黙らせるため「カール」（愛犬の名前）と怒鳴るところは、あまりにもリアルであり、往年の喜劇役者をおもわせた。

もう一つは、「トルーマン・カポーティー」である。これは、テレビのトーク番組に、メイラー、カポーティー、パーカーが出演したことについての体験談である。撮影時、ほとんどメイラーが一人で喋り、主として政治家たちを完膚なきまで雄弁に批判したことが記され、メイラー自身得意の絶頂にあったと書かれている。一方、パーカーはテレビが苦手でほとんど言葉を発しなかった。カポーティーも大部分寡黙であったが、ひとたび、彼が嫌悪しているケルアック（彼は、ビート・ジェネレーションのカリスマ的作家ケルアックを、「文学的に訓練されていない」という理由で軽蔑していた）の話におよぶと、にわかに雄弁になり、「ケルアックは書いているのではなく、ただタイプしているだけさ」というきわめて辛辣な評言を述べたという。

この小品の後半部分は、番組が放映された時の視聴者の反応について記したものである。そこで驚くべきは、視聴者はみな、雄弁だったメイラーにはあまり関心がなく、カポーティー、とりわけ彼の辛辣な一言のみを話題にしていたということだ。メイラーは、みずから番組のフィルムを見てみた。すると、カメラはほとんどカポーティーばかりを映し出し、メイラーが話しているときもカポーティーがクローズアップされていた！　また、このような理由によるばかりか、カポーティーの独特なパーソナリティー、風貌、鼻にかかった声、そしてキャッチフレーズのようなコメントゆえに、視聴者はみなカポーティーに関心をむけるにいたったのである。これによって、撮影の現場では「勝利」を味わったメイラーは、テレビ画面の中では「敗者」となった、ということでこの話は締めくくられる。この小品で、メイラーは己の経験をもとに、「テレビ論」を展開している。それは、以下のようなものだ。（一）テレビというメディアの提供するものは、事実ではなく、カメラアングルのイメージにすぎないということ。（二）視聴者は、テレビに出演する人の思想、見解よりも、その人のユニークなパーソナリティーに興味があるということ。(三)視聴者は、論理的に組み立てられた言説にはあまり興味がなく、キャッチフレーズのような、パンチの利いた一言に関心を抱くということ。この小編は、単なるカポーティーの「ポートレート」ではなく、メイラー自身が言うとおり、「社会史」の一部であるのだ。

しかし、いざこの作品を、メイラーが朗読する段になると、真面目な「社会史」であるよりも、「ドロシー・パーカー」とおなじく笑話と化す。とりわけ、「書いているのではなく、ただタイプしているだけさ」というカポーティーの毒舌を、メイラー自身が、鼻にかかった、いやらしいまでの声色で読み上げたとき、会場はこの日いちばん沸いた。メイラーの朗読が終わった頃には、人を突き放すような「宰相」メイラーのイメージはすでになく、「喜劇役者」メイラーが喝采を浴びていた。

自作朗読のあと、自由な質疑応答がおこなわれた。なかでも、とりわけメイラーが熱弁をふるったのは、ある質問者が「ヘンリー・ミラーについてどう考えているか」という質問をしたときであった。メイラーはつぎのように答えた。自分とミラーはともにブルックリン子であり、また、ミラーのアンソロジー『天才と肉欲』を編集したこともある。ミラーは、ヘミングウェイ、フォークナーと並ぶ二十世紀アメリカの三大作家であり、とりわけ『北回帰線』は二十世紀における最も偉大な書物の一つである。そして、自分は個人的には、ミラーのギリシャ旅行記『マルーシの巨像』がいちばん好きだ、と。メイラーは、予定の時間を大幅にこえて、ミラーについて熱っぽく語りつづけた………。

質疑応答が終わると、聴衆はふたたび総立ちになり、作家に心からの拍手をおくった。まるで、「喜劇役者」にたいするカーテン・コールのように……。

それに続いて、サイン会がおこなわれた。私も、この日買ったばかりの『裸者と死者』を持っていたため、メイラー氏にサインしていただいた。私は、自分の番が回ってくると、緊張のためすこし震えた声でこう言った。

「お会いすることが出来てとても光栄です。」

「この名前は、どう読むのかね。」

「MA-SA-A-KI O-KA-MO-TO と発音します。」

「そう。どこから？」

「日本から来ました。」

「ああ、日本からですか。」

「そうです。さきほどの質疑応答で、メイラー氏はミラーについて熱っぽく話されましたが、わたしもミラーについて大きな関心をいだいており、彼についていくつか論文めいたものを書かせていただきました。また、今夜朗読してくださった作品、とりわけ『ドロシー・パーカー』は、ミラーの最もコミカルなファルス的小編『クリシーの日々』を想い起こさせる作品でした。」

「ほう、そうかね。」

「あなたの作品のほとんどすべてが、日本語に翻訳されています。そのため、われわれ日本人の多くが、あなたの作品を知っており、あなたの作品がとても好きです。」

「そうですか。それはありがたいことですね。」

そう言って、メイラー氏は、ふっくらした手を差し出し、握手してくださった。彼のさがった肩、幾分たれさがった口元、それは、わたしたちが写真等でよく知る精悍で鋭いメイラーではなく、どこか、やさしく穏やかに微笑むヘンリー・ミラーの写真を想い起こさせた。また、ヘンリー・ミラーとおなじく、その目は少年のように澄み切っていた。

第六章　仕立屋ミラー
―あるいは、反―「私小説」―

第一節　ウルフ対ミラー

ヘンリー・ミラーの文学的世界に入ってゆくための地均しとして、ひとつこんな比較を行なってみよう。トマス・ウルフとヘンリー・ミラー。一見したところ、これら二作家ほど互いに似かよっている作家はないと思われる。その自伝的傾向、「生と死」、「アメリカ」、「宿命の女」といったテーマなど、共通点はいくらでもある。しかし、ジャンル上の同一性、テーマ上の同一性があるからとはいえ、二人の作家を同質の作家とみなすことはできない。たとえば、二人の伝えようとした「自己」の内実は、まったくといっていいほど異なっている。

ウルフ的自己は、「自然」、「身体」から疎外され、それらと対立関係にあり、また、「他者」を征服し、所有し、時には排除しようとする。ユージーン・ガントの肉体の限界をこえたファウスト的欲望、時間との戦い、アンタイオス的根こぎ状態、ジョージ・ウェバーの恋人エスターにたいする飽くことを知らぬ征服欲、独占欲、それら欲求が満たされないゆえの憎悪、などはそのようなウルフ的自己を物語る。

一方、ミラー的自己は、「自然」、「身体」から疎外されていない。また、それは、「他者」の他者性を十分認識し、「他者」と対話する。『北回帰線』における語り手「私」の、「身体」との調和（身体の自然的欲求の肯定）、神秘的体験を通じての「自然」との合一、『南回帰線』における「私」の、「性」の官能性、肉体性を媒介にした「自然」への回帰、ほとんどすべての作品にみられる「私」の「他者」に対する醒めた批評眼、三部作『薔薇色の十字架』（*The Rosy Crucifixion*）における「私」の、「他者」との果てしない議論、モナ＝マーラという「絶対的他者」との遭遇、などはその例である。

次のような違いもある。ウルフ的自己は自己閉鎖的であり、ミラー的自己は自己超出的であるという違いだ。前者は、己の欲求が満たされぬ「世界」、己の理想が実現されない「世界」を否定し、そこから逃げて自由になろうとする。ウルフ的自己は理念的世界と現実的世界の乖離に苦しみ、絶えず自己疎外感に苛まれるが、常にそれを「世界」のせいにし、その「世界」から脱け出して自由になれば自己疎外感からも自由になれる、と思い込んでいる。時には、この自己疎外感ゆえに被害妄想的になり、「世界」、「他者」にたいして攻撃的になる。また、己をなかなか変革しようとはせず、己を絶対視し、「世界」や「他者」の方を己に従わせようとする傾向が、多くの作品において見いだされる（少なくとも、『汝ふたたび故郷に帰れず』（*You Can't Go Home Again*）以前のウルフの長編小説にはそのような傾向が強い）。

それに反して、ミラー的自己は「世界」から自由になろうとしない。「世界」は変わらないとあきらめている。それは、自己それ自体から自由になることによって自由を得ようとする。自己離脱、自己超出によって自己疎外から解放されようとする。『南回帰線』の冒頭部分に出てくる、《心を変えないかぎり何も変えることはできない》という文は、そのことを明瞭に物語っている。ミラーの作品において、この「自己離脱」、「自己超出」は、具体的には、禅的悟り、シャーマン的体験に類した神秘的体験を通じて、社会的自我の底にある本来的自己の発見を通じて、あるいは、自分自身を笑いとばすという行為を通じて成し遂げられている。

このように、二人の作家の伝えようとした「自己」は大きく異なるのだが、何にも増して二人を截然と分かつのは、その作品の書き方、自己を表現する仕方である。この一点において、ミラーはウルフと袂別する。それはどのような相違であるか。その問いに答える前に、ミラー自身のウルフに対する評言に耳を傾けてみよう。ミラーはそれを、アーサー・レイモンド『薔薇色の十字架』の第一部『セクサス』(*Sexus*)において、語り手「私」の、アーサー・レイモンド(「私」はこの人物をトマス・ウルフと同一視している)に対する人物評という形で、間接的に述べている。

アーサー・レイモンドは、ナイアガラの滝のごとく、彼の激流に逆らう岩や石を削りとり、すり減らしていった。………そのような頑固で盲目的な姿勢には、馬鹿げていると言ってもいいほど何か執拗なものがあった。そして、そこには、トマス・ウルフが小説家として後に用いることになったガルガンチュア的戦略にひどく似通った何かがあった。………もしもアーサー・レイモンドが一冊の本であったなら、私は、それをわきへほうり投げてしまうこともできたであろう。………後年、彼について考える際、私は、しばしば彼のことを、岸をのりこえ、逆流し、身悶えする蛇のごとく力強い輪を形づくる激流、制御できないエネルギーを使い果そうとしてもそれができない激流にたとえた。（三四六‐三四七頁、Grove Press, 1987）

ウルフの小説書法をこれほどみごとに形象化した文章は、他にはないといってよい。この文に比喩的に示されるように、ウルフの書法とは、自己の経験を、ほとんどコントロールすることなく（多くの場合、明確な、一貫した、緻密に周到に計算された方法意識も持たず）、形式的制約などおかまいなしに、読み手の存在を十分考慮せず、馬鹿げているといってもいいほど長々と書きまくる、といったものである。このことは、彼の長編小説のほとんどすべてについて言えることである。たとえてみるなら、生地を、型紙なしに、ハサミで切りまくり、衣服を仕上げようとしたのだ。つまり、自己の経験という素材（＝生地）を、緻密かつ周到に計算された明確な方法や形式的制約（＝型紙）なしに、作品に仕立てようとしたのだ。このようにして出来上がった作品という衣服は、あまりにも未完成であったため、編集者はハサミで（比喩ではなく、文字通りハサミを使って）余分な所をカットしたと言われている。

ミラーの書法は、このようなウルフの書法とは大きく異なっている。さきほどの比喩を用いるなら、ミラーの書法には「型紙」がある。つまり、緻密に計算された明瞭な方法と形式的制約が存在する。これこそ、ウルフに欠けていてミラーにははっきりと見いだされる要素だ。たとえウルフの書法において、型紙らしきものが見いだされるとしても、それは主として素材の側に属するものである。その型紙らしきものとは、おもにウルフの伝記的枠組みにすぎない。それに反して、ミラーの

「型紙」は、己の伝記的枠組みに依拠したものでは断じてない。それは、作品を書く段階でミラーがつくり出していったものなのだ。これは、素材の内にあるのではなく、素材を律する法則なのである。素材とは別の次元に仮構されたものなのだ。このような「型紙」の有無ゆえに、ウルフとミラーは、共に「自伝的な、あまりにも自伝的な」作家として出発しながら、全く別様の文学的軌跡を描くことになる。ウルフは、自己の経験をほぼ忠実になぞった、くそリアリズム的作品を生み出すことになり、一方のミラーは、素材のアクチュアリティーとは別の次元で、それ自身の有する法則にもとづいて固有な運動を繰り広げる、自立せる複雑な言語構造体を生み出すことになったのである。

それでは、ミラー文学におけるこの「型紙」とは、また、「型紙」を有するミラーの書法とは具体的にはいかなるものなのか。それを、以下、『北回帰線』（*Tropic of Cancer*）、『南回帰線』（*Tropic of Capricorn*）、『薔薇色の十字架』（『セクサス』、『プレクサス』、『ネクサス』から成る三部作）という三つの長編を対象に考察してみたい。また、その際、これまでとかくその内容面（特に性の哲学）に対し主に関心が払われてきたミラー文学の形式面に光を当てることにより、従来とは異なったミラー像を素描したいと思っている。

第二節　翼をつけた蝸牛

内容に関するかぎり、『北回帰線』ぐらい退屈な本はないといってよい。そこには、ほとんど物語といったものが存在しない。簡単に言ってしまえば、それは、食客法《パラシーティケー》にたけた寄食者《パラジット》である「私」が、さまざまな宿主のところに住みつき、そこを拠点にして、食と女を求めてパリじゅうをさまよう話である。なんというつまらなさ！　これほど無内容な本が他にあろうか。しかし、「言語芸術作品」としてみた場合、これほど変化に富み、新鮮な驚きをわれわれ読者に与える書物はないと言える。物語のレベルでは不活発で、停滞しているこの作品は、エクリチュールのレベルでは、跳躍を繰り返し、カメレオン的に変化する。語り手の「私」は、作中、あるスペインの画家について、「スタイルからスタイルへのアクロバット的跳躍（“acrobatic leaps from style to style”）によって世界を驚かせた」と評しているが、この評言は、『北回帰線』にこそ当てはまるものだ。『北回帰線』という「大サーカス」を見物するわたしたち読者を驚かせるのは、まさに、この「スタイルからスタイルへのアクロバット的跳躍」なのだ。それでは、その「アクロバット的跳躍」とはいかなるものなのか。

『北回帰線』のスタイルは、万華鏡的と形容するほかないほど多様であるため、それを分類し、一般化することはきわめて困難であるが、そこをあえて分類し一般化するとすれば、そこには、だいたい三様のスタイルが見いだされる。第一に、語り手「私」が、パリにおける自己の生活状態、自己の性格、自己の思想・信条を述べ伝えるときに用いるスタイル、第二に、「私」が他の人物を描写するときに用いるスタイル、第三に、「私」が自らの空想、ヴィジョン体験を伝える際に用いるスタイルである。ミラーは、これら三様のスタイルの間を「アクロバット的」にとび回り、それらを意識的に使い分けることによって、「私」の内面生活の複雑性、そして「私」をとりまく人物の多様性を提示し、パリという大カンヴァスの上に錯綜とした言語の絵模様を描きだしてゆくのである。では、それら三様のスタイルは、具体的にはどのようなものなのか。それを、以下詳しく検討してみよう。

（一）第一のスタイル……カメレオン的（仮面の告白的）スタイル

　第一のスタイルは、カメレオン的に変化する。それは、ときには、ハック・フィンの語りのスタイルのごとく野放図で卑俗で冒瀆的であり、ときには、ホイットマンの詩作品における「ぼく」の語りのスタイルのように、あけっぴろげで親しげであり、またあるときは、形而上学的瞑想にふけっているときのイシュメールの語りのスタイルのごとく、高邁で深遠である。まず、ハック的スタイルの例を引用してみよう（ミラーの小説言語［文体］の分析を主眼とする本稿の性質上、以下ミラーの文章は、すべて原文のまま引用することにする）。

This then? This is not a book. This is libel, slander, defamation of character. This is not a book, in the ordinary sense of the word. No, this is a prolonged insult, a gob of spit in the face of Art, ...（p.2, Modern Library, 1983）

次に引用する例は、ホイットマンの『ぼく自身の歌』の中の一節のようだ。

I have no money, no resources, no hopes. I am the happiest man alive... I am going to sing for you, a little off key perhaps, but I will sing.（p. 1－p. 2）

そして、形而上学的考察を伝える重々しいスタイルの例として、次のような文章がある。

Stavrogin was Dostoevski and Dostoevski was the sum of all those contradictions which either paralyze a man or lead him to the heights. There was no world too low for him to enter, no place too high for him to fear to ascend.（p. 259）

また、この作においては、しばしば卑俗さと深遠さの両方をそなえたスタイルがみいだされる（たとえば、糞についてそれこそクソ真面白な考察を行なっている箇所［一〇一頁］はその一例だ。）。このようなめまぐるしく変化するスタイルによって、「私」は読者の前に様々な仮面をつけて登場する。時には哲学者として、時には浮浪者として、時には親しい友人として、時には道化として。

その意味で、スタイルとはミラーにとって仮面なのである。スタイルという仮面をつけかえることによって、ミラー的自己は、おのれを複層的に分裂させ、次々に自己離脱を行なうのである。

（二）第二のスタイル………風刺的スタイル

第二のスタイルは、人物（特に「私」の宿主）を風刺し戯画化するスタイルである。ここでは、「私」の宿主の一人であるナナンタティー（Nanantatee）なる人物について記された部分（八三頁）を例として引用しよう。

NONENTITY! That's what we called him in New York—Nonentity. *Mister* Nonentity.
　I'm lying on the floor now in that gorgeous suite of rooms he boasted of when he was in New York. Nanantatee is playing the good Samaritan:

ここで「私」は、ナナンタティーを、その名と似た音を有したNonentityというあだ名で呼ぶ（しかも三度続けて）ことにより、ナナンタティーを「取るに足らないくだらない人物（＝Nonentity）」としてからかっている。また、文中の言葉は、すべて文字通りに受け取るわけにはいかない。たとえば、"the good Samaritan" という言葉には、痛烈なアイロニーがこめられている。ナナンタティーは、そのおそるべき吝嗇、人使いの荒さからみて、決して「よきサマリア人」ではない。にもかかわらず、「よきサマリア人」という言葉が使われているのはなぜかというと、反語的な意味あいをこめることで、ナナンタティーを風刺し、批判するためである。あるいは、その言葉によって彼の偽善的ふるまいを暗に示そうとするがためである。引用文中の〝gorgeous〟という語も、文字通りには受け取りかねる。なぜなら、ナナンタティーの住む部屋は、実の所は壊れかけた、腐ったようなオンボロの部屋であり、〝gorgeous〟などとはお世辞にも言えないからだ。やはりここでも、反語的なニュアンスがこめられている。あるいは、この〝gorgeous〟とは、「ナナンタティーに言わせると」という留保（カッコ）つきの〝gorgeous〟であると考えてもいいだろう。そこには、アイロニカルな響きがただよっているのだ。また、こうした「ずれ＝アイロニー」によって、読者の笑いを誘うのである。

ナナンタティーは、滑稽きわまる人物としてわれわれ読者の前に登場する。彼は、残酷なまでに戯画化されている。たとえば、その言動の類型化。彼はいつ登場しても、全く同じ言動を繰り返す。何を話すにしても、決まって〝Endree〟という「私」に対する呼び掛けの言葉を差し挟むのは、その一例である（この呼び掛けが、ドン・キホーテのサンチョ・パンサにたいするそれを踏まえていることは、言うまでもない）。また、ミラーは、肉体的所作に見られる硬直性をしめすことで、彼を一層滑稽な人物として描こうとしている。例として、次のような箇所があげられる。

…His Arm! That poor broken crutch of an arm! I wonder sometimes when I see him twisting it around the back of his neck how he will ever get it into place again. (p. 88)

ここでは、彼は、あやつり人形のような存在として描かれている。

ナナンタティー（Nonentity［＝「想像上のもの」という意味もある］）のような人物を生み出したミラーの喜劇的想像力は、この作品のいたる所で発揮されている。それは、フィルモア、ヴァン・ノルデン、カールなど、ナナンタティーに勝るとも劣らぬ滑稽な人物を、次々に創りだしてゆくのである。

（三）第三のスタイル……抒情的スタイル

第三のスタイルは、「私」の非日常的体験、空想的世界を記述するスタイルである。このスタイルにおいて、ミラーの文学的想像力は、その極限まで発揮される。それは、ミラーが、日常的・論弁的言語による分節化、概念化を拒むような「内的体験」を、なんとか言語に移し替えようと苦闘した末つくり出したものである。ゆえにそれは、日常的・論弁的言語を主体とはせず、かぎりなく詩的言語の純粋性に近づいた言語を主体としている。ここでは、「私」のヴィジョン体験を例にとってそれを考察してみたい。

まず、ある音楽会における「私」のヴィジョン体験を記した部分を引用してみよう。

After what seems like an eternity there follows an interval of semiconsciousness balanced by such a calm that I feel a great lake inside me, a lake of iridescent sheen, cool as jelly; and over this lake, rising in great swooping spirals, there emerge flocks of birds of passage with long slim legs and brilliant plumage. Flock after flock surge up from the cool, still surface of the lake and, passing under my clavicles, lose themselves in the white sea of space.（p.78）

この水晶のきらめきをもった流麗な一節は、現実のいかなる対象物をも意味したり指示することのない、純粋詩のイマージュ空間を開示する。言語は、「私」の名状しがたい心的状態を象徴的に示す役割を果たしている。この一節では、音楽を聞いているとき「私」が感じとった静けさ、心地よさ、それに続いて「私」がおぼえる高揚感は、涼しく静かな湖、そこから舞い上がる渡り鳥というイマージュによってみごとに形象化されている。しかも、そのような「私」の心的状態の変化は、イマージュの連鎖によって示されるばかりではなく、文のリズムの転換によっても示されている。たとえば、“calm”、“feel”、“sheen”、“cool”、“over”、“swooping”、“emerge”といった、長音を有した語によってつくり出されるゆるやかなリズムを有した文の後に、いきなり、“flocks of birds of passage with long slim legs”という短音を主体とする、踊るようなリズムを有した語句が来るという文構造によって、「私」の内面において俄に生じた興奮、さざめきが、よりよく示されている。

もう一つの例として、「私」が、マチスの絵を展示している画廊にて垣間見たヴィジョンをえがいた部分をとりあげよう。「私」はそこで、マチスと一体化し、マチスのヴィジョンを追体験している（一六六－一七〇頁）。

I have the sensation of being immersed in the very plexus of life, focal from whatever place, position or attitude I take my stance. .... I recall how the glint and sparkle of light caroming from the massive chandeliers splintered and ran blood. //.... he has beheld everything....corollas giving out diapasons of light, chameleons squirming under the book press, ...music issuing like fire from the hidden chromosphere of pain, spore and madrepore fructifying the earth, navels vomiting their bright spawn of anguish...// A new day is dawning, a metallurgical day, when the earth shall clink with showers of bright yellow ore. ....At the very hub of this wheel (=the world) which is falling apart, is Mattisse. ...and like a magnet he has attached to himself microscopic particles, ... the Paris that belongs to Mattisse shudders with bright, gasping orgasms, the air itself is steady with a stagnant sperm, the trees tangled like hair.

突如変容をとげ、微分された「私」の意識の深層から虚空に向けて放射されたこのイマージュ、宇宙的拡がり、多層性、流動性、豊饒性を有したイマージュ、これは、まさに、極彩色のマンダラ形象である。イスラム学の泰斗である井筒俊彦氏は、その著『意識と本質』において、マンダラ空間の無数のイマージュの一つ一つが、何ら外界の事物と直接関係のない脱即物的な「純粋イマージュ」であり、それは、密教の修業主体の深層を映しだしている、と述べているが、「私」の垣間見た極彩色のマンダラ形象も、まさしくこの「純粋イマージュ」であり、主体＝「私」の深層を映しだす形象なのだ。そしてそれは、「存在の太源から発出する創造的エネルギー」（『意識と本質』）が中心と周辺を往き来するさまをとらえた胎蔵界マンダラのイマージュ空間である。この引用文において、

「私」の意識の深層にひそみ、息づいている創造的エネルギー、生命エネルギーが瞬間的に解放されるさまは、あらゆるものが「マチス」「マチス」（純粋イマージュとしての「マチス」）という中心点から発し、「マチス」へと吸い寄せられていくという胎蔵界マンダラ的イマージュ空間の内に表出されているのである。とくに、"carom"，"splinter"，"give out"，"issue"，"vomit"という語は、そのようなエネルギーの解放、放射を示す言葉であり、また、"squirm"という言葉、そして引用文の終わりの数行における性的イマージュは、創造・生命エネルギーの解放の瞬間における苦痛と快楽を示している。

＊

以上、『北回帰線』におけるスタイルの「アクロバット的跳躍」について不十分ながら述べてきた。その際わたしは、ミラーが、三様のスタイルの間でばかりではなく、各々のスタイルにおいても「アクロバット的跳躍」を行なっていることを例示してきた。それでは、このような「跳躍」はいかにして可能になったのか。それは、この作品が、日記形式（といっても日付のない日記であるが）をとって書かれているからである。

日記はもっとも自由な形式である。それは、いかなるジャンル的制約をも免れている。書き手の気まぐれ次第、何をどう書いても自由であり、どこで思索を中断し夢想にふけろうとかまわない。どんなスタイルで記そうと、全く自由である。それゆえ、『北回帰線』の「私」が単なる語り手ではなく、日記の書き手でもあるという設定は、スタイルからスタイルへの跳躍を、読者にとってきわめて自然なものと思わせるのである。

スタイルの「アクロバット的跳躍」は、文章の流れを寸断し、文章にむらをつくる。しかし、そのことは、この作品の芸術性をそこなうという結果にはならない。それどころか、むしろ作品の形式と適合し、ひいては作品のリアリティーを高めることにもなるのである。

ミラーは、『北回帰線』において、このような日記の特性を最大限に利用することによって、より自由で、変化に富んだエクリチュール、アクロバット的・カメレオン的エクリチュールを可能にしたのだ。その意味で、この作の序文がアナイス・ニンによって書かれ、エピグラフにはエマソンの言葉が引かれているということは、実にこの作品にとってふさわしいことであると思う。なぜなら、ニンとエマソンは、日記形式を自らの文学的活動の中心にすえ、それを最大限に利用した代表的文学者であるからだ。

第三節　奪還された富

サンボリスムの詩人達が、「音楽からその富を奪還し」ようとしたこと、すなわち、作品を音楽化し、音楽の純粋性に近づけようとしたことは、あまりにも有名な文学史的事実であるが、二十世紀の小説家の幾人かは、このような文学的営為を散文という土俵で実践しようとした。プルーストは、『失われた時を求めて』をシンフォニーの形式にならって創作し、小説言語によって音楽にかぎりなく近い状態をつくりだそうとした。また、ヴァージニア・ウルフは、『波』においてフーガ形式をとりいれ、流動的な音楽的言語をつくりだし、ハクスリーは、『対位法』において、題名の示す通り「対位法」をとりいれた。ヘンリー・ミラーも、そのような小説家の一人である。彼は、『南回帰線』を音楽小説として書こうと試みたのである。それは、いかなる点で音楽小説であるのか。その問いに、以下、少し詳しく答えてみようとおもう。

まず、ミラーが、音楽の純粋持続を小説言語の持続性によって表出しているという点があげられる。

この作品は、すべて地の文からなっている。会話の部分はすべて地の文に埋め込まれている。このような文体的特性により、われわれ読者は、小説言語がどこまでも持続してゆくような印象を受けるのである。そのような印象は、段落変えの少なさ、章分けを明示する語がほとんどないことにより、いっそう強まる。持続は、巨視的なレベルで示されるばかりではない。それは、微視的なレベルでも表現されている。たとえば、この作品の冒頭部分の一節。

From the beginning it was never anything but chaos: it was a fluid which enveloped me, which I breathed in through the gills. In the substrata, where the moon shone steady and opaque, it was smooth and fecundating; above it was a jangle and a discord. In everything I quickly saw the opposite, the contradiction, and between the real and the unreal the irony, the paradox.

（p. 9, Grove Press, 1987）

この引用文においては、コロンやセミコロンがピリオドの代わりに用いられたり、コンマが多く用いられることにより、そして継続用法の関係代名詞の使用により、文の流れが途絶えるということがない。また、前置詞句（"From the beginning"、"In the substrata"、"above it"、"In everything"）が先頭に置かれることにより、前置詞句は文に付け加わってそれを補足的に説明するのではなく、そのあとに来る文へと読者の意識を向けさせる働きをもっているため、文章の持続感を高めこそすれ、それをそこなうことは決してない。

ミラーは、語句を反復したり、鎖状に繋げたりすることによっても持続感を生み出している。いくつか例を引用してみよう。

Especially the successful ones. The successful ones bored me to tears.（p. 9）

... I was free of envy. Envy was the one thing...（p. 10）

Everything was for tomorrow, but tomorrow never came. The present was only a bridge and on this bridge they are still groaning, as the world groans, ...（p. 11）

（下線は筆者）

このような語句の反復、連鎖ゆえに、われわれ読者は、文章の切れ目で注意をそらされることはなく、途中で息つぐことはできないのである。

『南回帰線』は、一見すると、断片的なエピソードの連なりにすぎないように思われるが、それらエピソードを語る小説言語の持続性によって統合されているのであり、しかも、その言語のレベルにおける持続が、精妙でうつくしい音楽の流れをつくりだしているために、読者は知らず知らずに、その流れのなかに引き込まれ、この小説を終わりまで一気に読み通すことができるのである。また、小説言語における持続性ばかりでなく、言語の有するリズムの反復も、この作品を音楽的にしている。たとえば、以下の文などは、そのよい例であろう。

> I have never envied anybody or anything. On the contrary, I have only felt pity for everybody and everything. From the very beginning I must have trained myself not to want anything too badly. From the very beginning I was independent, in a false way.（p. 10）
>
> （下線は筆者）

"From the beginning" という語句は、作品のはじめから二行目にすでに出てきており、数頁後でも反復されている。

この小説の音楽性は、文体論的レベルで示されるばかりではない。それは、作品の構造全体を通じて、あるいは、他のミラーの作品との「間‐テクスト性」においても示されている。

たとえば、主題と変奏。小説の冒頭部分に、はやくも主題がしるされる。

Once you have given up the ghost, everything follows with dead certainty, even in the midst of chaos. From the beginning it was never anything but chaos:（p. 9）

最初の二文で、「混沌」（"chaos"）という語が二度記されるが、「混沌」という語は、このあと何度も繰り返しあらわれる（"It was all chaos from the beginning"〔p. 16〕"Chaos! A howling chaos"〔p. 70〕など）。この「混沌」という語こそ、この作品の第一主題にほかならない。『南回帰線』では、この「混沌」という第一主題がさまざまな形で変奏されている。たとえば、それは、この作の前半部分では、「私」の勤めるコズモデモニック電信会社における混乱をきわめた仕事、都市ニューヨークの混沌とした様相を通じて、後半部では、無秩序な性のバーレスクによって、「私」と「彼女」との悪夢のような愛のドラマを通じて示されている。

「混沌」という第一主題に貫かれた『南回帰線』という音楽は、「彼女」との運命的な出会いを歌いあげる雄大なコーダで終わっている（作品で、その箇所は「コーダ」と記されている）。しかし、ここで音楽は終わりを告げたのではない。壮大なシンフォニーの第一楽章が終わったばかりなのである。『南回帰線』は、「私」の悲劇的でありかつ喜劇的な半生をかなでる大シンフォニーの序曲にすぎないのだ。それは、続く第二楽章（『セクサス』〔*Sexus*〕）、第三楽章（『プレクサス』〔*Plexus*〕）、第四楽章（『ネクサス』〔*Nexus*〕）をみちびく序曲なのだ。では、それはいかなる点で序曲なのか。

第一に、続く楽章で展開されるテーマは、すべて『南回帰線』においてすでに現れているという点があげられる。主として『セクサス』において高らかに歌いあげられる「性」のテーマは、すでに『南回帰線』において、「私」の性の哲学、「私」の奔放な性の冒険という形で現れている。また、第二、第三、第四楽章を通じて奏でられる「創造力」(あるいは、「想像力」)のテーマは、『南回帰線』の随所に記されており、「愛の不可能性」のテーマは、『南回帰線』では、「彼女」と「私」との愛の物語において暗示されている。そして、第二楽章以下、入り乱れ錯綜した人間関係(とくに、性的関係)、モナ＝マーラとの愛のドラマのうちに、その十全なる展開をみる「混沌」のテーマが、『南回帰線』に現れていることは、すでに述べたとおりである。

第二の点としてあげられるのは、『南回帰線』において、以下の三作で主要な役割を演じることになる人物のほとんどが、「私」によって紹介され、言及されているということだ。モナ＝マーラは、「彼女」という人物として現れている。「私」の主な友人であるクロンスキ、スタンレイ、マックグレガー等も、すでに、『南回帰線』において紹介済みである。一見すると、この作品において人物は、「私」の無意志的記憶のおもむくまま、でたらめに紹介されているようであるが、「間‐テクスト性」という観点からみると、実に周到かつ無駄のない人物紹介と言える。

このように記してくると、誰しもミラーの作品から、あのプルーストのシンフォニー『失われた時を求めて』を連想するであろうが、事実、ミラーは、常にプルーストを意識し、プルーストの強い影響を受けていた。それは、彼がアナイス・ニン宛の手紙で、折にふれて、モナ＝マーラのモデルである彼の妻ジューンをアルベルチーヌと同一視していることから、また、『失われた時』を自己のために書かれた作品だと明言していることからあきらかである。ミラー自身のこのような言葉を待つまでもなく、プロテウスのごとく変幻自在のモナ＝マーラ像、彼女のレズビアン的傾向(に対する「私」の疑い）、ミラーの作品が、芸術家誕生の物語であり、同時に作品それ自体の成立の過程をかたる物語である点、を考えれば、ミラーが『失われた時』をモデルにして作品を書いたことは、あまりにも明白である。が、『失われた時』をモデルにしているとはいえ、出来上がった作品はプルーストとは全く異質のものである。例えば、ミラーの作品には、『失われた時』の「私」がいだくはげしい嫉妬、「私」の時間との戦い、は全くといっていいほど存在せず、また、プルーストの文学的世界を律している社会的ヒエラルキー、そこに厳としてある歴史的背景は、ほとんど存在しない。ミラーとプルーストの比較は、それ自体興味深いテーマであるが、この小論の扱う範囲外であるので、これ以上詳しくは述べないことにする。

＊

さて、わたしのヘンリー・ミラー論は、いよいよ終楽章を迎えることとなった。そこでは、ミラーの一大シンフォニーの第二、第三、第四楽章、すなわち、三部作『薔薇色の十字架』（『セクサス』、『プレクサス』、『ネクサス』）が考察の対象になる。この作品に至って、ミラーのシンフォニーは、ますます多元的になり多様化する。それは、ポリフォニックな音楽を奏でる。では、『薔薇色の十字架』において、このポリフォニー性は、どのような小説言語によって構造的に示されているのか。それを、次節で可能なかぎり明らかにしてみたい。

第四節　果てしなき対話

ミラーは、作品ごとに語りの仕組みを変えている。『北回帰線』においては、語り手の視点は固定しておらず、作品の進行と共に変化し、生成されてゆくという仕組みになっているが、一方、『南回帰線』では、語り手の視点は固定しており、その固定した点から語り手が自身の過去を回想する形をとっている。このような仕組みによって、『北回帰線』は空間的に拡がりを有し、偶然性と可能性にみちた作となり、『南回帰線』は、時間的に深まりを有し、統一性をもった作品となった。『薔薇色の十字架』における語りの仕組みはどのようなものか。それは、一見『南回帰線』と同質の語りのように思われるが、次の点において異なっている。『南回帰線』において、語り手「私」は、語りの「現在」の地点に止まり、そこから「過去」を眺め渡しているのであるが、『薔薇色の十字架』の語り手「私」は、「現在」に止まっておらず、時として「過去」のうちに没入し、「過去」のうちに己を定位し、そこから語り始めるのである。つまり、語る「私」ばかりでなく、語られる「私」も語り手となるのだ。語りの視点は二重化され、語りの言葉も二重化されているのである。このような『薔薇色の十字架』の語りを、以下、具体的な例に即して検討してみよう。

まず、「私」が、過去の自分自身、過去の出来事、自分の出会った人物、等を回想する語りがある。たとえば、『セクサス』のはじめから数えて三つ目のパラグラフ。それは、過去形で記されている。

I spent the morning borrowing right and left, dispatched the book and flowers, then sat down to write a long letter to be delivered by a special messenger.（p.5）

ところが、数頁先で、過去のことが現在形で語られている。

I mount the steps and enter the arena, the grand ballroom of the double- barreled sex adepts, now flooded with a warm boudoir glow.（p.7）

ここで語っているのは、語られる過去の「私」である。ここで聞き取れるのは、過去の「私」が己の今の状態、行動を語る声である。この作では、しばしば、過去の「私」、語られる「私」が語る言葉を記す際、現在における「私」の回想の語りと区別するため、この引用文におけるように歴史的現在形が用いられている。歴史的現在形が用いられることにより、過去の出来事は、あたかも現在起こっているかのように生き生きとえがかれている。

語られる過去の「私」は、ときおり、内的独自という形で自らの内面を語っている。

I cross-examine my body to ascertain if I am exempt from any of the ailments which civilized man is heir to. Is my breath foul? Does my heart knock? Have I a fallen instep? Are my joints swollen with rheumatism?（*Sexus*, p. 8. 下線は筆者）

また、『薔薇色の十字架』においては、現在の「私」が自己の思想、意見を述べるだけでなく、過去の「私」もそれを語っている。それは、過去の「私」の発話行為をつうじて読者に伝えられるだけでなく、過去の「私」の独白的表出という形によっても伝えられる。そして、この作では、現在の「私」が過去を回想するばかりでなく、回想される過去の「私」自身が、それより前の過去を回想するという仕組みになっているため、回想行為は二重化されている。

以上見てきたように、『薔薇色の十字架』という作品は、現在の「私」が語る言葉と、語られる過去の「私」の語る言葉のかなでる二重唱なのである。しかも、それぞれの言葉自体が、叙述的になったり、独白的になったりするため、この作の語りは極めて多声的なものとなる。が、この作のポリフォニー性が、これで十分に明らかになったわけではない。それは、この作品の「対話的特性」を明らかにすることによって、初めてその全貌をわれわれの前に現わすのだ。それでは、この「対話的特性」は、具体的にはどのように表されているのか。その問いに答える前に、というよりもその問いに、より多角的にアプローチするために、少しこの作品のジャンル的特性について考察してみよう。

『薔薇色の十字架』は、古くからある形式に則って書かれている。それは、メニッペアである（このジャンル名は、紀元前三世紀の哲学者メニッポスに由来している）。この作品はどのような点でメニッペアなのか。その前に、メニッペアとはそもそもどういう形式なのか、ということを再確認しておこう。

メニッペアについては、すでに三人のすぐれた学者・批評家が詳しい考察を行なっている。それは、バフチンとノースロップ・フライとジュリア・クリスティヴァである。バフチンは、『ドストエフスキーの創作方法の諸問題』において、主としてメニッペアのカーニヴァル性を、フライは『批評の解剖学』で主にその百科全書的傾向を指摘し、クリスティヴァはそのバフチン論「言葉、対話、小説」(『セメイオチケ』所収)のなかで、バフチンのいうカーニヴァル性を、言語学的、哲学的文脈に関連づけ、それを精緻な理論体系にまで高めた。これら三人のメニッペアに対する定義を参考にしつつ、メニッペアの特徴を箇条書きにすれば次のようになる。

(1) 諸ジャンルの混淆。多様な文体の駆使。
(2) 百科全書的傾向。
(3) 人物の観念性。哲学的傾向。
(4) カーニヴァル性。

これら四つの特徴(あるいはそのうちの多く)を有するメニッペアの例としては、以下のような作品があげられる。ペトロニウスの『サチュリコン』、ルキアノスの諸作品、アプレイウスの『黄金のろば』、ラブレーの『ガルガンチュア物語』『パンタグリュエル物語』、ディドロの『ラモーの甥』、メルヴィルの『白鯨』、『信用詐欺師』、ドストエフスキーの諸作品、ハクスリーの『対位法』、ピンチョンの『V』、『重力の虹』、等々………。

ミラーの『薔薇色の十字架』も、右に挙げた四つの特徴を有しており、メニッペアの伝統に連なる作品であるといえる。この作品では、小説、戯曲、詩歌、エッセイ、告白、説教など多数のジャンルが混在しており、文体も、雅びになったり、哲学的な重々しさを有したり、ひどく俗で軽い調子を帯びたり、変幻自在である。そして、多数の思想家、文学者、音楽家、画家の名前、あるいはその作品名が、カタログ的に列挙され、思想書、詩、小説、聖書などの一節が作中ひんぱんに引用されるところに、作中人物がある思想家、芸術家等について、己の知識を披瀝しつつ活発に他の人物と議論するところに、この作の百科全書的傾向は顕著にあらわれている。また、人物たちの多くが、ある観念、精神を代弁している。たとえば、医者の卵であるクロンスキと音楽家のアーサー・レイモンド。どちらもきわめて自意識の強い人物であるが、前者は、主知主義の権化であり、後者は、独我論の化身である。主知主義にも独我論にも与し得ない「私」は、彼らを嫌い、あるいは徹底的に戯画化し、風刺的に語る（たとえば、「私」は『ネクサス』において、クロンスキの主知主義の仮面の下に隠されたすさまじい性的欲望を、彼の滑稽極まる強姦未遂事件を通じて語ることで、クロンスキを笑い飛ばしている。）。

この作のカーニヴァル性としては、第一に、この作における肉体、身体の重視、強調という点があげられる。食欲、性欲にたいする無条件の肯定、肉体の赤裸々な描写、性行為におけるグロテスクなまでの「排泄的ヴィジョン」の提示などに、それは明らかである。そしてカーニヴァル性を示す第二の点としてあげられるのが、この作品の「対話性」である。

それは、まず「外的対話」、すなわち実際の対話としてあらわれる。人物と人物の対話は、この作では、単なる会話、談話ではなく、多くの場合二つの相異なった思想、観念（極端な場合は全く次元を異にする二つの世界）の対立、ぶつかりあいという様相を帯びる。ここでは、「私」の他の人物との対話を例にとろう。「私」は他の人物と対話することにより、自己の立場、考えを見いだし、明確にしてゆき、一方で、それを修正し改変してゆく。ときには、対話することにより、おのれの人生観、世界観を根底からくつがえされてしまう。たとえば、クロンスキとの対話。「私」は、彼との対話を通じて反―主知主義、反―合理主義の立場を固めてゆく。そして、シルヴィアというディオティマのごとき神秘的な賢女との対話。そこで「私」は、女性の目に映った男性像を見せつけられることで、男性中心的な己れの世界観にゆさぶりをかけられる。また、モナ＝マーラとの対話は、未知なる絶対的「他者」との対話であり、それは、対話の不成立という結果を導くという点で、逆説的な対話といえよう。モナの言葉はほとんど全て嘘から成っており、「私」が対話を通じてモナを理解しようと努力しても、モナは次から次へと嘘の砲弾をあびせてくるので、「私」はモナという城を落とすことができない。城のまわりをただぐるぐるとめぐっているしかないのだ。「私」がモナと対話すればするほど、モナはその名（モナリザを暗示する）のごとく謎めいた存在となり、現実性を欠いた夢（というよりも悪夢、夢魔、悪魔＝ヒンズー神話における魔羅〔マーラ〕）、実体を欠く無、として現れるのである。この「逃げ去る女」、「ボール紙の仮面」であるモナとの果てしない対話は、言語の伝達能力の無化を露呈し、「私」に、世界とは幻影にすぎず、そのような世界の中で生きていくには道化とならざるをえない、という認識をいだかせる。

この作品の「対話性」は、「外的対話」をつうじて示されるばかりではない。それは、「内的対話」をつうじても表現されている。まずは、「私」の語りにおける「内的対話」をみてみよう。「私」の語りは、しばしば読者、あるいは作中人物との対話的関係をはらんでいる。たとえば、読者の反応を予想した語り。

I could find no one who believed in me implicitly, either as a person or as a writer. There was Mara, it is true, but Mara was a friend,……（*Sexus*, P.28, 下線は筆者）

人物に対する呼び掛け、問いかけ、応答は、かなり頻繁に見いだされる。モナとスターシャの過去を探ろうとする「私」の独白を例にとろう。

Now and then one or the other will mention that she once broke an arm or sprained an ankle, but where, when? ……What matter, they ask. when it happened or where? Very well, then, *about face!* I switch the talk to Russia or Roumania, …

（*Nexus*, p.11, Grove Press, 1987　下線は筆者）

「内的対話」がもっとも顕著にあらわれるのが、人物の発話における、自問自答、他者の反応を予期した語りである。例として、ドストエフスキーの作品から飛び出してきたかのように思える、自意識過剰の弁護士ジョン・スタイマーの「私」に対する発話をとりあげてみよう。

As if he had divined my thoughts, he began by remarking that he was an out-and-out mentalist. "A mentalist who can even make his prick think. You're laughing again. ... Me, I fuck with my brain. It's like I was conducting a cross-examination, only with my prick instead of my mind. Sounds screwy, doesn't it?" (*Nexus*, pp. 23–24. 下線は筆者)

"...What caused him (=man) to harbor guilt feelings? ... How did he ever come to poison life at the source, in other words? It's very convenient to blame it on the priesthood. But I can't credit them with having that much power over us. If we are victims, they are too. *But what are we the victims of?* What is it that tortures us,...?" (*Nexus*, p. 34.)

『薔薇色の十字架』という作品は、いたるところ上述してきたような「対話性」にみちあふれている。この「対話性」ゆえに、それは、多様で多声的な世界をかたちづくっているのだ。

＊＊＊＊＊♪♪♪♪♪＊＊＊＊＊

結論

わたしは本章において、各作品におけるヘンリー・ミラーのエクリチュールについて考察してきた。ここで、それをごく簡単にまとめておきたい。

『北回帰線』において、ミラーは、スタイルを自由自在に使い分け、アクロバット的・カメレオン的エクリチュールを生み出した。彼はその際、日記という形式を最大限に利用した。一方、『南回帰線』では、スタイルは統一され（持続的スタイルとして）、音楽的エクリチュールが創出された。この音楽的エクリチュールは、他の作品との「間‐テクスト性」においてより明らかになるものであった。そして最後の『薔薇色の十字架』のエクリチュールとは、さきほど述べたように、語りの重層化と言語の対話化を軸とした、多元的・多声的エクリチュールである。

これら三様のエクリチュールを生み出すミラーの文学的営為とは、すでにみてきた通り、実にきめ細かであり、一語一語をも疎かにしないきびしさに貫かれたものである。それは、世間に流布された破壊者としてのミラー像を完全に裏切るものであり、職人的技量をおもわせるほどの完璧さと熟達ぶりを示している。この小論の表題が、「仕立屋ミラー」となっているのは、そのような意味合いをこめたかったからである。

仕立屋ミラー。そう、ミラー家は、代々仕立屋であった。また、ミラーの母方の祖父も仕立屋であった。仕立屋の息子、ヘンリー・ヴァレンタイン・ミラーは、一時期、家業を手伝ったこともあるが、この職業をひどく厭い、父のあとを継ごうとはしなかった。仕立屋という職業に徹して一生を終えるには、あまりにも野心がありすぎた。そこで、彼は、若くして家を飛び出し、おのれの天職である文学の道を志した。しかしながら、それは、文学の世界における仕立屋になるためにほかならなかった。

第5部

グローバルなニッポン文学

第一章　アメリカ作家のみたミシマ

―ヘンリー・ミラーを中心に―

一

あるパーティーの話から始めよう。

時は一九五二年一月。所はニューヨーク。外遊の途中、この地に立ち寄った三島由紀夫を歓迎して、盛大なパーティーが開かれた。パーティーの主催者はテネシー・ウィリアムズ。ウィリアムズと三島は、この日すっかり意気投合し、シャンペンを片手に語り合う。このパーティーには、二人の他に、もう一人忘れてはならない人物が参加している。その人物とはトルーマン・カポーティーである。かくして、三人の文学者は初めて顔を合わせることになる。

三島とウィリアムズとカポーティー。一見、唐突な組み合わせとうつるかもしれないが、彼らの文学的世界を比較してみるとそうとも言い切れない。たとえば、性（とりわけ同性愛）のテーマ。これは三人に共通するテーマである。そしてリリシズム。これも三人に共通すると言ってよい。そう考えると、先に述べた「出会い」は、文学的邂逅として象徴性を帯びてくる。が、「出会い」の意味するところはそれにとどまらない。これは、三島と二人の文学者の私的な、批評的な交流の始まりを意味していた。では、その交流とは具体的にいかなるものであったのか。それを、まず、簡単に述べてみたい。始めにウィリアムズと三島の関係を見てみよう。

ウィリアムズは、一九五八年頃ニューヨークの路上で三島と偶然に再会して以来、三度にわたり来日し、三島と最も親しい文学者の一人となる。同時に彼は、三島文学の良き理解者であり、対談、座談という形で三島論を展開している。一度目の来日（一九五九年）の際行われた「劇作家のみたニッポン」という三島との対談では、三島文学とアメリカの南部文学の親近性について言及しており、翌年、CBSテレビで放映された三島との座談会において、その「親近性」とは、「残酷さと優雅さ」の、「暴力的なものと美的なもの」の同時的共存、融合であると述べている。これは、独自な視点からなされた三島論として今なお傾聴に値する。

次にカポーティーと三島の関係だが、彼は一九五六年、三島によって「絶品」と評されたマーロン・ブランドに随行して来日している。その際彼は、三島の手厚い歓待を受けたと言われる。カポーティーは三島論を書き記してはいないが、代わりに、日本の芸術一般を扱った犀利な美しいエッセイ「スタイル―および日本人」を書いている。これは、三島文学にも当てはまる、日本の芸術の古典的な様式美について論じたものであり、間接的な三島論として読むことも可能である。

このように、三島は二人の作家によって直接的に、間接的に批評を行ってもらったのであるが、批評的関係は一方通行的なものに終わらず、三島も批評的なエールを送り返している。彼はウィリアムズに対しては、「純粋性、自由、野生の敗北と滅亡の悲劇」というウィリアムズ劇全体の主調低音を聞き取り（「地獄のオルフェウス」）、カポーティーの『遠い声、遠い部屋』の書評では、その幻想性、ゴシック性、牧歌性を論じている。

以上が、三島と二人の文学者の関係のあらましであるが、彼はその他に、もう一人のアメリカ作家と批評的交流を行っている。それは、ヘンリー・ミラーである。三島はミラーについて、「私の好きな作家ではない」と記しているが（『ランボオ論』書評）、一方のミラーは三島をどのようにとらえていただろうか。それを、以下少し詳しく追ってみたい。

二

あの日、三島が『癩王のテラス』の一シーンさながら「バルコニー」に姿を現したあの日を境にして、三島は「ミシマ」に、すなわち、世界中の人々に対し謎めいた多義的な〈記号〉、複数の言説が交錯しせめぎあう〈空間〉と化すのであるが、この「ミシマ」に対して、アメリカの作家は実に様々な反応を示している。テネシー・ウィリアムズは三島の死を、「芸術家としてすべての仕事を終えた」からであると唯美的にとらえ（『回想録』）、ゴア・ヴィダルはそれを、老いの拒否というロマン的願望の表れとして解釈し（「ミシマの死」）、アナイス・ニンは「勇気」の象徴（『日記』第七巻）としてとらえている。が、「ミシマ」を〈問題性《プロブレマチック》〉として、自己の思想的課題としてじかに受け止めたのは、ヘンリー・ミラーただ一人である。彼は三島の死に異常なまでの強い関心を示し、「ミシマの死についての省察」（一九七二）という比較的長いエッセイを発表している。

　右のエッセイの中で、ミラーは、「ミシマ」について大体四つのことを述べている。第一は三島の自決という行為について。彼はそれを、残酷で恐ろしいものと美的なものを同時に示す点で極めて「日本的」だとし、またそれを、死の「劇的な力」によって日本人を自らの伝統に目ざめさせるための意図的な行為であると分析している。第二にミラーは、三島の現実認識に異を唱え、それを批判している。彼は、一人の力で英雄になることは不可能な現代に、敢えて英雄たらんとした三島の錯誤性を批判し、また、「刀」が象徴するもの（武士、武力、死への意志）の優位性を説く三島に抗して、「刀でないもの」（ミラーによれば、それは民衆、非暴力、生への意志を意味する）の側を支持している。第三に、三島の文学、行動（特に肉体的訓練）における「まじめさ」（遊びの欠如）が指摘されている。そして、この「まじめさ」を三島の悲劇の背後に感じ取ったミラーは、「まじめさ」に反対し、「笑い、遊び、ユーモア」の大切さを説く。同時に彼は、三島の「まじめさ」は現代日本人（特にアリの如く働くビジネスマン）の特性そのものであると述べる。第四に、三島のような武力による世界の変革に反対し、「笑い」を武器に世界に対する見方《パースペクティヴ》を変えるという知的革命を唱える。このように、ミラーは「ミシマ」それ自体を論じるばかりでなく、それを通して日本（人）論を展開しており、また、「ミシマ」という〈他者〉と対決することで、自己の思想的立場を明確にしてゆくのである。

　ミラーの「ミシマ」論はこれだけでは終わらない。実は、もう一つある。それは、三島の死後ミラーが座談の形で述べたものである（「『三島の死』から『日本女性』まで――ヘンリー・ミラーおおいに語る」『週刊読売』、一九七一年）。その中でミラーは、三島は男性優位主義的考えゆえに、武士道に回帰し自決に至ったのだと語り、男性優位主義を捨て去る勇気がなかった点で、三島は「男らしくなかった」という逆説を述べている。このフェミニズム的観点からなされた「ミシマ」の悲劇の「読み」は、五十年を経た今でも、いっこう新鮮さを失っていない。ミラーは先のエッセイで、「ミシマ」は社会的事件としては終わったが、精神史的な事件としては「まだ終わっていない」と記しているが、ミラーの「ミシマ」論も、「まだ終わっていない」のである。

第二章　日本文学の英訳を読む
——川端康成『雪国』——

日本文学の数多い翻訳のなかでも、とりわけ、エドワード・G・サイデンステッカーによる川端康成の『雪国』の英訳（*Snow Country*）は、優れたものとして名高い。まずはその冒頭部分を読んでみよう。

The train came out of the long tunnel into the snow country. The earth lay white under the night sky. The train pulled up at a signal stop.
《国境の長いトンネルを抜けると雪国であった。夜の底が白くなった。信号所に汽車が止まった。》（引用は新潮文庫による）

原文と英訳をくらべてみて、まず気付くことは、原文にはなかった主語が、英訳においては記されているということである。つまり、原文の第一文には、「汽車」という主語が明示されていないが、英訳のほうには、"train"という語が記されているということである。英語（フランス語、ドイツ語もそうだが）では、主語を（受動態の場合は、意味上の主語が省略されることはしばしばあるが）

明示するため、日本語（イタリア語もよく主語を省略するが、今は、その話はしないことにする）を英語に翻訳する際、しばしば、原文にはない主語が記される。たとえば、『源氏物語』など日本の古典の英訳を読むと、原文では多くの場合省略される主語（話し手、行為の主体）が、すべて明示されているのがわかる（それゆえ、原文より英訳のほうが読みやすいという人もいるかもしれない）。

このように、原文にはなかった主語が明示されることで、読者のうける印象はどう変化するであろうか。第一に、文の意味が明確になり、限定され、曖昧性が除かれるということである。しかしながら、それによって失われてしまうものもある。以下、あらためて原文、英訳の順で冒頭の一文だけを並べてみたいと思う。

《国境の長いトンネルを抜けると雪国であった。》
"The train came out of the long tunnel into the snow country."

原文では、主語は明示されていないため、「国境の長いトンネルを抜ける」のは、必ずしも「汽車」だけに限定されない。「汽車」に乗っている人物（より具体的に言うと、小説の視点人物である「島村」）を含めることも可能である。「汽車」そしてそこに乗っている「人物」が、「トンネル」を抜けてゆくと考えることができる。一方、英訳では、「トンネル」を抜けるのは「汽車」だけである。それによって、どのような変化が生じるだろうか。それは、前者、すなわち原文の場合、「人物」

＝「島村」の視点から見られた風景が描かれているのに対し、後者、英訳の場合は、客観的な描写になる。つまり、後者の場合、「汽車」が「トンネル」から抜け出して「雪国」へ至る動きが、外側から客観的に描かれることになる。それゆえに、前者の場合、読者は、「島村」の視点を介して、「雪国」がいきなり目の前に現れてくるという印象をうけるが、後者の場合、読者の目の前に「雪国」が現れるという印象は生じないのである。読者は、「汽車」の動きを映画のスクリーンの上にみているような印象を受ける。つまり、原文と英訳の「意味」は似ているが、「印象」が大きく異なっているのである。原文の曖昧さがなくなることは、ある意味では長所であるが、その反面、原文にある「新鮮さ」、「驚き」は失われてしまう。サイデンステッカーは、川端作品の最高の翻訳者の一人であるが（私もその点には同意する）、どんなに優れた翻訳も、原文を忠実になぞることは不可能なのである。それは、「創作」行為に近いものだと言えよう。

また、時間感覚、空間感覚にも大きなちがいが生じる。「長いトンネルを抜けると」という表現は、「長いトンネル」を「汽車」が「通り抜けてゆく」プロセスを含んでいる。「通り抜けて」その結果「雪国」が目の前にひらけるという感じである。しかし、英訳“came out of the long tunnel”では、「トンネル」から「外に」「出た」という部分が強調され、トンネルの「中」を「通り抜けた」という感じはなくなっている。原文では、「長いトンネル」を抜けるところと、ようやく「雪国」に「出てゆく」ところが含まれているが、英訳では、「雪国」に「出てゆく」ところしか描かれていない。原文では、「暗い」「トンネル」に長時間いて、ようやく「白い」「雪国」に出るというコントラストがはっきり出ているが、英訳ではこの対照性が失われてしまう。さきほどは、小説の視点のちがいによって、「新鮮さ」と「驚き」が失われると述べたが、ここでは、（暗示された）イメージの対照性がないことにより、「新鮮さ」と「驚き」が失われているのである。

次に、冒頭の第二文を見てみよう。

《夜の底が白くなった。》

"The earth lay white under the night sky."

実にうまく訳したものである。まずは、サイデンステッカーの訳に脱帽したい。しかし、ここでも原文の忠実な訳ではない。「白くなった」は、「なる」＝'become'、「生成」＝'becoming'である。一方、英訳の'lay'は、「ある」＝「状態」、「存在」＝'being'である。原文においては、「人物」＝「島村」の意識にとって、「トンネル」の「黒一色」から、「雪国」の「白一色」に「なった」という感じがでている。それに対し、英訳では、「島村」の意識と関係なく、「雪国」の「大地」が一面「白一色」におおわれて「いる」という状態が描かれている。全能の視点からとらえられた客観的描写になっているのである。また、「夜の底」という表現に注目してほしい。この表現は、シュールレアリスティックで幻想的である。そして「夜の底が白くなった」という一文は、そこに「大地」があって「空」があるという具体的な描写ではなく、イメージの対照性（効果）をねらった夢幻的な詩のように思われる。よって、英訳の具体的な描写では、イメージの幻想性、非現実性がかなり失われてしまうのである。

さて、冒頭の二つの文にのみこだわって分析してきたが、どんな名訳といえども、原文を忠実にうつしかえることは不可能であるということが、じゅうぶんお分かりいただけたと思う。そのようなことを考慮したうえで、サイデンステッカー訳『雪国』の冒頭部分から、いくつか選んで読んでみたい。

さきほど引用した箇所に続く文を、まずは読んでみよう。

A girl who had been sitting on the other side of the car came over and opened the window in front of Shimamura. The snowy cold poured in. Leaning far out the window, the girl called to the station master as though he were a great distance away.

The station master walked slowly over the snow, a lantern in his hand. His face was buried to the nose in a muffler, and the flaps of his cap were turned down over his ears.

It's that cold, is it, thought Shimamura. Low, barracklike buildings that might have been railway dormitories were scattered here and there up the frozen slope of the mountain. The white of the snow fell away into the darkness some distance before it reached them.

《向側の座席から娘が立って来て、島村の前のガラス窓を落した。雪の冷気が流れこんだ。娘は窓いっぱいに乗り出して、遠くへ叫ぶように、

「駅長さあん、駅長さあん。」

明りをさげてゆっくり雪を踏んで来た男は、襟巻《えりまき》で鼻の上まで包み、耳に帽子の毛皮を垂れて

いた。

もうそんな寒さかと島村は外を眺《なが》めると、鉄道の官舎らしいバラックが山裾《やますそ》に寒々と散らばっているだけで、雪の色はそこまで行かぬうちに闇《やみ》に呑《の》まれていた。》

原文とのいちばん大きな違いは、「娘」の「駅長」に対する呼びかけが、地の文になっているということである。原文では、「駅長さあん」という娘の声が聞こえてくるように思われるのに対し、英訳では、そのような印象は生じないのである。

次に引用するのは、島村が「娘」（と連れの「男」）に対してあれこれ想像をめぐらしている箇所である。

"The girl"——something in her manner suggested the unmarried girl. Shimamura of course had no way of being sure what her relationship was to the man with her. They acted rather like a married couple. The man was clearly ill, however, and illness shortens the distance between a man and a woman. The more earnest the ministrations, the more the two come to seem like husband and wife.

《しかし、ここで「娘」と言うのは、島村にそう見えたからであって、連れの男が彼女のなんであるか、無論島村の知るはずはなかった。二人のしぐさは夫婦じみていたけれども、男は明らかに病人だった。病人相手ではつい男女の隔てがゆるみ、まめまめしく世話すればするほど、夫

婦じみて見えるものだ。》

この箇所からは、『雪国』が、「島村」を「探偵」とする「探偵小説」のようにも思われてくる。事実、この小説は「謎」が多く、たとえば、「娘」と「男」の関係もその一つである。

島村は汽車のガラス窓を見つめる。すると、ガラス窓（＝「鏡」）には「娘」（名は「葉子」）であることが駅長とのやりとりからわかっている）の姿が映っている。そして、外の風景もそこに重ね合わされている。この箇所は、『雪国』のなかでも最高の文章の一つである。それが、どのように英訳されているか、少々引用が長くなるが、読んでみよう。

In the depths of the mirror the evening landscape moved by, the mirror and the reflected figures like motion pictures superimposed one on the other. The figures and the background were unrelated, and yet the figures, transparent and intangible, and the background, dim in the gathering darkness, melted together into a sort of symbolic world not of this world. Particularly when a light out in the mountains shone in the center of the girl's face, Shimamura felt his chest rise at the inexpressible beauty of it.

The mountain sky still carried traces of evening red. Individual shapes were clear far into the distance, but the monotonous mountain landscape, undistinguished for mile after mile, seemed all the more undistinguished for having lost its last traces of color. There was nothing in it to catch the eye, and it seemed to flow along in a wide, unformed emotion. That was of course because the girl's face was floating over it. Cut off by the face, the evening landscape moved steadily by around its outlines. The face too seemed transparent....

《鏡の底には夕景色が流れていて、つまり写るものと写す鏡とが、映画の二重写しのように動くのだった。登場人物と背景とはなんのかかわりもないのだった。しかも人物は透明のはかなさで、風景は夕闇のおぼろな流れで、その二つが融《と》け合いながらこの世ならぬ象徴の世界を描いていた。殊《こと》に娘の顔のただなかに野山のともし火がともった時には、島村はなんともいえぬ美しさに胸が顫《ふる》えたほどだった。

遥《はる》かの山の空はまだ夕焼の名残《なごり》の色がほのかだったから、窓ガラス越しに見る風景は遠くの方までものの形が消えてはいなかった。しかし色はもう失われてしまっていて、どこまで行っても平凡な野山の姿が尚更《なおさら》平凡に見え、なにものも際立《きわだ》って注意を惹《ひ》きようがないゆえに、反ってなにかぼうっと大きい感情の流れであった。無論それは娘の顔をそのなかに浮かべていたからである。窓の鏡に写る娘の輪郭のまわりを絶えず夕暮色が動いているので、娘の顔も透明のように感じられた。》

この夢幻的な文章（川端の作品の表題を用いるなら、「水晶幻想」）は、プルーストの一節を想起させる。流れるような、象徴主義的な詩的文章である。「この世ならぬ象徴の世界」とは、川端文学の世界を一言でいい表わしていると思われる。

最後に引用する文章は、まさしく、「この世ならぬ象徴の世界」を表わしている。

It was then that a light shone in the face. The reflection in the mirror was not strong enough to blot out the light outside, nor was the light strong enough to dim the reflection. The light moved across the face, though not to light it up. It was a distant, cold light. As it sent its small ray through the pupil of the girl's eye, as the eye and the light were superimposed one on the other, the eye became a weirdly beautiful bit of phosphorescence on the sea of evening mountains.

《そういう時、彼女の顔のなかにともし火がともったのだった。この鏡の映像は窓の外のともし火を消す強さはなかった。ともし火も映像を消しはしなかった。そうしてともし火は彼女の顔のなかを流れて通るのだった。しかし彼女の顔を光り輝かせるようなことはしなかった。冷たく遠い光であった。小さい瞳《ひとみ》のまわりをぽうっと明るくしながら、つまり娘の眼と火とが重なった瞬間、彼女の眼は夕闇の波間に浮ぶ、妖《あや》しく美しい夜光虫であった。》

「葉子」の「眼」だけが、現実をはなれたイマージュとしてあらわれるところは、非常に象徴主義的である。また、単に美しいだけでなく、世紀末的な美学を示している。川端康成は、「美」を探求した作家として知られているが、それは、「透明ではかない」美である場合もあり、この引用文のように「ぞっとするような美」である場合もある。日本の古典文学伝来の「透明ではかない」美に、ヨーロッパ世紀末文学の「ぞっとするような美」を掛け合わせたところに、川端文学は成立しているといえるであろう。

＊本論考で使用した『雪国』の英訳のテクストは以下の通り。
Yasunari Kawabata. *Snow Country* (Translated by Edward G. Seidensticker, Tuttle Publishing, 1957.)

第三章　ジョン・ラファージの古寺巡礼
――京都・奈良を中心に

はじめに

也阿弥ホテル。現在、その名はあまり知られていないが、明治時代の初めから終わりにかけて、このホテルは、今の円山公園の東側、山の中腹あたりに、ひときわその威容を誇っていた。円山公園の名高い「しだれ桜」のある場所から、東の方を遠望すると、現在は公園の小高い丘に鬱蒼と茂る森が見えるが、明治期の古い写真を重ね合わせるようにして比較対照してみると、そこには、左側のほう（北側寄り）に、たしかに也阿弥ホテルがはっきりと写っている（景観はあまりにも変容しているので、比較は困難であるが、山の稜線が変化していないので位置関係は特定できる【写真1、後掲】）。

知恩院の南、東山のふもとにある安養寺には六つの塔頭《たっちゅう》があったが、それぞれの敷地が旅館や料亭になり、そのうちの一つが「也阿弥楼」であった。「也阿弥楼」は、明治期、京都初の洋風ホテル「也阿弥ホテル」として開業し、当時、とくに外国人旅行客が好んで宿泊先とした。ホテルと言っても、現在我々がイメージするホテルとはちがい、木造二階建ての大きな旅館である。高台に建つ「也阿弥ホテル」からは、京都全体が一望でき、絶景スポットとして評判が高かった。高台の正確な地形学的特徴、位置は、想像するに、唯一残存している料亭「左阿弥」のすぐ上（そのことは「左阿弥」の案内係の方に実際確認してわかった）、知恩院の境内の南（そこには鐘楼がある）に接した、公園や林になっているあたりだということがわかる。[1]

也阿弥ホテルは、明治の末期（一九〇六年）に焼失した後、再建されず、その跡は何も残っていない。ホテルが建っていたと想像される平らな公園から、京都全体を見晴らしても、今は木々にさえぎられて全体が見えない。おそらく、ホテルの焼失後、円山公園が整備されてゆく中で景観が変わったのであろうし、また、ホテルのベランダから見た場合にはもっと全体が見渡せたのかもしれない。しかし、ここが絶景スポットであったことは、当時の写真や絵から推察される。

明治十九年（一八八六年）、二人のアメリカ人が、この也阿弥ホテルに滞在した。二人の名は、歴史家であり文学者のヘンリー・アダムズと画家であり美術史家のジョン・ラファージ。二人は、也阿弥ホテルを拠点とし、京都や奈良をめぐる旅をした。アダムズの目的は、主として骨董品の収集であり、ラファージの目的は、骨董品の収集にくわえて美の探究である。[2] 京都・奈良の旅に関して、アダムズは、ほんの少ししか言及していない。しかし、ラファージは、『一芸術家の日本からの手紙』(*An Artist's Letters from Japan* ［以下『日本からの手紙』と略記］)という（手紙の体裁をとった）旅行記のなかで、かなりのページを割いて記録を残している。[3]

アダムズとラファージの日本旅行については、これまでかなり研究がなされている。それは、アダムズの旅を扱ったもの[4]、アダムズとラファージの旅を比較対照したもの[5]、ラファージの旅を論じたもの[6]に分類できる。そして、そのどれもが、二人が一番長く滞在した日光の旅に主として焦点を当てている。しかしながら、京都・奈良の旅については、ほんの少しの言及にとどめるだけで、詳細にわたって論じたものはほとんどない。確かに、京都・奈良の旅行では、二人の滞在日数は十日ほど（日光は一か月半）であり、また京都での、骨董収集、社交儀礼に追われる多忙のなか、十分な旅行をすることができなかったところもあり、旅の記録は日光に比べて詳細を極めたものとは言えない。しかし、とくにラファージに関しては、京都・奈良の旅は、思想的にも芸術的にもきわめて重要なものであり、旅の記録は、芸術的完成度と思想的な深まりという点から見て、日光のそれに劣らないものである。

そこで本論考では、これまでのラファージの日本旅行の研究史の空白部分を補完するために、ラファージの京都・奈良の旅行を、彼の旅行記をもとにしてたどり、その内実を明らかにしてみたいと思う。その際、なるべく実地調査にもとづいて、旅行記ではあいまいにしか語られていない部分を、「考古学的復元作業」のようにつまびらかにしてゆくという地道な方法論をとりたいと思う。そうした方法論に、これまで京都と奈良の社寺にかんして書かれたいくつかの資料を援用しつつ、復元作業を出来る限り精度の高いものにしてゆくつもりである。

一　京都到着

一八八六年九月八日、ラファージはアダムズと京都に到着する（『日本からの手紙』の中では九月一六日京都着と記されているが、それはラファージの誤りである。アダムズの書簡の日付はきわめて正確であるが、そこでは、京都到着は九月八日となっている。また、松本典久も、九月一六日到着はラファージの記憶違いであり、正確には九月八日であると結論づけている[7]）。『日本からの手紙』のなかで、ラファージは、也阿弥ホテルからの眺めを以下のように記している。

私たちは小道をいくつか曲がり、ホテルの門へとのぼっていった。ホテルは丘の端にあり、そこから京都を見晴らすことができた。上階にあがると、部屋からすぐ下の木々を見下ろせた。ホテルは寺院の境内と接していた。（二三〇頁）

一読すると、あまり具体的ではない描写であるが、前述した也阿弥ホテルの具体的な事実と照らし合わせて読めば、この箇所はより明確でリアルなものとなる。京都の東側の端の方の山の中腹に上って行き、也阿弥ホテルの門にたどり着き、二階のベランダから京都全体を眺めているという箇所である。また、すぐ隣には知恩院があり、境内の南側の一角にある「鐘楼」のすぐそばに、ホテルが位置しているということになる。

　ラファージは、このホテルを起点として、様々な社寺を（それも社交と骨董の収集の合間に急ぎ足で）見て回るのだ。箇条書き風に社寺をスケッチした記述のなかに、「頬を長い指にあてた観音」（二三四頁）とあるのは、あきらかに広隆寺の弥勒菩薩像のことであり、「兆殿司の描いた、気高い、彩色豊かなつづれ織りの人物像」（二三四頁）というのは、おそらくは東福寺にある（あるいはもと東福寺所蔵であったが大徳寺に移された）、兆殿司、すなわち東福寺の禅僧として名高い明兆の羅漢図のことであろう。また、『日本からの手紙』には書かれていないが、フェノロサの証言によれば、ラファージは一休が再興した寺として有名な大徳寺を訪ねている。そこでラファージは、牧《もっ》谿《けい》の三対の水墨画「観音・猿鶴図」を見て、ラファエロに匹敵する傑作だと、感動のため言葉を失うほどであったという。[8] 中央に慈愛に満ちた観音像を配し、左に鶴、右に猿の母子を配したこの水墨画は、美術史上屈指の傑作として知られている。薄墨でぼかした背景に、細い描線で像を浮かび上がらせた柔和であたたかな画風は、「永遠の女性」のイメージを観音のうちに求めたラファージの共感を呼んだのであろう。[9] また、左下の鶴から、中央の観音、右上の猿へと斜めに連続している構図が、三幅一体の美的な統一を形成している。

　しかしながら、ラファージがより詳しい記述を残しているのは、前述の京都からの眺望の記述につづく、以下の社寺に関してである。それは、ラファージの記述の順番どおりに挙げると、高台寺、平等院、金戒光明寺《こんかいこうみょうじ》、法隆寺、青蓮院《しょうれんいん》、清水寺の六社寺である。本論考では、この六社寺についてのラファージの記述について、その具体的な内容を明らかにしてゆきたい。もちろん、記述は曖味で断片的なところがあり、ときにラファージの誤りと推察されるところもあり、すべてを解明することは不可能であるが、実地調査をもとに分かった範囲で、ラファージの旅の軌跡を明らかにしてゆきたい。

二　高台寺

ラファージの社寺に関する詳しい記述は、次のような文ではじまる。

この寺の天井部分について記しておこう。そこには、太閤が戦《いくさ》にもちいた平底帆船の漆塗り格天井《ごうてんじょう》や彼の妻の御所車が嵌め込まれている。（二三四頁）

最初、この箇所を読んだ際は謎めいた感じをあたえる。なぜなら、ラファージは寺の名前を一切記していないからである。しかし、引用の各部分を一つ一つ検討して行くと、この引用文の意味していることが次第に分かってくる。

〝太閤〟とは、言うまでもなく「太閤秀吉」のことである。そして「彼の妻」とは、「ねね」のことである。京都には、豊国神社、方広寺など、秀吉あるいは豊臣家ゆかりの社寺が多いが、ねねゆかりの寺ということになると、まず第一に高台寺が思い浮かぶ。それでは、高台寺のなかで、天井部分に、秀吉の船の格天井や、ねねの乗った御所車（正確に言うと御所車の天井）が移築されている建物は何であろうか。それは一つに絞られる。すなわち、「開山堂」である。開山堂の由来は以下の通りである。

中興開山の三江紹益《さんこうじょうえき》は慶安三年（一六五〇）年に示寂《じじゃく》し、現在の開山堂のある場所を墓所（塔所）とした。[10]

高台寺の中心をなす、開山堂の入口付近の天井部分には、「秀吉が瀬戸内海航行の際に用いていたとされる御座船の天井が用いられている」[11]。見上げると、漆塗りの金色の格天井《ごうてんじょう》は、開山堂の外陣の大部分を占めるかなり大きなものである。一方、堂の中央天井部分には、ねねの御所車の天井が埋め込まれている。これは、「金地極彩色の四季草花図」[12]である。これらの天井画は、現在ではやや色あせて見える。しかし、現在まで焼失をまぬがれて、十七世紀初めの創建当時のまま保存されているということだから驚くべきである。ラファージは、この天井部分に関する情報を、当時外国人の必携の旅行案内書であった、英国マレー社のアーネスト・サトウ、アルバート・ホーズ共編著『中央部・北部日本旅行案内』（一八八四）から得たものと思われる。それは、この書からの以下の引用に明らかである。

> 南に面している「開祖堂」には開山の像が安置してある。その天井は秀吉の正室が愛用した御所

車の上部の遺材と秀吉が朝鮮征伐の際に使用するために用意された軍用船の部材を用いて作られている。(13)

ラファージが記述している寺が高台寺であることは、開山堂の天井部分の記述の数行後に記される次の引用にも明らかである。

そして私たちは、茶の湯の儀式をとり行うための、質素な小さいあずま屋のような建物に上っていった。（一三四頁）

この引用文中の「質素な小さいあずま屋のような建物」とは、開山堂の東、秀吉とねねを祀る霊屋の近くの高台に建つ茶室―「傘亭」と「時雨亭」―のうち、二階建ての簡素な「時雨亭」のことである。この茅葺の開放的な小さな茶室は、利休のわび茶の精神を体現するものであり、伏見城（桃山城）から移築されたものと伝えられる。開山堂、霊屋とともに、これら茶室は創建当時のままの姿を今にとどめている。

ラファージが（おそらくアダムズとともに）、一八八六年の九月、高台寺を訪ねていることは、以上のことからあまりにも明白である。彼は、也阿弥ホテルから、徒歩で坂を下り、しだれ桜のあるあたりで南に折れ、現在の円山音楽堂を経て、高台寺を訪ねたのであろう。当時の高台寺は、現在の高台寺とはだいぶ様相を異にしていた。創建当時の建物は、江戸時代の寛政年間に、方丈、小方丈などが焼失した後、再建されたが、ふたたび幕末の動乱期に方丈、小方丈は焼き討ちにされた(14)。そして一八八五年には、焼け残っていた仏殿も焼失してしまった。現在の方丈は、大正元年（一九一二年）に再建されたものであり、それと廊下でつながる書院は、もと小方丈があったところに同じく大正元年に建てられたものである。それゆえ、ラファージが高台寺を訪ねたとき、開山堂、霊屋、茶室をのぞいては、ほとんどの建物が焼失していたことになり、現在の高台寺とはだいぶ趣が異なっていたことと思われる。しかしながら、高台寺の小堀遠州作とされる「鶴亀の庭」の鮮やかな緑と絶妙な石の配置、建物をつなぐ廊下の独特な構造（たとえば龍を模した臥龍廊）、開山堂の天井画の豪華絢爛、時雨亭の二階からの（現在は二階部分に上がることは出来ない）京都の絶景が、ラファージの画家としての審美眼をおおいに楽しませたことは間違いないであろう。

三　平等院

ラファージは、人力車で奈良に向かう途中、宇治の平等院を見物する。アダムズの手紙によると、奈良に向かったのは九月一七日となっており、平等院に立ち寄ったのは同じ九月一七日ということになる。ラファージは、平等院の鳳凰堂にかんして以下のように記している。

……私たちは、より古い都である奈良に行く途中、平等院と、建造されてから八百年以上経っている木造の「鳳凰堂」―その彫像、半ば色あせた「来迎図」、螺鈿を埋め込んだ埃っぽい高天井、そして甘美な音色の鐘―を見るため、宇治に立ち寄った。（二三五頁）

ここに記されている「彫像」とは、言うまでもなく、平等院鳳凰堂の中心にある「阿弥陀如来像」をはじめ、壁面を飾る多数の「雲中供養菩薩像」のことである。また、壁一面に描かれている、かつては極彩色であったが今は色あせてしまった「九品来迎図」のことも言及されている。そして、阿弥陀如来像の上には、檜の透かし彫りに金箔をかぶせた円形の天蓋、細かい格子から成る天井があるが、「螺鈿を埋め込んだ」というのは、この天井部分である。すでに明治期には、天井部分は色あせていたことであろうから、現在と同じく、実際には、この螺鈿ははっきりと目にすることができないものであったはずである（現在、平等院付属の宝物館「鳳翔館」にある復元模造では、螺鈿模様をはっきりと見ることができる）。また、この引用文では、鳳凰堂から坂を上って高台に出たところに建てられている、鐘楼のことも言及されている。これは、「天下の三名鐘」[15]として名高い梵鐘である。現在かかっている鐘は模造品であり、本物は鳳翔館のなかに展示されている。

『京都百年パノラマ館』という古写真を集めた本によると、明治期の平等院は、修復後の現在ほどの色鮮やかさはなく、かなり色あせた部分が目立つ。鳳凰堂の前に広がる阿字池は、藻や草に覆われている。また、鳳凰堂の前面には、松の木が生えており、全体像をさえぎっている[16]。ラファージの見た平等院鳳凰堂の外観も、これに近いものであったと想像される。

続いてラファージは、平等院にかんする歴史的事実を記している。それは、源頼政についての史実、伝説である。源頼政は、以仁王に呼応して平家打倒のために挙兵した。宇治川の戦いで、平家の大軍に対して孤軍奮闘したが、衆寡敵せず、平等院において最期を遂げた。

私たちは頼政の伝説の弓を見た。……ここで彼は、主君に逃げる暇《いとま》をあたえるべく、勝ち目のない戦で平家の軍勢を迎え討ち、宇治橋を守らんとした。そして、最後まで残った配下の者が敵の猛攻を食い止めている間、ここ平等院にて自刃した。（二三五頁）

叙事詩を思わせる、躍動感に富んだ格調高い文章である。『仏像探訪』という雑誌によれば、「現在、平等院には頼政ゆかりの品々が数多く残されている。『片袖阿弥陀如来』は頼政の念持仏と伝えられる仏像（江戸期に復刻）で、そのほか自刃の図、弓や鎧、兜などがエピソードとともに伝わっている。」[17] 引用文中の「弓」とは、この平等院所蔵の弓である。頼政といえば、当代有数の弓の名手であり、天皇の命を受け、怪物である鵺《ぬえ》を弓で退治したという伝説は有名である。ラファージがあえて頼政の弓について記したのは、そうした伝説を踏まえてのことである。

平等院のすぐ背後、不動堂の敷地内には、頼政の墓もある。ラファージはそれについて記していないが、かくも頼政に関心を持っていた彼が、この墓に詣でて頼政のことをしのんでいた可能性は十分にあるだろう。

四　金戒光明寺

現在の観光客にとって、「黒谷《くろだに》」という名称はなじみが薄いかもしれない。知っているとすれば、洛東の平安神宮にほど近い、山際の一地域を意味するであろう。しかしながら、明治時代の観光客にとって（とりわけ当時の外国人旅行客にとっては）、「黒谷」と言えば、あまりにも有名な観光地を指し示す名称であった。また、彼らにとって「黒谷」とは、漠然とある地域を示す名前ではなく、「金戒光明寺」のことを意味していた。ちなみに、明治二十年に出版された『京都名所案内』をひも解いてみると、そこには、金戒光明寺の見出しとして「黒谷」と記されている。(18)『幕末・明治京都名所案内―旅のみやげは社寺境内図』に紹介されている「黒谷」、すなわち金戒光明寺の説明は、以下のようなものである。

法然上人が比叡山黒谷よりこの地に移り念仏道場としたのが当時のおこりで、法然ゆかりの地として知られる。さらに、の谷の合戦で平敦盛を討って世の無常を感じた熊谷直実が上人の弟子となり当寺で出家したと伝え、「熊谷堂は直実自作の像や敦盛の画像があり、………鎧が池に鎧がけ松などみな熊谷直実から出ている」と記すように、直実の寺との印象が強い（文久三・一八六三年「都紀行」）。この時すでに当寺は京都守護職松平容保の宿舎が置かれていたはずだが、南禅寺と違い境内は自由に拝観できたことがうかがえる。⑲

この引用が示すとおり、金戒光明寺は、敦盛と直実にゆかりの深い寺である。『平家物語』に描かれているように、直実が敦盛を討ち取ろうとすると、まだ少年のような面立ちであったこと、敦盛の中に死んだわが子を重ね合わせつつ、涙ながらに敵を討ち取る結末、これは言いようのない悲壮感をかきたてる忘れ難い場面である。山門を入って直進したところにある本堂の右わきには、熊谷直実の「鎧掛けの松」がある。熊谷直実は敦盛を討ち取った後、武器を捨て、鎧兜を脱ぎすて、仏門に帰依するのである。ラファージも、この物語に感動して、その宗教性、倫理性、人情深さに最大限の賛辞を惜しまない。

近くの山裾に位置した「黒谷」の境内には、直実と、戦において彼が殺した若き敦盛の墓がある。私たちは、勝者が悲しみをいだきながら描いた敗者の肖像画を見せてもらった。そしてここには、直実が彼の鎧をかけたという松の木が今もなお立っている。良心の呵責にさいなまれた彼は、この松の木のもとで二度と鎧を着まいという誓いをたて、この地で仏門に入り、心ならずも殺してしまった若者の魂を供養しようとしたのである。内戦の流血に咲いた奇妙で不思議な人情の花、それは、同時代のイタリアの聖フランチェスコにまつわる物語を想い起させる。（二三五―二三六頁）

「内戦の流血に咲く人情の花」とは言い得て妙である。アッシジの聖フランチェスコと関連させるくだりは、ラファージが敦盛と直実の物語を奇蹟譚としてとらえ、畏怖の念に捉えられていることを物語るであろう。

金戒光明寺の境内には、ラファージの言うとおり、敦盛と直実の墓（正確に言うと供養塔）が建てられている。山門から境内に入って右の方に少し歩くと、熊谷堂があり、さらに蓮池にかかる極楽橋を渡る。その先、斜め右にある階段を少々のぼると、法然上人の御廟が建っている。御廟のすぐ目の前に、敦盛の墓と直実の墓が向き合うようにして建てられている（御廟から見て、右側が敦盛、左側が直実である）。楠の大木の立つ涼しげなところに、小さな敦盛の墓と、やや大きめの直実の墓が向き合っているのである。

内戦の流血の悲劇の中で敵と味方であった両者は、千年の時をこえて、父と子のように見守り、心を通じ合わせているかのようである【写真2、後掲】。

五　法隆寺

ラファージは奈良旅行について、唯一、法隆寺に関して詳しい記録を残している。それも、画家としての視点から、以下の二つの側面に焦点を当てている。一つは、法隆寺東院の金堂の西壁面を飾る「弥陀浄土図」を中心とする壁画であり、もう一つは、本来西院の夢殿のすぐ北に位置する舎利殿のほうに飾られていたが、現在は大宝蔵院の東法蔵に収められている「蓮池図《れんちず》」である。「弥陀浄土図」は、金堂の薄暗い空間の中で、ひときわ鮮やかに際立つ、白土下地に豊かな色合いの顔料で彩色したものである。いわゆる「六号壁画」として一般に知られている。一九四九年に火災によって損傷を受けたため、今現在壁面を飾っているのは、復元されたものである。それゆえ、ラファージがこの壁画を見たときには、もう少し色合いはくすんでいたものと思われる。中央に阿弥陀如来、右に観音菩薩、左に勢至菩薩を配した、極めて美的に統一されたこの壁画は、和辻哲郎に「なんにも補う必要はない。ただながめて酔うのみである[20]」と言わしめたほどの、完璧な作品である。ラファージも、この壁画をはじめとする金堂の壁画群を、つぎのように評している。

それら壁画の落ち着いた優雅さ、洗練された線、宗教的な平和の息吹は、繊細でスケールが小さく無味乾燥な今日にあっては、誇張された因習的手法にみえるが、日本には、こうした荘厳で輝かしい過去があったことを示していた。（二四一頁）

ラファージも、とりわけステンドグラスの制作において、こうした壁画にみられる「落ち着いた優雅さ、洗練された線、宗教的な平和」を表す芸術を理想としていた。それゆえ、彼は、法隆寺の壁画を見て大いに共感し、己の信念を新たにしていたものと思われる。

ラファージは、さらに、自らの美の理想を、「蓮池図」の中に見出している。

しかしながら私は、自分自身にとって直接的な意味を持つような古い作品を見いだすこととなった。それは、日本の伝説的な画家（千年前のチマブーエであり、さらに古い時代の中国の美術の後継者であり研究者）巨勢金岡《こせのかなおか》の絵である。（二四二頁）

これに続く文章において、ラファージは、彼が睡蓮の絵に色調と透明性を与えようとする際用いてきた手法が、時空を超えて、いにしえの日本の「蓮池図」のうちに見いだされる（用いられている）ことに喜びを覚えている（二四二頁）。

ここで、ラファージが、この「蓮池図」を巨勢金岡の作としているのは誤りである。なぜなら、これは十三世紀に制作されたものであり、巨勢金岡は九世紀の画家であるからだ。巨勢派ならば、筋道が通っているであろう。あるいは、より正確には、岡倉天心が古寺調査の日誌で記したように[21]、「金岡風」の絵画とするのが妥当であろう。しかし、ラファージが間違っているかどうかということは、第一義的な問題ではない。肝要なのは、彼が、「蓮池図」のうちに、自分がこれまでたびたび制作してきた睡蓮図のルーツを探り当て、自分が目指してきた美の理想の範型を、「蓮池図」のうちに発見したということであるからだ。ここでは、ラファージは日本の外側にいる他者としての自分という事実を忘れ、日本の伝統に連なる自分を、とりわけ芸術的自己を見出しているのである。彼は、単なる趣味として日本美術を研究しているのではなく、自分の芸術的試みを再確認し、己の方向性を見定める拠り所として日本美術をとらえているのである。

法隆寺の「蓮池図」については、現在非公開であり、通常我々は目にすることができない。しかしながら、二〇一四年「法隆寺―祈りとかたち」という展覧会が日本でひらかれ、この「蓮池図」も一般公開された。その図録には、「蓮池図」にかんする実に詳細なわかりやすい説明があるので、以下それを引用しておこう。

いわゆる蓮池水禽《れんちすいきん》の画題で、縦寸が一八〇センチ近い大画面に、大ぶりな蓮がいくつかのまとまりをもって表されている。蓮の花弁は外縁部に向かって徐々に白色から朱色へと変化し、花弁の先端は濃い朱色で表される。花弁の脈は細線で波線と直線が交互に表され、花弁の周囲はやはり細線で輪郭がとられる。葉は緑青と白緑で表裏を描き分け、白緑で葉脈を表す。右扇の下部右方、蓮の花の陰に首をひねって上を見る白鷺が一羽描かれ、これに呼応するように、上部左方に羽を広げて飛翔する白鷺が描かれる。(22)

この二曲一双の「蓮池図」は、これら精緻な構図が、屏風の金色の地にあざやかに浮かび上がる優美な作品である。様式的で装飾的な画風を試みていたラファージにとって、この絵は、究極の理想とうつっていたに違いない。

六　青蓮院

ふたたび、ラファージの京都の旅に戻ろう。

円山公園の北に位置する知恩院を経て、さらに数分ほど北へと歩いてゆくと、そこには門跡寺院である青蓮院がある。巨大な楠がそびえたつ門から中に入ると、境内に相阿弥作の庭園をはじめとする名園がひろがる。そして華頂殿、宸殿をはじめとする典雅な空間が連なる。

ラファージは、青蓮院についてかなり詳しく記述している。それも、建物や室内装飾についてはごく概略的に記し、ほとんどの頁を、ここで披露された舞、雅楽の舞についての描写にあてている。


……私たちは、最も大きな部屋のうちの一つに腰をおろした。私たちを隔てていた襖は除かれ、前には即席の舞台が設けられた。そして、仕切りをすべて取りはずした外の縁側からは光が差し込んだ。縁側には、多くの招待されていない非公式の客、知人の知人、寺の周囲の人々の群れが押し寄せ、彼らの頭や腕や胸が所狭しとひしめきあっていた。外では、光は木々を通って緑色や橙色になり、暗い部屋の内部にあるすべてのものの形を浮き彫りにするように照らし出した。（二四四頁）

雅楽の舞、すなわち舞楽が演じられる舞台は、「最も大きな部屋のうちの一つ」であると記されているが、それは具体的にはどこであったのか。私は実際、青蓮院で実地調査をしてみた。青蓮院で最も大きめの部屋がある建物は、以下の三つである。それは、華頂殿、小御所、宸殿である。このうち、小御所は、建物の周りの空間が（樹木や池があることもあり）十分広くはなく、引用文にあるような一般客が見物できるような場所がない。すると、舞の舞台は華頂殿か宸殿ということになる。両者のうちでは、宸殿の方が舞台にはふさわしい。なぜなら、華頂殿は、建物の前の空間が、すぐ池と接しているためにあまり広くなく、引用文のように大勢の一般見物客が詰めかけているという描写とは合わないからである。しかも、華頂殿の広間は、あまり奥行きがなく、内側に貴賓席を設けるとなると、やや舞台の空間のゆとりがなくなるからである。おそらく、舞台が据えられていたのは宸殿である。また、以下の文章はその証左となる。

> 外では、暗い人影が欄干に押し寄せた。彼らの顔は、内側からの光によって赤く照らし出されていた。（二四五頁）

ここで注目すべきことは、「欄干」があるという記述である。これは重要な手がかりである。なぜなら、華頂殿には欄干がないが、宸殿には欄干（擬宝珠《ぎぼし》のついた欄干）があるからである。宸殿は明治二十六年（一八九三年）に火災にあったが、その後、元の形に忠実に復元されているため、ラファージが訪れたときも欄干はあったと考えられる。また、宸殿の正面の構造は、雅楽の舞の舞台に特有の高欄（擬宝珠の付いた木製の欄干）と階《きざはし》に相似していることも、一つの証左として挙げられるであろう。以上の理由で、舞が行われた舞台は、宸殿であると考えるのが妥当である【写真3、後掲】。

ラファージは、宸殿の畳の貴賓席に座り、宸殿の表舞台で演じられる舞楽を見物した。そして、それにかんする記述は、『日本からの手紙』の中でも、最も華美なものであり、印象に残るものである。舞楽の演目は、順に「胡蝶」、「太平楽」、「蘭陵王」の三つである。

以下、それぞれについて、ラファージの記述を紹介してゆきたい。

「胡蝶」は、少年たちが演じる「童舞」であり、鮮やかな緑の上衣に大きな蝶の羽をつけた演じ手が、緩やかに前後左右に移動しながら、羽ばたくような鷹揚な動作をして、蝶のはばたきを表現した華美で優婉な舞楽である。

彼らは蝶の舞を演じ、蝶が縦横に飛び交う様をあざやかに演じていた。………地面で足を踏みならし、歩み出すことなく、身体を揺り動かした。彼らは蝶の翅を身につけ、広い袖は翅と溶け合い、銀冠には花の咲いた植物の枝がさしてあり、かすかな触角をあらわしていた。（二四四頁）

蝶を演じる者たちの舞を、細部にわたり正確にとらえた見事な描写である。

続いて披露された舞楽は、「太平楽」である。「太平楽」は、平舞とはちがい、剣を持って舞う「武舞」である。解説書の説明を以下に引用しよう。

四人で舞う武舞。漢の高祖と項羽が会見したとき、項羽の家来が、舞のふりをして剣を抜き、すきをみて高祖に切りかかろうとしたが、気づいた項羽の叔父がこちらも舞うふりをして剣を抜いて守った、という故事に基づいて作られた舞。鎧甲をつけた別様装束で、剣を持って舞う。[23]

演者の装束には、共通の装束と、一曲一装束があるが、「一曲一装束は別様装束といわれ、『太平楽』、『青海波』………・などがある[24]」。

ラファージは、この「太平楽」の舞について、つぎのように記している。

もう一つの舞では、二人の人物が、聞き耳をたて、道を探りつつ、部屋をすべるように歩き回った。それから、古代中国の衣装を身につけ、大きな甲をかぶり、矛槍を持ち、鎖帷子をまとった長裾の戦士たちが、一人で、そして二人で現れ、前進したり後退したりした。最後に彼らは、足元に置いた槍のそばに立ち、剣を抜き、差し上げた………。（二四五頁）

ラファージは、演者の動きを正確にとらえるだけでなく、息詰まるような緊迫した雰囲気を伝えている。また、四人の演者が、寄せては返す波のように、何度も方向転換する「太平楽」の特徴的な動きを克明に描き出している。

最後の演目である蘭陵王（陵王）は、だいぶ趣がちがう舞楽であり、一人で舞う「走舞」である。恐ろしい形相の舞楽面をつけ、太鼓のリズムに合わせて身体を力強く動かす舞楽である。蘭陵王に関しては、『雅楽入門事典』の詳しい説明を参照しよう。

中国南北朝時代、北斉（五五〇〜五七七）の武将、蘭陵王長恭という実在の人物の故事を題材に作られた舞楽で、舞楽のなかで、今日もっともよく上演される曲の一つです。

若き王子、蘭陵王は優れた武才とともにたいへんな美男子として知られ、部下がみとれるほどの美貌であったため、味方の士気を高めるよう、厳めしい仮面をつけて戦に臨んだところ、次々と勝利をものにしていったと伝えられています。(25)

そして、右手に桴《ばち》をもって舞うこの演目は、「武将が馬上で指揮をとるさまを表しているもの」(26)と説明されている。

ラファージは、「蘭陵王」の舞について以下のように記述している。それは、先ほど引用した、夕闇のなか一般客が押し寄せる舞台正面の描写につづく箇所であり、闇とは対照的に、目の覚めるような、鮮やかで力強く躍動感に富んだ場面である。

バラ色と真紅に彩られた最後の演者が、左右に揺れ動きつつ、金の笏を振り回しながら、部屋の中に滑るように入り込んできた。………これが蘭陵王の舞であった。（二四六頁）

せまりくる闇の中、光と影の織りなす舞台。それは、詩的で夢幻的であり、『日本からの手紙』

の白眉と言ってよいであろう。

おわりに──清水寺、そして也阿弥ホテル

ラファージは、京都を出発する日（九月二〇日）の前日の夕方、清水寺に参拝する。彼は、土産物屋の立ち並ぶ坂をのぼり、仁王門をとおり、五重塔の横を通り、「清水の舞台」のある本堂にたどり着く。

……私たちは、巨大な杭に支えられ、木々や建物で満たされた深いくぼみに張りだした広いバルコニーに歩み出た。いまや、全体が夕闇につつまれていた。（二五一―二五二頁）

ここは、説明するまでもないだろう。当時の清水寺の景観は、今とほとんど変わらぬものであり、広い舞台がせり出ている構造は誰もが知る通りである。

それから、ラファージは本堂のすぐわきにある階段を下りて、名高い「音羽の滝」を見にゆく。

滴る水の音が、草や木々の涼しさを伴って、下の方からきこえてくる。ほどなく私たちは、小道と階段を下りて行き、大きな壁の巨大な樋嘴《ガーゴイル》から落ちてくる水流の一つから水を飲んだ。（二五

二頁）

九月とはいえ、京都はいまだ蒸し暑く、緑なす草木や滝の音は、ラファージにとって心癒すものであっただろう。何本か流れ出ている細い滝を、長い柄杓ですくい取る光景は、現在でもまったく変わらない。

清水寺に参拝した後、ラファージは、再び也阿弥ホテルにもどって、ベランダから、夕暮れの京都の街を一望する。『日本からの手紙』の、京都・奈良旅行の章は、微妙な色合いがグラデーションをなす珠玉の文章で締めくくられている。

私たちはホテルに戻り、ベランダから、夕暮にひろがる京都の街を最後にながめた。京都は、大きな湖のような菫色の霧のなかに、ほとんど消え入ろうとしていた。霧の立ちこめた空間に、ほんのわずかなものの形が感じとれるぐらいであり、水面の波や、色づいた蒸気のうねりの濃い部分のように見えるだけであった。すべてがあまりにも朦朧としているため、最も近い寺の建物でさえその位置は定かでなく、屋根の下で漂っているという感じである。………

それから、薔薇色は深まり、また、鈍い色と化し、上空の色があせてくる。すべてが、非現実的な空間のうちに漂い、京都は、私の目の前から消えてゆく。（二五二頁）

【注】

（1）京都ホテル編『京都ホテル百年ものがたり』（京都ホテル発行、一九八八年、一四九頁）

（2）ラファージの「来日の目的のひとつは、当時携わっていたニューヨークの昇天教会の壁画に描く背景を、日本の山に求めるためであった。」（志邨匠子「ジョン・ラ・ファージにみるヨーロッパと日本」［『女子美術大紀要』第二八号、一九九八年、二九頁］）

（3）John La Farge, *An Artist's Letters from Japan* (The Century Co. [Scholar's Choice], 1897).

（4）樋口日出男「ヘンリー・アダムズの日本旅行（再編）」（『梅光女学院大学論集』第八巻、一九－三〇頁）はその代表的なものである。

（5）井戸桂子「明治十九年、アメリカからの来訪者―アダムズとラファージの相反する日本理解」（平川祐弘編『異文化を生きた人々』［中央公論社、一九九三年］所収）、James L. Yarnall, "John La Farge and Henry Adams in Japan" (*The American Art Journal*, Vol. XXI, Number1) は、その代表例である。私は、アダムズとラファージが京都で宿泊していたホテルが「也阿弥ホテル」であることを、Yarnall のこの論考によって知った。

（6）上述した志邨氏の論、岡倉登志「岡倉天心とボストン・ブラーミンズ（一）―ジョン・ラファージを中心に」（『東洋研究』第一五〇号、一―二五頁）はその代表的な論考である。

（7）松本典久「日本美術のアメリカ美術への影響Ⅲ―John La Farge の場合（二）」（慶応義塾大学日吉紀要『英語英米文学』第一五号、一九九〇年、三五頁）。松本氏は、ラファージの京都滞在を、九月八日から二〇日までの二週間足らずであると結論づけている。

（8）Cecelia Levin, "In Search of Nirvana" (Jeffery Howe ed., *John La Farge and the Recovery of the Sacred*, University of Chicago Press, 2015, p.41).
（9）Ibid., P.41.
（10）小堀泰巖・飯星景子他著『新版　古寺巡礼　京都三七　高台寺』（淡交社、二〇〇九年）、一八頁。
（11）前掲書、二〇頁。
（12）前掲書、二〇頁。
（13）アーネスト・サトウ、アルバート・ホーズ編著『中央部・北部日本旅行案内』下巻（庄田元男訳、平凡社、一九九六年）、一四六頁。
（14）中村昌生「寛政に焼失した高台寺の建物—主として書院と茶室について」（『史迹と美術』三五（一〇）、一九六六年、三六八頁—三七五頁）、津田三郎『太閤秀吉の秘仏伝説』（洋泉社、一九九八年）に、高台寺の焼失の経緯に関する特に詳しい説明がしるされている。
（15）「世界遺産平等院、平等院ミュージアム鳳翔館」ホームページ（http://www.byodoin.or.jp/ja/hoshokan.html）によれば、「天下の三名鐘」とは、「姿の平等院鐘」、「声の園城寺鐘」、「勢の東大寺鐘」である。
（16）吉田光邦監修、白幡洋三郎編集『京都百年パノラマ館』（淡交社、一九九二年）、八六頁。
（17）『仏像探訪』第三号（エイムック、二〇一一年）、一一一頁。
（18）明治新版『京都名所案内記』（出版人　風月庄左衛門、明治二〇年一月一〇日）。
（19）『幕末・明治　京都名所案内—旅のみやげは社寺境内図』（宇治市歴史資料館編集・発行、二〇〇四年)、三三頁。
(20) 和辻哲郎『古寺巡礼』(岩波文庫、一九七九年第一刷、二〇一三年第六〇刷)、二六八頁。
(21) 岡倉天心『奈良古社寺調査手録(明治十九年)』(『岡倉天心全集』第八巻、一九八一年、所収)、二〇頁。「唐画ニ似タレトモ蓮の線金岡風ナリ」。
(22) 『法隆寺―祈りとかたち』(編集　仙台市博物館・東京藝術大学大学美術館・新潟県立近代美術館・朝日新聞社、二〇一四年)、一七八頁。
(23) 中村雅之『英訳付き　一冊でわかる日本の古典芸能』(淡交社、二〇〇九年)、一一〇頁。
(24) 高橋秀雄著『雅楽』(日本の伝統芸能1、小峰書店、一九九五年)、三四頁。
(25) 『図説　雅楽入門事典』(柏書房、二〇〇六年)、二一一頁。
(26) 前掲書、二一一頁。

【その他の参考文献】

・Adams, Henry. *The Letters of Henry Adams III 1886―1892* (Edited by J.C.Levenson, Ernest Samuels, Charles Vandersee, Viola Hopkins Winner, The Belknap Press of Harvard University Press, 1982).
・The Carnegie Museum of Art, National Museum of American Art. *John La Farge*, 1987. Hodermarsky, Elisabeth. *John La Farge's Second Paradise: Voyages in the South Seas, 1890―1891* (Yale University Art Gallery, 2010).
・The Hudson River Museum of Westchester ed. *John La Farge: Watercolors and Drawings* (The

Hudson River Museum of West Chester, 1990).
・Yarnall, James L. *John La Farge, A Biographical and Critical Study* (Ashgate, 2012).
・川島智生「明治期京都・也阿弥ホテルの成立と建築位相」(京都華頂大学、華頂短期大学編『研究紀要』五六号二〇一一年)、一－二四頁。

【写真１】（撮影者：岡本正明）
現在の円山公園（東側）。明治時代には、左側（写真中に記した箇所）に也阿弥ホテルが建っていた。

【写真２】（撮影者：岡本正明）
左手前のほうに見えるのが熊谷直実の墓（供養塔）であり、奥のほうに見えるのが平敦盛の墓（供養塔）である。

【写真３】（撮影者：岡本正明）

第四章　二十世紀文学と時間
―ニッポン文学編―

一　二十世紀文学の特徴

二十世紀文学を特徴づける要素として、大体三つの要素が挙げられる。第一に、言語の自律性であり、第二に、無意識の領域の探求であり、第三に、方法としての時間に対する自覚である。

第一の「言語の自律性」。すでに、ボードレールは、言語が対象や出来事を指示する記号ではなく、暗示的な象徴であるとし、「象徴詩」という言語の自律的空間を生み出していた。それをマラルメ、ヴァレリーら象徴主義の詩人たちは、明確な方法論として自覚し、さらに理論化・体系化した。そして二十世紀の作家たち―とりわけジョイス、プルースト―は、この象徴主義の手法を、小説を書く際の方法論的支柱とした（それは、エドマンド・ウィルソンが『アクセルの城』ですでに論じていることである）。

第二の「無意識の領域の探求」。二十世紀初頭、フロイトの精神分析学が「無意識」の領域を、とくに「夢表象」を通じて探求していたことは周知の事実であるが、二十世紀の作家たちは、フロイトと歩調を合わせるように、「無意識」の領域（深層心理）を探求した。ジョイス、プルーストは言うまでもなく、ブルトンらシュールレアリスト、カフカはその代表である。

第三の「方法としての時間に対する自覚」。十九世紀の作家にとって、時間は主として、直線的、連続的、均質な時間であり、それは計量的・歴史的な時間として作品の枠組みとなっていた。しかし二十世紀になると、このような時間の自明性に対し、作家たちは反旗をひるがえす。作品の時間は、同時化、非均質化、往復自在化、不連続化する。彼らは、時間を自由自在に操作することにより、複雑で多様な文学的世界を創出しようとする。つまり、時間は単なる枠組み、ものさしであることをやめ、作品を生み出す「方法」として自覚されるに至るのである。その中でも、特に顕著なのが、フォークナーである。彼は、時間を主題化するばかりか、時間の同時性、非均質性、往復自在性を、作品構造そのものを通じて示している。

以上が、二十世紀文学を特徴づける三つの要素である。

本章は、このような三つの要素のうち、第三の要素である「方法としての時間」を中心的テーマとして考察することを目的としている。考察の対象としては、二十世紀に書かれた日本の小説作品、それも、主としてモダニズムの影響以後の、きわめて二十世紀的な特徴をそなえた作家たちに焦点を当てるつもりである。とはいっても、すべての作家を網羅的にとりあげることは紙数の関係上不可能である。それゆえ、二十世紀文学と時間の関係において、特に重要な作品をいくつかとりあげ、それらについて論じてゆくことにする。

二　日本の二十世紀小説と「時間」

「時間」という観点から見た時、日本における二十世紀文学は、漱石の『坑夫』（一九〇八）に始まる。中村真一郎をはじめ幾人かの評者は、『坑夫』を「意識の流れ」小説として捉えているが、[1]筆者も全く同感である。日本で初めて「意識の流れ」の手法を用いたという点で、『坑夫』は日本における最初の「二十世紀小説」であると言える。

『坑夫』において、小説の時間は、主人公＝語り手の内的時間のおもむくまま、過去と現在を自由に往復し、過去と現在は同時共存している。ここでは、計量的、歴史的、直線的な時間は支配力を失い、ベルクソン的な内的時間の「持続」が示されている。

しかしながら、こうした内的時間の動きに沿った「意識の流れ」は、いまだ言語の自律性の自覚にもとづく言語実験を通じて表出されてはいない。日本において、そのような自覚にもとづく二十世紀小説が登場するのは、「新感覚派」においてである。なかでも、横光利一の『機械』（一九三〇）は、そのさきがけとなる作品と言えよう。

この作品では、小説の時間性は、主人公＝語り手である「私」の外部には存在しない。「私」の内的時間＝「意識の流れ」そのものが、この小説の時間性である。「私」が「現在」において意識している心理的現実が―それも、時々刻々生成変化してゆく心理的現実が―映画のフィルムのように「持続」してゆく。しかも、こうした「意識の流れ」が、単に、説明的に、分析的に語られてゆくのではなく、言語の視覚性（配列、組み合わせ等）によって表象されている。たとえば、「私」の持続する「意識の流れ」は、延々とつづく持続的スタイルによって、また、長々とつづくパラグラフによって表わされている。言語の動きそのものが、「私」の「意識の流れ」の「客観的相関物」になっていると言える。ここでは、言語の自律性に対する明確な認識にもとづいた斬新な言語実験によって、小説の時間性が創出されているのだ。その意味で、『機械』において、真に二十世紀的な文学が日本に誕生したと言えるのである。

川端康成の『水晶幻想』（一九三一）において、「意識の流れ」の手法はさらに明確になっている。この作品において作者は、ジョイスの『ユリシーズ』の「意識の流れ」の手法を強く意識し、それを方法論的基盤としている。愛の孤独に生きる或る婦人の、瞬間ごとに生起して行く「意識の流れ」（正確に言うと、「意識の断片のつらなり」）が、「自由連想」によってつぎつぎに展開されてゆく。そして、こうした「意識の流れ」は、作中、カッコ内に記された「詩的言語」のつらなりによって表出されている。その意味では、横光の『機械』同様、言語の自律性に対する自覚の上に立つ作品であると言える。

新感覚派につづくのが、伊藤整と堀辰雄である。伊藤整は、自らジョイスの『ユリシーズ』の翻訳を手がけたことで知られるが、彼の初期の作品には、『ユリシーズ』の影響が色濃く感じられる。とりわけ、『幽鬼の街』（一九三七）では、主人公が小樽の街をめぐる際、過去の亡霊たちが次々に語りかけてきて、過去と現在が重ね合わされ共存しているが、これは明らかに『ユリシーズ』の手法を下敷きとしている。伊藤整は、「ダブリン」を「小樽」に移し変え、日本の『ユリシーズ』（といっても、『ユリシーズ』の一挿話といった方が正確であるが）を書こうとしたのである。

一方、堀辰雄は、プルーストの方法を用いて新しい文学的世界を創出しようと苦闘した（このことは、多くの研究者がすでに論じていることなので、詳しくは述べない）[2]。『美しい村』（一九三三）では、語り手＝書き手である「私」が、「記憶」によって、「失われた時」を呼び起こし、現在と過去を重ね合わせつつ、そこに時の喪失感を覚えると共に、「失われた時の回復」＝「見出されし時」の喜びも同時に感じとっている。しかも、「私」のさまざまな「印象」を通じて、現在と過去を自由に往き来している点で、プルースト的構造を有していると言えよう。堀辰雄は、二十世紀的な時間の処理を、ロマネスク的世界の構築に際し美学的な統合原理とした先駆的な作家である。

堀辰雄の方法意識は、彼を師とあおぐ二人の作家に引き継がれることになる。二人の作家とは、中村真一郎と福永武彦である。この二人は、「時間」という観点からみると、日本における「二十世紀小説」の確立者である。彼らは、二十世紀的な時間の美学にもとづいて、「ロマン（長編小説）」を意識的に構築することを目指した最初の日本の作家である。

中村真一郎は、日本の「プルースト」であると言えよう。彼の五部作〈死の影の下に〉の第一巻『死の影の下に』（一九四七）では、主人公＝語り手＝書き手である「私」（城栄）が、ある「空き地」において「無意志的記憶」によって甦ってきた過去（＝父の死）を中心に、それに喚起されるように、様々な過去の断片を回想する小説である。作品中の言葉を用いるなら、主人公の「内部の持続」[3]の複雑な様相が、重厚で分析的な文体によって表現されている小説である。すでに堀辰雄が、このようなプルースト的手法を用いていることは上述した通りである。しかし、中村真一郎は、堀辰雄よりもはるかに重層的な時間構造をそなえた小説を構築している。「現在の私」が「過去の私」を回想するばかりか、その「過去の私」がさらに回想行為をおこなうという、迷宮状の「時間の建築物」を打ちたてようとしている。しかも、冒頭の場面から、「無意志的記憶」によって様々な過去の物語が展開した後、終結部では、ふたたび、冒頭の場面に時間が戻ってくるという「円環的構造」を成し、作品全体を支える枠組みを形成しているのである。

福永武彦は、時間処理という点では、さらに実験的な試みを行っている。彼の『風土』（一九五二、完全版は、一九五七）は、その一例である。福永武彦は、早くから仏訳をつうじてフォークナーの文学世界に強い影響を受けているが、[4]フォークナーが完成した「遡行的」な時間の処理を、日本ではじめて実践した作家である。『風土』の「第二部」の冒頭部分は、「第一部」の「十六年前」の物語をかたっているが、「第二部」はさらに過去へと「遡行的」に物語が記されてゆく。また、『風土』では、二組の男女（大人の男女と少年少女）の物語が同時並行的にかたられてゆくという構造を有している。

かくして、二十世紀文学に特徴的な時間の「重層性」、「往復自在性」、「同時性」は、日本において、中村真一郎と福永武彦によって確立されたのである。その後の作家たちは、彼らの「実験」を、継承・発展させていったと言える。そのいくつかの例を、以下、簡単に記しておこう。

三枝和子は、福永武彦同様、フォークナーの影響を強く受けており、実験的な小説を次々に試みてきたが、『八月の修羅』（一九七二）はその代表例である。これは、盲目の父、その妻、その息子、息子の恋人という四人の「意識の流れ」が、多面鏡のようにつらなる立体的な小説である。それぞれの視点から、ある一家の愛憎劇が多元的に語られるという構造をとっている。これは、フォークナーの『響きと怒り』を想起させる方法である。フォークナー同様、『八月の修羅』では、それぞれの視点から語られた物語は、現在の「知覚表象」と過去の「記憶心像」のあいだを自由に往復し、混ざり合う。

三枝和子同様、フォークナーの強い影響を受けている作家としては、大江健三郎と中上健次があげられるだろう。大江健三郎の『同時代ゲーム』（一九七九）では、「壊す人」という「不死の人」を中心に、「村＝国家＝小宇宙」という共同体の「神話的・歴史的過去」が重ね書きされた羊皮紙のように「重層的」に語られてゆく。この作品は、フォークナーばかりか、ボルヘス、ガルシア＝マルケスなどラテンアメリカ作家の手法を濃厚に反映している。

中上健次も、「熊野」を中心的舞台として、大江と同じく、「共同体の神話」を構築していった。それは、『千年の愉楽』（一九八二）において、最高度の文学的達成を見せた。共同体の「産婆」（オリュウノオバ）がペネロペイアのように繰り出す記憶の糸によって、共同体（路地）に住む人々の「個人的時間」、共同体の「歴史的・神話的時間」、そして「自然的・宇宙論的時間」が織りつむがれ、それらの時間が、現在と過去のあいだを自由自在に往き来する。この作品は、日本における「魔術的リアリズム」の数少ない成功例の一つである。

二十世紀末になっても、時間処理の実験は終わることはない。村上春樹の『ねじまき鳥クロニクル』（一九九四－一九九五）は、「井戸」を媒介にして、「個人的・歴史的時間」の「深層」の迷宮性が示される作品である。また、三枝和子を先行者として高く評価する笙野頼子の『タイムスリップ・コンビナート』（一九九四）は、鶴見線周辺の「現在の風景」と四日市の「過去の風景」が重なり合い、現在から過去へと「タイムスリップ」し、時空間がねじれる幻想小説である。このような時間処理における実験、それは、二十一世紀の現在においても、さらに続けられてゆくことであろう。

以上、メルクマールとなる作品をとりあげることで、不完全ではあるが、時間（の処理）の観点からみた日本の「二十世紀文学」の「通史」（といっても小説ジャンルに絞ったもの）を述べてきた。しかし、このような概説では、それぞれの作品の多様性と複雑性が十分明らかになったとは言いがたい。そこで、本論考では、上述の「通史」のなかでとりあげたものの中から、一作品のみを選んで、具体的にどのような時間処理がなされているかを詳しく述べることにしたい。とりあげる作品とは、福永武彦の『風土』（その完全版）である。以下の論述では、『風土』の分析を通して、「二十世紀文学」の「二十世紀性」がより明らかになるはずである。

三　福永武彦『風土』の時間構造

福永武彦は、丸谷才一との対談で次のように語っている。

時間的要素というものはいつも発想の根になるわけですね。だから時間をどうするかということから大抵出発するんだな。(5)

福永武彦の出発点となった『風土』において、「時間的要素」は、作品の根幹をなす重要な問題である。本節では、『風土』における「時間的要素」を、主として形式面に関して、すなわち「物語言説の時間」の処理について詳しく考察するつもりである。その際、「時間」についての議論に立ち入る前に、まずは『風土』という作品の「物語内容」について、便宜上、「年代順に」整理することにしたい。

*

この作品の主要人物は、桂昌三、三枝芳枝（旧姓は荒牧）、三枝道子、早川久邇《くに》の四人である「作品中では、主として桂（少年時代は昌三）、芳枝、道子、久邇と記されているので、以下においてもそのように記すことにする」。桂は画家であり、芳枝は、元外交官夫人であり、共に四十歳近くである。道子は芳枝の一人娘であり、久邇は芳枝の友人の息子である。作品の主な舞台は或る海岸地帯の避暑地（そこに芳枝の父が所有する別荘がある）である。

昌三は、一九〇〇年（頃）に生まれ、東北の小さな漁村で母方の祖父母に育てられ幼少期を過ごした（昌三の出生の詳しい経緯については後述する）。母は昌三が生まれるとすぐに他界したため、彼には母にかんする記憶がない。小学校五年生のとき、父が東京からやって来て彼を引き取る。東京では、父と義母、そしてその子ども（姉妹）たちと暮らした。

父は昌三が役人になることを望んでいた。しかし昌三は画家を志望し、進路をめぐって父と激しく対立した。結局、昌三は己の道をつらぬくため、高校を中退し家を飛び出し、父に勘当されてしまう。そして著名な画家の弟子となる。

しかし、桂昌三は、師とも芸術観の違いゆえ対立し、ついには師の家を出て独力で画家を志そうとする。これは、大体、一九二〇年頃のことである。桂には高校時代、三枝、高遠という親友がいたが、高校中退後も彼らとの交友は続き、時折会って議論する仲であった。三枝太郎は外交官を目指しており、外務省の役人である荒牧氏（芳枝の父）に大いに将来を嘱望されており、荒牧邸に自由に出入りすることを許されていた。

ある日桂は、三枝に誘われて荒牧邸に行き、そこで芳枝を紹介される。桂は彼女の美しさに一瞬にして魅了され、以後ひそかに彼女のことを想いつづけることになる。桂は、三枝らと共に荒牧氏の別荘にも招かれ、芳枝とその友人の上村万里子とともに海水浴を楽しんだ。

一九二三年八月のある日、荒牧家の別荘で晩餐会が開かれた。桂はそこで衝撃的な事実を知る。それは、三枝が芳枝と結婚の約束を交わしており、荒牧氏の承認もすでに得ているという事実である（桂はこのことを別荘の庭の暗がりで、偶然耳にしてしまう）。

この日を境に、彼の人生は真っ二つに引き裂かれてしまう。そしてこの日以降、桂は二人の前から姿を消す。

その後、桂はひたすら芸術家としての道をすすむが、理想と現実は食い違い、自らの限界を感じ幻滅感を覚えている。一方、三枝は芳枝と結婚した後、外交官となりパリに赴任する。彼は学生時代から絵を描いていたが、本場パリの芸術的雰囲気に触れ、絵画制作に対する情熱が再燃する。そして、外交官として一定の成功を収めるかたわら、アマチュア画家として高い評価を得た。はじめ彼は、芳枝をモデルとしていたが、創作に行き詰まり、新たにサラーという名の女性をモデルにした。しだいに彼は、サラーと私生活でも親密に付き合うようになり（おそらく愛人関係）、芳枝との夫婦関係に亀裂が生じてくる。そんなある日、三枝はサラーと車に同乗しているとき、猛スピードで街路樹に激突し二人は事故死する。

一人娘の道子と異国の地に残された芳枝は、悲しみの毎日を送り、一時は自殺まで考えたが、「道子一人のために生きよう」と決心し、帰国後、父の別荘で娘と暮らした。

一九三九年夏（八月）のある日、数え年で十五歳になった道子は、例年通り、毎日のように海水浴に行っている。早川久邇は、病後の保養のためこの避暑地を訪れているが、道子の親しい友人になっている。彼は道子にほのかな恋心をいだいているが、なかなか告白できずにいる。久邇は音楽家志望であり、自らつくった曲を彼女に捧げて恋を告白しようと決めている。が、道子は小悪魔的で気まぐれな少女であり、彼はチャンスを見出せないでいる。

同じ日、ある中年男性が芳枝のもとを訪ねてくる。この人物こそ、十六年ぶりに芳枝に会いに来た桂昌三である。彼は、昔と変わらぬ若さと美しさをたたえた官能的な芳枝の魅力に再びひかれ、その後毎日のように訪ねてくる。芳枝はかつて三枝を好きになり彼と結婚したのであるが、情熱の炎は次第に冷め、とくに三枝とサラーの関係によって夫婦仲がこじれた。その間、桂昌三のことをしばしば思慕することがあった。

そして、十六年後、現実に桂と再会すると、芳枝の情熱の炎は再び燃え上がり、桂との愛に未来を託し、パリに移り住んで桂の仕事を手助けするという夢をいだく。そうして、夏の終わりのある日、ホテルで桂と密会し肉体関係を結ぶ。密会後、芳枝はますます桂のことを愛し、パリ行きの夢はふくらむ。

一方、桂のほうは、芳枝との密会後、肉体的な愛は成就したが精神的な愛は満たされないという悲劇的現実を知り、ふたたび孤独感と空虚感を覚える。そして幻滅と絶望をいだいたまま、ひとり別荘を去ってゆく。ちょうど十六年前の「あの日」のように。

時は一九三九年九月初め。ナチス・ドイツがポーランドを侵攻したというニュースが流れてくる。当然、パリに移り住むという芳枝の夢は実現不可能となるであろう。しかし、芳枝は、戦争がすぐに終わるであろうと楽観視し、なおも未来への希望のうちに生きようと思い続けている……。

＊

以上が、年代順に（歴史的時間の流れに即して）整理した、『風土』の物語内容のあらましである。しかし、実際のところを言うならば、この小説の展開はこれほど分かりやすくはなっていない。上述の「あらまし」は、クロスワードパズルのように時間的に錯綜したテクストの各部分をつなぎ合わせ、その関連性を読者なりに推論することによって初めて立ち現れてくるからである。プロットは読書行為によって生成され完結してゆくのであって、固定した枠組みとしては与えられていないのである。よって上述の「あらまし」は、筆者（読者）の一解釈であるとも言える。

この小説の独創性。それは、物語内容にあるのではなく、複雑で多元的な時間構造（物語言説の時間構造）にあるのだ。その時間構造の独創性こそが、この小説の「二十世紀性」を示しているのである。

それでは、この小説の時間構造はどのようになっているのであろうか。以下、それをチャート式に明示してみたい。

『風土』は三部から構成されている。第一部は「夏―一九三九年―」、第二部は「過去―一九二三年八月―」、そして第三部は「夏の終わり―一九三九年―」と題されている。第一部は、一九三九年八月の数日間のことが順行的に語られている。第二部の時間構造は、きわめて複雑である。一九二三年八月の或る一日（作品中では、「一日」と記される）のことが語られてゆくと同時に、そこに過去の断片が挿入されている。しかも、その過去の断片は、「一九二三年八月の或る一日」（「一日」）の「前日」から始まり、一九〇〇年代の初頭に至るまで「遡行的」に記されてゆく（作品中では「一日」と「過去（遡行的）」というセクションが交互に記されてゆく）。そして、第三部は、第一部と同様に、一九三九年の夏の終わりの数日間のことが順行的に語られている。

物語の「現在」を、一九三九年夏の八月から九月初めにかけての数日間としておこう。一九二三年八月の或る一日（「一日」）を「過去A」としよう。そして、さらに遡行する過去を「過去A－α」（過去Aマイナスα）とする。時間の順序と章構成が一目で分かるように図示すると、この表のようになるであろう。

第２部	第２部	第１部と第３部
過去Ａ－α	過去Ａ	現在
1900年代初頭から 1923年8月	1923年８月の或る日	1939年夏 （８月から９月）

このように表にしてみると、この小説の複雑な時間構造は一目瞭然である。

さらに複雑な点は、それぞれのセクションにおいて、人物たちの、過去と現在、そして未来を自在に往復する「意識の流れ」が頻繁に提示されていることである。そのため、第一部と第三部の「現在」の時間に過去と未来が侵入し重ね合わされている。そして第二部のそれぞれの「過去」（「過去Ａ」と「過去Ａ－α」）を起点とする過去と未来が侵入し重ね合わされている。また、時間は重層化されるばかりか、それぞれの人物のドラマ、意識が同時に進行、展開してゆくために、時間は複線化し、多元化してゆく。このような時間の「往復自在性、重層性、同時性」は、まさしく「二十世紀文学」の特徴である。福永武彦は、世界的同時性のもとで、自らの文学的世界を創出したのであり、当時の日本の文学的風土のなかでは、このような文学的営為は、きわめて独創的で斬新なものであった。

これまで、巨視的に『風土』の時間的構造について述べてきた。以下では、さらに、各部において具体的にどのような時間処理がなされているか、詳しく見てみよう。

〔第一部〕

第一部では、桂昌三と芳枝の愛の物語と、久邇と道子の愛の物語が同時並行的に書かれている。それらは、交互に規則正しく記されてゆくために、音楽的な美を形成する。大人の愛と少年少女の愛が「対位法」的に示されているのである。(6) 二つの別々の物語が、テーマ的に（「愛」というテーマで）関連しあって結び付けられるのだ。また、「愛」（あるいは「愛の不可能性」）のテーマは、作品全体を通じてのテーマであるので、第一部は、三楽章からなるこの小説の導入部ともなっている。作品中には、ベートーヴェンの「月光」が頻繁にモチーフとして出てくるが、それはこの小説が、三楽章からなる「愛」の「ソナタ」であることを暗示していると言ってよいだろう。(7) また、すでに記したことであるが、この作品は、人物たちの複数の視点から、「意識の流れ」の手法を中心に多面的に提示されている。それゆえ、一九三九年夏の物語の順行する時間と、「人物たちの生きる内的時間」が並行している。たとえば、第一部、第三章「海について」における芳枝の「意識の流れ」（「回想」）は、それを例示している。

このわたしとは一体何だろうか、……。花言葉ばかり覚えていた小さな頃から、何にでも憧れたりすねたり笑ったりしていた可愛い女学生、わたしを取り巻いた幾人もの健康な青年たち、その中の一人との華やかな結婚、道子の誕生、それからの五年間は時間は重たく充実して過ぎる、パリの懐しく愉しい五年間、そして不意に、急に、呪いのように太郎の死、夢の終わり、虚脱した自分を見詰めていた長い印度洋航路、再び見た少しも変っていない日本の姿、海岸の別荘に埋もれてしまった生活、青春と希望との静かな後退、それから時間は何と単調に、早く、ものうく過ぎて行ったことだろう。(8)

この箇所を読んだだけでは、この引用文の具体的な内実は詳しく分からないが、この小説全体をつうじて、ここに提示された芳枝の半生が詳しく語られてゆくのである。それゆえ、この引用箇所は、物語の「現在」をはるかに超え出て、小説全体の時間性におよんでいるのである。

〔第二部〕

ここでは、一九二三年八月の或る一日（「一日」）のことが順行して語られ、それと同時並行的にさらに過去の物語が逆行して語られてゆくことはすでに述べた。このような重層的な時間構造によって、人物の内的ドラマはより劇的になり、深みを増してゆく。作品の構造自体によって、「内的時間の持続性」が示されてゆくのである。一九二三年八月における桂昌三の幻滅と喪失、孤独のモチーフは、単に芳枝との「愛の不可能性」という一事実に起因するだけでなく、彼の約二十年にわたるそれまでの過去全体に起因することが明らかになる仕掛けになっている。

例をあげよう。それは彼の出生の秘密である。彼の父は、妻が病気療養のため不在だったとき、行儀見習いのためにやって来ていた或る娘とのあいだに子供をもうけた。それが昌三であった。父は、自分の家庭生活の平和を維持したいがために、昌三を実母の両親のもとに預け育てさせた。そして今度は、小学校五年生の時、いきなり昌三を引き取りにやってきた（その理由は明確には記されてはいないが、男の子供がいなかった桂家は、昌三を役人にするため教育し、いずれは桂家の跡取りにしようと考えていたと思われる）。東京の父の家にやって来ると、義母も姉妹も彼を冷やかに扱った。そして、昌三を役人にしたい一心で、彼を引き取った父も、彼が芸術家志望だと知るや、即刻彼を勘当してしまう。桂がこうした孤独の影をひきずっていることが、遡行的過去（「過去

A－α」）によって明らかにされる。それゆえ彼にとって、芳枝との愛の成就が、こうした「孤独」から脱け出す唯一つの希望であった。しかし芳枝の結婚によって、こうした唯一の希望も失われてしまう。彼の「愛」の喪失のドラマは、彼の「過去A－α」によって、いっそう喪失感と悲劇性を増すことになるのだ。

「過去A」と「過去A－α」の密接な関係性のもうひとつの例として、少年昌三が経験した「ある悲劇」をとりあげよう。それは以下のような悲劇である。

昌三の祖父母の家には、「お君さん」という女中が住み込みで働いていた。小学校五年の時、昌三の担任は「黒木先生」になった。お君さんは父兄会などに出るうちに黒木先生と相思相愛の仲となり、昌三を介して手紙のやり取りをするようになった。ある日、その手紙が、昌三と敵対関係にあった「健ちゃん」という、校長の息子の手に入り、その手紙を読んだ校長は、教育者にふさわしくない行為だとして黒木先生を免職にした。それを知ったお君さんは、悲嘆にくれ、絶望のあまり岬から投身自殺してしまう。お君さんを母親のように慕っていた昌三は、あまりにも大きな喪失感と悲しみを覚え、また、手紙を校長の息子に渡してしまった（「健ちゃん」が手紙は本当に黒木先生のものなのかと疑ったとき、昌三はその証に手紙を見せてしまった）自分の罪の意識に生涯にわたって悩まされることになる。「過去A」（一九二三年八月の或る一日）において、海辺で、水死者があがったとき、こうした「過去A－α」がトラウマのように甦り、彼の内的ドラマはいっそう苦しさと激しさを増すのである。

これらはほんの一例にすぎない。「過去A」と「過去A－α」は、全く別々に並行的に記されているのではない。「過去A」に関連した「過去A－α」が（「過去A」とテーマ的に、あるいは自由連想的に関連した「過去A－α」が）連続して提示されるという構成になっており、二様の過去は美的に統合されていると言ってよいだろう。また、音楽的に言えば、複数の旋律が重なり合って進行していると言っていいだろう。

〔第三部〕

基本的な構造は、第一部と同様である。大人の男女の愛と少年少女の愛が対位法的に描かれている。そして、それぞれの愛が結局は成就しないという結末を迎えるのである。ただ、第一部との違いは、すでに第二部を読者が読んでいるため、第三部の各シーンが、「過去A」、あるいは「過去A－α」のシーンと重なり合って、象徴性と暗示性を増してくるということだ。

たとえば、久邇が「月光」を演奏するシーン。ここで桂は、「過去A」の「前日」、芳枝が「月光」を弾いたその日に、「愛」が失われてしまったことを思い起こしている。すなわち、物語の「現在」は、人物の過去へと向かう「意識の流れ」ばかりか第二部の「過去」と重ね合わされて進行してゆき、そこには「孤独」や「喪失」のテーマがリフレインのように暗に示されるのである。また、最終章における芳枝の「回想」シーンは、ここまで読み進めてきたすべての「過去A－α」、「過去A」、そして「現在」が重なり合い、実にドラマティックである。

音楽的な構造で言えば、この小説の第三部は、ソナタ「月光」の第三楽章に当たる。「愛」のドラマは、桂と芳枝の愛が急速に激しくなり、クライマックスを迎えたとたん、急に冷めてゆくという点で、速いテンポで展開してゆく。これは、「月光」の第三楽章の速いテンポを想起させるだろう。

これら第一部から第三部の具体的な分析からわかるように、この小説の時間構造は実に複雑で、多元的である。さらにそこには、「歴史的時間」が背景のように流れている。この小説の歴史的時間の枠組みを見ると、第一部と第三部が一九三九年夏、第二部が一九二三年八月となっている。これは、世界史と日本史における時代の「大転換期」である。このことは、丸谷才一がすでに指摘している[9]。それは、カタストロフィー直前の年号を表わしている（「関東大震災」と「第二次世界大戦」）。個人のドラマと歴史のドラマが、ここでは象徴的なレベルで重ね合わされているといってよい。「愛」の終わりと「時代」の終わりが同時に進行しているという点で、美的な統合を示している。とりわけ、個人的時間が歴史的時間によって暴力的に蹂躙されてゆく様が暗示されている。悲劇性は個人の内ばかりでなく、個人と歴史の関係においても生じていると言っていいであろう（また、桂昌三がおそらく一九〇〇年生まれである〔それは、一九三九年に彼が三十九歳になるという事実から推定される〕というのも暗示的である。彼の人生が二十世紀の歴史の歩みと重ね合わされていることが暗示されている）。

＊

以上、小説美学の観点から、『風土』における時間性を分析してきた。しかし、「時間的要素」は、形式面において見出されるばかりではない。それは、内容面においても見出される。すなわち、この作品において、「時間」は主要なテーマにもなっているということだ。「時間」は、この作品でどのようにテーマ化されているだろうか。それは主として、「実存的な問題」としてテーマ化されていると言える。その、「実存的問題」とはいかなるものか。それは、過去と未来とのあいだに挟まれ、揺れ動く「人間存在の時間的側面」がテーマとなっているということである。では、そのような「人間の実存」は、具体的にはどのように記されているか。それは、人間が現在時にのみ生きているのではなく、過去に呪縛され、死という閉ざされた未来によって規定された存在であるということである。汎現在主義的ではなく、歴史性と有限性によって構造化された時間的存在としての人間が示されているということである。本稿では、「桂昌三の場合」を例にとって、そのことを明らかにし、この小論の締めくくりとしたい。

桂昌三は、第二部で明らかにされるように、東北のさびしい漁村に育ち、そこで孤独な少年時代をおくる。とくに、お君さんの自殺を境に、彼の孤独と絶望は深まる。その後、父に引き取られるが、すでに述べたとおり、さらなる幻滅感を味わい、孤独と絶望の度合いは増す一方であった。同時に、お君さんの事件や権威主義的な「父」との対立を契機に、因習的で、前近代的で、閉鎖的な日本社会に対し否定的感情をいだくようになる。また、己の絶望に満ちた孤独な「暗い過去」、日本の「風土」から何とかして脱出したいという感情に駆られる。彼が芸術家を志し、パリへ脱出して日本と決別したいと願うのもそのあらわれである。

そうしたなか、桂は芳枝と出会い、彼女との「愛」を通して「過去」と決別し、「自由」になれるという希望をいだく。「愛」による「孤独」からの救済の可能性という夢を見る。しかしこの希望は一九二三年の八月のある日、粉々に打ち砕かれてしまう。その後、「愛」を通じての自己救済を断念した桂は、芸術家としての道を―日本という「風土」（過去）と決別し、パリで芸術家として自立する道を一歩む決心を固める。

　しかし、この道は困難を極めていた。作品中に詳細に記されてはいないが、桂は、日本人がいかに努力しても、ヨーロッパの「伝統」（過去＝精神的風土）を背後に持たないため、日本とヨーロッパの間の壁を乗り越えることは到底不可能であると自覚する。自らの背後にある「風土」（過去）からいくら「自由」になろうとしても、自分の少年時代を培った日本の「風土」は厳然と存在しており、精神的に「自由」になり得ない。かくして、桂は、己の夢に向かってパリに行くのをためらい、創作活動も行き詰まり、挫折感を味わっている。桂は、第一部において、次のような絶望感を表明する。


――絶望とは、キエルケゴールも言っているように、死に至る病ですよ。……

　桂は説明したくなかった。経験と思索のために混乱し、疲労し、遂に冷却したこの心を。すべては古い昔に遡って、動かすことのできぬ運命の星が、徐々に、確実に、自分をこのように形づくってしまった。自分でも半ば忘れ、また忘れ去ろうとつとめている数々の苦しい事件、その間に滅びてしまった彼自身の魂。……そして絶望という言葉の翳に、幼年時代の埒もない影像が、次から次へと浮かび上がってくる、黝ずんだ海や、田舎の停車場の前の広場で、林檎を売っていた女の子や、雪が白く光っている遠い山脈や、また自分を可愛がってくれたお君さんが岬から身を投げて、夜の浜辺にその屍体が上がった時の、あの寒々とした星の光などが。[10]

このような絶望をいだく桂は、十六年ののち、一度は断念した「愛」による救済をもとめて、再び芳枝のもとに現われる。このたびは、芳枝自身が桂の愛を受け入れ、桂も「愛」の永遠性・無時間性によって、「過去」から「自由」になれるという希望をふたたびいだく。しかも、芳枝は桂と共にパリに赴き、もう一度桂の夢に向かって「生きなおす」覚悟ができている。ところが、上述のように、「愛」の成就の瞬間、それは精神的な愛でないという幻滅に終わり、彼の孤独と絶望は以前にまして深まる。しかも、歴史の歩みは、残酷にもパリ行きの夢を打ち砕こうとしている。

こうして、「愛」によっても「芸術」によっても、桂は「過去」の呪縛を逃れることはできなかった。一方、彼にとって「未来」という時間性はどうなのか。生まれたときにすでに実母を失い、また、実母のように慕ったお君さんを失い、彼は、幼い頃より、「死の想念」という「未来」に取りつかれるようになった。「生」はその内側につねに「死」を孕んでいると考えるようになった。また、さびしい漁村の荒涼とした海を眺め暮らすうちに、彼は「海」を「死の世界」の象徴と見なし、「死の世界」の非情さと宿命性を強く意識せざるを得なかった。また芳枝との失恋を契機に「生きながらの死」を経験し、幼い頃よりいだいていた「死の想念」はさらに深まる。

未来の窮極は死だ、僕はすべてを死から割り出し、死者の眼から物を見て生きよう。……そのぎりぎりの点から現在を見れば、一日といえども、一瞬といえども、尊いだろう。死者の眼というのは死んだ眼ということではない、空が死に、海が死んで見える眼ではない、人が死の瞬間に於いて、ああ自分はよく生きたと思い、もう一切の欲望も空しくなって過去の日々をふりかえる、そういう眼だ。そういう眼で、未来の源から現在を顧るのだ。……死者の眼に映る過去のように、未来に於いて現在を見よう。(11)

これは、ハイデガー流に言えば、人間の「現存在」を、「死へとかかわる存在」として規定し、そのような「覚悟性」のうちに生をいきるという考えである。

十六年後、芳枝と再会した桂においては、「死」にむかって己の「生」を燃焼しつくすという積極性はもはや感じられない。しかしながら、「死に対する想念」は、依然として彼の「未来」意識の中核にあり、変わることはない。このような、「死者の眼」から「生」をとらえる時間感覚、それは、『風土』にとどまらず、福永武彦のほとんどすべての作品を特徴づけるものであることは、すでに平岡篤頼が明快に論じている。(12)

再び、芳枝との「愛の不可能性」を通して、桂は、己の「過去」からは「自由」にはなれないことを、そして、「愛」や「パリの夢」ゆえに無限の可能性と思われた「未来」も、「死」に限定されたもの、「死の意識に閉ざされた」(13)ものであるとあらためて自覚する。桂は、自己の存在を、過去の呪縛から逃げ、そして未来の夢に逃げることなく、「歴史性」(過去)に規定された「死へとかかわる存在」として宿命的に受け入れるのだ。そのとき彼は、自分の生まれ育った「風土」(過去)を宿命的なものとして受け入れる。

桂は眼の前に、颱風の吹き過ぎたあとの荒れ狂った海を見た。それはふと甦った遠い記憶の幾齣だった。瀕死の太陽が血を流したように、牙を剥いた浪の上を照らしていた。靡いている芒の原を見た。どこまでも限りなく続いている砂丘を見た。萎れた月見草、だらんと垂れた乾網、打ち上げられた漁船、そして彼を養ってくれた老いた祖父母の顔（祖父母はもう死んだ）、猟師の安さんの顔（安さんは時化の海で死んだ）、幼い彼を可愛がってくれたお君さんの顔（お君さんは岬から身を投げて死んだ）、幼馴染の小学校の生徒たち（その幾人かはもう死んだだろう）、僕を育て、僕を決定した風土はそれだった、……(14)

桂は、こうした自己認識にいたるまで、過去と未来の狭間で、揺れ動き、苦悩し、みずからの道を模索する。このような彼の模索の過程、それは、この作品の中心的モチーフとなっているゴーギャンが、その大作の左上に記した「問いかけ」そのものである。

D'où Venons Nous
Que Sommes Nous
Où Allons Nous

我々はどこから来たのか
我々は何者か
我々はどこへ行くのか

『風土』という作品は、このような根源的な「問いかけ」を発しつづける、実存的な作品なのである。

【注】

（1）中村真一郎『中村真一郎評論集成　四―近代の作家たち（岩波書店　一九八四年）、八三‐九四頁。

（2）たとえば、三輪秀彦「堀辰雄とプルースト」（『堀辰雄全集　別巻二　筑摩書房所収）が、代表的論考である。

（3）中村真一郎『死の影の下に』（講談社文芸文庫　一九九五年）、一一頁。

（4）大橋健三郎「『故郷の世界』と外なる世界―フォークナーと日本作家たち」（『ユリイカ』青土社一九九七年一二月号）、七二‐八〇頁。

（5）「内的独白と時間構造」（『小説の愉しみ―福永武彦対談集』〔講談社、一九八一年〕、二四‐三二頁。）

（6）この作品の「対位法」的手法に関しては、すでに清水徹が言及している（『現代の文学七　福永武彦』「巻末作家論」講談社、一九七二年）。

（7）小佐井伸二は、この作品の音楽的構造（とりわけソナタ形式）についてすでに言及している（小佐井伸二「福永武彦論」〔日本文学研究資料叢書『大岡昇平・福永武彦』有精堂、一九七八年　所収）。

（8）『福永武彦全集第一巻』（新潮社、一九八七年）、九二頁。

（9）福永武彦『風土』新潮文庫「解説」

（10）『福永武彦全集第一巻』、一四五‐一四六頁。

(11) 前掲書、三〇〇頁。
(12) 平岡篤頼「福永武彦の時間感覚」(『国文学―解釈と教材の研究』[学燈社、一九七二年一一月号]
五八-六四頁。
(13) 前掲書、六二頁。
(14)『福永武彦全集第一巻』、四三八頁。
＊なお、本稿は、拙著『20世紀文学と時間』(近代文藝社)の補足的論文として書かれたものである。

初出一覧

第一部　「四つのムーヴメント―『アレキサンドリア四重奏』を読む、もしくは『読み』の四重奏」（『メトロポリタン』三三号）、東京都立大学英文学会、一九八九年

第二部

第一章　「演劇的な、あまりにも演劇的な―『ロデリック・ハドソン』必携―」（『英語英米文学』第三六集）、中央大学英米文学会、一九九六年

第二章　「アメリカの長編小説（その2）―ジェイムズ『カサマシマ公爵夫人』―」（『白門』第四六巻第一一号）、中央大学通信教育部、一九九四年

第三章　「劇作家としての小説家―ヘンリー・ジェイムズと『女優』―」（『英語英米文学』第三五集）、中央大学英米文学会、一九九五年

第三部

第一章　「ウィリアム・ジェイムズの世界」（『中央評論』四五巻　四号）、中央大学出版部、一九九三年

第二章　「歴史を診る―ハックスリー再考―」（『帝京大学文学部紀要　英語英文学・外国語外国文学』第二二号）、帝京大学文学部英文学科、一九九一年

第三章　未発表原稿

第四章　未発表原稿
第五章　「『コルテスの海』、あるいは『複雑系』の海」（『白門』第五〇巻　第六号）、中央大学通信教育部、一九九八年
第六章　拙著『アメリカ史の散歩道』（中央大学出版部、二〇〇二年）の第二一章「海の交響詩」に加筆・修正を行ったもの。

第四部
第一章　「一つ一つの言葉にこだわる」（『A－V』　第四九号）、中央大学メディアラボ運営委員会、二〇一二年
第二章　「トマス・ウルフ試論」（『メトロポリタン』二八号、東京都立大学英文学会、一九八四年）の「付録」。
第三章　「再生と反復について―トマス・ウルフにおける『時間』の問題」（『帝京大学文学部紀要　英語英文学・外国語外国文学』第二〇号、帝京大学文学部英文学科、一九八九年）の第一章「人物の生きる時間―ガント、ユージーンを中心に―」。
第四章　「アメリカだより」（『英語英米文学』第四二集）、中央大学英米文学会、二〇〇二年
第五章　「アメリカだより」（『英語英米文学』第四二集）、中央大学英米文学会、二〇〇二年
第六章　「仕立屋ミラー　―あるいは、反―『私小説』」（『メトロポリタン』三二号）、東京都立大学英文学会、一九八八年

第五部

第一章　「アメリカ作家のみたミシマ―ヘンリー・ミラーを中心に―」（『新潮』〈没後二十年三島由紀夫特集〉一二月号）、新潮社、一九九〇年

第二章　「日本文学の英訳を読む―川端康成『雪国』―」（『白門』第五一巻　第二号）、中央大学通信教育部、一九九九年

第三章　「ジョン・ラファージの古寺巡礼―京都、奈良を中心に―」（『人文研紀要』第八三号）、中央大学人文科学研究所、二〇一六年

第四章　「20世紀文学と時間・補記」（『人文研紀要』、第六七号）、中央大学人文科学研究所、二〇一〇年

あとがき

この書物は、「序」で述べたように、英米の作家（文筆家）を中心に論じた文章を、「雑記帳」のごとくあつめたものであり、さまざまなトピックについて、「つれづれなるままに、そこはかとなく」書きしるしたエッセイ集のようなものである。あるいは、愚生の文学的軌跡の一端をえがいた、ささやかな試みである。

この「あとがき」では、すこし時系列的（自伝的）に、感想や補足（解題・注釈）めいたことをしるして、本書のしめくくりとしたい。

＊

第一部のロレンス・ダレル論、第四部のヘンリー・ミラー論は、ともに二十代の文章であり、いわば「若書き」である。ダレル論は、当時流行した「メタフィクション」論や、ナボコフの『青白い炎』をはじめとするポストモダニズム文学の影響をつよく受けて書かれたことはあきらかである。また、ミラー論は、ランガーの言語論（特に「論弁的言語」と「詩的言語」の二項対立）や、バフチンの理論の図式を応用して書かれたようにおもわれる。そして、第五部の「ミシマ」論は、二十代と三十代の境目に書いた小論であり、ヘンリー・ミラー研究の延長線上にできあがった文章である。

三十代に書いた文章を代表するのが、第二部のヘンリー・ジェイムズ論、第三部のハクスリー論とスタインベック論、第四部のトマス・ウルフ文学における時間論である。ヘンリー・ジェイムズの『ロデリック・ハドソン』の「謎とき」は、江川卓氏のドストエフスキーやパステルナークにかんする著書や解説に私淑した結果できあがったものである。ハクスリー論は、フーコーの「知の考古学」、アナール派の「新しい歴史学」、セルトーとの対談もある山口昌男の「カーニヴァル論」、「演劇的・道化的知」に、対象となるテクストをやや強引にひきつけて読解（ときには、ハロルド・ブルーム言うところの「誤読」）しようとしている感がある。また、スタインベック論は、書かれた当時はいく分「斬新」であったかもしれないが、最近のエコ・クリティシズムの隆盛のコンテクストにおいてみた場合、「常識的な」読みであると言えよう。

トマス・ウルフの時間論は、従来の批評のように、単に作品における時間概念を示すのではなく、時間と作品の有機的関わりを示している点で、確かに研究史的な意義（新しさ）はある。しかし、この論文が書かれたのと同じ時期に出版された、アメリカ文学・文化と時間の関係を体系的に論じたマイケル・オマリーの『アメリカの時間の歴史』（原題：*Keeping Watch—A History of American Time*［1991］）をふまえるなら、ウルフがなぜ時計の計量的な時間に逆らって「人間的な時間」、「人物によって生きられる時間」をテーマとして選んだか、そのアメリカ文化的なコンテクストにおける意味合いについても明確になる。つまり、ポーの「鐘楼の悪魔」やメルヴィルの『ピエール』の「標準時」の議論の延長にある、「時計の時間の専制」という社会史的な文脈において、ウルフがその「専制」にたいする反逆者であったことがわかる。アメリカ文学の「時間論」の研究史をみると、オマリーの前掲書をふまえた、折島正司氏の『機械の停止―アメリカ自然主義小説の運動／時間／

知覚』（二〇〇〇年）における自然主義小説の「時間論」では、すでにそうしたアメリカ社会史（あるいは文化史）的な観点を取り入れており、より新しい視座を提供してくれる。

四十代以降に書いたものについては、本書では網羅的には収録していないが、その特徴の一つとしてあげられるのが、実地調査にもとづく（あるいは実地調査に触発された）文章である。それを一番よく示しているのが、第三部のヘンリー・アダムズ論（あるいはピンチョン論）、第四部の、トマス・ウルフの母校を訪ねたルポルタージュ風の小文、第五部のジョン・ラファージについての「考古学的復元作業」にもとづく論考である。とりわけ、ラファージ論は、十年近くに及ぶ、京都での実地調査をふまえての論考であり、「考証」のカテゴリーに属している。

また、アダムズとピンチョンを比較した論考（第三部第四章）は、巽孝之氏が雑誌『みすず』（二〇一七年一・二月合併号）の「読書アンケート」において、拙著（『横断する知性―アメリカ最大の思想家・歴史家　ヘンリー・アダムズ―』［二〇一六年］）に関して述べられた、「ピンチョンとアダムズの関係」のより詳細な考察を促す鋭いコメントに触発されたことが、大きな原動力の一つとなっている。しかし、いざピンチョン研究の世界に足を踏み入れてみると、すでに述べたように、その研究の蓄積の膨大さとレベルの高さに、それこそアダムズの「ダイナモ」の印象さながら強い衝撃を受けた。ピンチョンという巨峰、いや巨大な「ダイナモ」については、つくづく我が身の非力を自覚した次第である。本書に収めた小文では、アダムズとピンチョンの影響関係にかんする文献学的紹介をするにとどまった。また、この両作家の比較研究は、私の今後の課題として残された。それとともに、この巨峰に挑んだ佐藤良明氏、木原善彦氏、波戸岡景太氏ら日本のピンチョン研究者が、いかに勇敢な試みをおこなっているか、あらためて思い知らされた。

四十代と五十代の境目に執筆した、「二十世紀文学と時間―ニッポン文学編」は、論文末尾において示したように、ヨーロッパ文学を中心とした私の「時間論」(『20世紀文学と時間』〔二〇〇七年〕)の「補記」の性格を有するものである。ここでは、二十世紀の日本の作家が、いかに「世界的同時性」のもとに作品を書いているかを示そうとした。この「世界的同時性」という観点・方法論は、言うまでもなく、『二十世紀の十大小説』(一九八八年)をはじめとする篠田一士氏の気宇壮大な文学論に、多大な影響を受けている。

＊

最後に、本書の編集、出版については、朝日出版社の清水浩一氏と近藤千明氏にいろいろとご迷惑をおかけし、貴重なアドバイスをいただいた。ここに厚く感謝の意を表したい。そして何よりも、私の家族に心より感謝したい。本書に収められている文章を執筆するにあたり、つねに心の支えとなり、あたたかく見守ってくれた私の家族に、本書をささげたいと思う。

二〇一八年　早春

岡本　正明

著者略歴

岡本正明（おかもと まさあき）
中央大学教授。1960年東京都に生まれる。1983年東京大学文学部英文科卒業。東京都立大学（現・首都大学東京）助手等を経て、1999年より現職。主な著書に、『アメリカ史の散歩道』（中央大学出版部）、『小説より面白いアメリカ史』（中央大学出版部）、『20世紀文学と時間―プルーストからガルシア＝マルケスまで』（近代文藝社）、『横断する知性―アメリカ最大の思想家・歴史家　ヘンリー・アダムズ』（近代文藝社）、訳書に、エドマンド・ウィルソン『フィンランド駅へ』（みすず書房）などがある。

ISBN978-4-255-01063-2 C0095

英米文学つれづれ草
―もしくは、「あらかると」

二〇一八年 七 月二〇日　初版第一刷発行

著　者　岡本正明
発行者　原　雅久
発行所　株式会社朝日出版社
〒一〇一-〇〇六五
千代田区西神田三-三-五
電話　〇三-三二六三-三三二一
DTP　株式会社フォレスト
印刷　図書印刷株式会社